VA OÙ LA RIVIÈRE TE PORTE

Shelley Read

VA OÙ LA RIVIÈRE TE PORTE

roman

Traduit de l'anglais (États-Unis)
par Cécile Arnaud

Robert Laffont

Titre original : GO AS A RIVER

International Rights Management :
Susanna Lea Associates on behalf of Spiegel & Grau, LLC

ISBN 978-2-221-26768-4
(édition originale : ISBN 978-1-954118-23-2, Spiegel & Grau, New York)
Dépôt légal : mars 2024
Éditions Robert Laffont – 92, avenue de France, 75013 Paris

À Richard et Kathryn,
mes parents et mes guides

À Avery et Owen,
mon inspiration

Et à Erik,
mon toujours

À un moment donné, vous dites aux forêts, à la mer, aux montagnes, au monde : « Maintenant, je suis prêt. »[1]

Annie Dillard

1. *Apprendre à parler à une pierre,* Annie Dillard, traduit de l'anglais par Béatrice Durand, Christian Bourgois éditeur, Paris, 1992. (*Toutes les notes sont de la traductrice.*)

Prologue

Imaginez ce qui hante le fond obscur d'un lac. Des débris, charriés par des cours d'eau ou jetés des bateaux, ramollissent et se désagrègent. D'étranges poissons lippus nagent comme ils respirent, loin des hameçons. Imaginez des parterres d'algues, semblables à des femmes aux corps déliés dansant à l'abri des regards. Approchez-vous du bord, laissez les vaguelettes laper vos chaussures, et imaginez, tout près, un monde à part, aussi silencieux que la lune, hors de portée de la lumière, de la chaleur et du son.

Ma maison se trouve au fond d'un lac. Notre ferme gît dans la vase, où rien ne distingue ses vestiges d'une épave. Des truites lisses et luisantes se baladent dans ce qui était ma chambre et dans le salon où notre famille se réunissait le dimanche. Les granges et les abreuvoirs pourrissent. Les barbelés enchevêtrés sont rongés par la rouille. La terre, autrefois fertile, marine dans sa torpeur.

Un livre d'histoire présenterait peut-être la création du réservoir de Blue Mesa comme une entreprise héroïque, participant du projet visionnaire d'apporter l'eau précieuse des affluents du Colorado dans le

Sud-Ouest aride. C'est sûrement avec les meilleures intentions du monde que le cours impétueux de la Gunnison a été bloqué pour l'obliger à former un lac, mais j'ai une tout autre vision de l'histoire.

L'eau m'arrivait aux genoux dans cette partie de la Gunnison, du temps où elle traversait, rapide et écumeuse, la vallée où je suis née, dominée par les hauteurs sauvages et solitaires de la Big Blue Wilderness. J'ai connu la ville d'Iola lorsqu'elle se réveillait tous les matins au parfum odorant des petits déjeuners, au bruit de l'activité trépidante des fermes et des ranchs. Le soleil levant illuminait le côté est de la Grand-Rue, puis poursuivait sa lente progression, traversait la voie ferrée et la cour de l'école pour aller enflammer l'unique vitrail, rond, rouge et bleu, de la petite église. Ma vie était réglée sur les sifflements des trains de 9 h 22, de 14 h 05 et de 17 h 47. Je connaissais tous les raccourcis, tous les habitants de la bourgade et savais quel vieux pêcher noueux donnait les fruits les plus sucrés du verger familial. Et je connaissais, peut-être mieux que quiconque, la tristesse qui régnait là.

C'est aussi avec les meilleures intentions du monde que le cimetière d'Iola a été déplacé en haut d'une colline – espérons que les dépouilles de ma famille aient retrouvé les pierres tombales correspondantes –, où il dort encore derrière une grille en fer forgé tordue par le poids de la neige. Ces mêmes bonnes intentions qui ont noyé tout Iola, Colorado.

Imaginez une ville silencieuse, oubliée, en décomposition au fond d'un lac qui était jadis une rivière. Et au cas où vous vous demanderiez si les joies et les peines d'un lieu disparaissent, englouties par la montée des eaux, laissez-moi vous dire que non. Les paysages de notre jeunesse nous façonnent, et nous les portons en nous, riches de ce qu'ils nous ont donné, nous ont volé et de ce que nous sommes devenus.

PARTIE I

1948-1949

1.

1948

Le garçon ne payait pas de mine.

Du moins à première vue.

« Excusez-moi, dit-il, portant des doigts sales à la visière d'une vieille casquette rouge. C'est par là, la pension ? »

Aussi simple que ça. Une question banale posée par un inconnu crasseux remontant la Grand-Rue, juste au moment où j'arrivais au croisement avec la rue North Laura.

Ses mains et sa salopette étaient noircies par le charbon, que je pris d'abord pour de la graisse à essieux ou une épaisse couche de terre, malgré une teinte trop foncée. Ses joues en étaient maculées. Sa peau brune luisait sous des coulures de sueur. Des cheveux noirs et raides dépassaient de sa casquette.

Cette journée d'automne avait commencé d'une manière aussi ordinaire que le porridge et les œufs au plat que j'avais servis aux hommes pour le petit déjeuner. Je n'avais rien remarqué de particulier lorsque je m'étais occupée de la maison puis des animaux dans leurs enclos, que j'avais cueilli deux paniers des dernières pêches de la saison dans l'air froid du matin et effectué ma livraison quotidienne en tirant le chariot brinquebalant derrière ma bicyclette, avant de rentrer à la maison préparer le déjeuner. J'ai cependant appris depuis que les événements exceptionnels se cachent derrière les moments les plus anodins, comme le monde mystérieux des profondeurs sous la surface de l'eau.

« Tout est par là », répondis-je.

Je ne cherchais pas à faire de l'esprit ni à attirer son attention, mais l'inclinaison de sa tête et le frémissement de ses lèvres montraient que ma réponse l'amusait. Il me troublait, à me regarder ainsi.

« Je veux dire que c'est une toute petite ville. » Je m'efforçais de mettre les choses au clair, pour qu'il comprenne que je n'étais pas le genre de fille à quêter les regards et les sourires des garçons dans la rue.

Les yeux de l'inconnu étaient aussi noirs et brillants que des ailes de corbeau. Et remplis de bonté – c'est le principal souvenir que je garde d'eux, de ce premier coup d'œil jusqu'à l'ultime regard ; une bonté qui semblait prendre sa source au centre de son être et se déverser comme d'une fontaine débordante. Il m'examina un instant, souriant toujours, puis tira de nouveau sur la visière de sa casquette et poursuivit son chemin vers la pension Dunlap, située presque au bout de la Grand-Rue.

Je ne mentais pas en disant que cet unique trottoir défoncé menait à tout. En plus de la pension Dunlap, Iola disposait d'un hôtel pour les gens huppés et d'une taverne bâtie à l'arrière pour les buveurs ; d'une station d'essence Standard, tenue par M. Jernigan, qui faisait aussi quincaillerie et bureau de poste ; d'un snack, d'où sortait toujours une odeur de café et de bacon, et du Petit Grand Magasin Chapman, l'épicerie avec son comptoir de charcuterie et ses trop nombreux ragots. Tout au bout, à l'ouest, se dressait le haut mât à drapeau entre mon ancienne école et l'église en bardeaux blancs où ma famille, bien briquée et bienséante, s'asseyait tous les dimanches, du temps où ma mère était en vie. Après, la Grand-Rue plongeait brusquement à flanc de coteau, tel un point à la fin d'une courte phrase.

Même si j'allais dans la même direction que l'inconnu – pour extirper mon frère du tripot derrière la station d'essence de Jernigan –, il n'était pas question de marcher sur ses talons. Je m'attardai un instant au carrefour et me protégeai les yeux du soleil de l'après-midi pour l'observer pendant qu'il poursuivait son chemin. Il avançait sans se presser, avec nonchalance, comme s'il n'avait pas d'autre destination que son pas suivant, les bras ballants, la tête paraissant suivre avec un petit temps de retard. Son tee-shirt d'un blanc douteux se tendait sous les bretelles de sa salopette. Il était mince et possédait les épaules musclées d'un ouvrier.

Comme s'il sentait mon regard, il fit soudain volte-face et m'adressa un sourire éblouissant. J'éprouvai un choc, gênée d'avoir été surprise à l'espionner. Une vague de chaleur monta le long de mon cou. L'inconnu porta de nouveau la main à sa casquette, se retourna et repartit. Même sans voir son visage, j'étais sûre qu'il souriait toujours.

Ce fut un instant décisif, je le sais à présent. Car j'aurais pu faire demi-tour et reprendre la rue North

Laura pour rentrer préparer le dîner, j'aurais pu laisser Seth se débrouiller pour revenir seul à la ferme, passer la porte en titubant devant papa et oncle Og et en assumer les rudes conséquences. J'aurais pu au moins traverser la Grand-Rue, mettre les rares voitures et une rangée de peupliers de Virginie jaunissants entre nous. Mais je ne le fis pas, et ça changea tout.

À la place, je fis lentement un pas, puis un autre, avec l'intuition que mon choix de lever, d'avancer et de reposer le pied était lourd de sens.

Personne ne m'avait jamais parlé de séduction. J'étais trop jeune à la mort de ma mère pour avoir appris d'elle ces secrets ; et quand bien même, elle ne les aurait pas partagés avec moi. C'était une femme discrète et très comme il faut, soumise à Dieu et à ses devoirs. Je sais qu'elle nous aimait, mon frère et moi, mais son affection ne se manifestait que dans des limites strictes, notre éducation étant gouvernée par une sainte terreur du bilan que nous présenterions tous le jour du Jugement dernier. Il m'était arrivé de voir sa passion soigneusement dissimulée se libérer, à coups de tapette à mouche sur notre derrière, ou dans ses larmes vite essuyées au moment où elle se relevait après la prière, mais jamais je ne l'avais vue embrasser mon père, pas une fois je ne l'avais vue le prendre dans ses bras. Si mes parents dirigeaient la ferme et la famille en partenaires efficaces et fiables, je n'avais pas détecté entre eux la présence de l'amour qui unit un homme et une femme. Pour moi, ces terres inconnues demeuraient mystérieuses.

À une exception près : juste après l'anniversaire de mes douze ans, j'étais à la fenêtre du salon en cette pluvieuse soirée d'automne où le shérif Lyle avait remonté l'allée de gravier dans sa longue voiture noir et blanc et s'était approché d'un pas hésitant de mon père dans la cour. À travers la buée de mon haleine sur la vitre, j'avais vu papa tomber à genoux dans la boue. Je guettais alors le retour de ma mère, de mon cousin Calamus et de ma tante Vivian : partis livrer des pêches à Canyon City, de l'autre côté du col, ils avaient plusieurs heures de retard. Mon père aussi attendait, si anxieux de ne pas les voir revenir qu'il avait passé la soirée à ratisser les feuilles détrempées qu'en temps normal il aurait laissées se décomposer sur l'herbe pendant l'hiver. Lorsqu'il s'était effondré sous le poids des mots de Lyle, mon jeune cœur avait compris deux immenses vérités : les membres de ma famille absents ne reviendraient pas, et mon père aimait ma mère. S'ils n'avaient jamais été démonstratifs et ne m'avaient jamais parlé d'amour, j'avais pris conscience à cet instant qu'ils s'aimaient, à leur manière silencieuse. J'avais appris de leurs relations subtiles – et des yeux secs de mon père lorsqu'il était rentré dans la maison pour nous annoncer, à Seth et à moi, la funeste nouvelle – que l'amour est une chose intime, qui se doit d'être nourrie, et même pleurée, entre deux êtres seulement. Il n'appartient qu'à eux et à personne d'autre, pareil à un trésor secret, un poème intérieur.

En dehors de ça, je ne savais rien, en particulier sur les prémices de l'amour, sur cette attirance inexplicable vers l'autre ; j'ignorais pourquoi on pouvait croiser plusieurs garçons sans les remarquer, tandis que le suivant exerçait sur nous un pouvoir d'attraction aussi irrésistible que la gravité, au point qu'après un premier regard, le désir prenait toute la place.

Un demi-pâté de maisons à peine nous séparait, mon inconnu et moi, alors que nous marchions sur le même trottoir étroit, au même moment, dans la même petite ville perdue du Colorado. Je le suivais en songeant que, d'où qu'il vienne et quoi qu'il ait fait jusqu'ici, lui et moi avions vécu nos dix-sept années – peut-être un peu plus pour lui, peut-être un peu moins – dans l'ignorance de l'existence de l'autre sur cette terre. Et voilà que nos vies se croisaient aussi sûrement que la rue North Laura et la Grand-Rue.

Mon cœur s'accéléra quand la distance entre nous se réduisit de trois à deux maisons, puis à une seule, et je compris qu'il ralentissait de manière imperceptible.

Je ne savais plus quoi faire. Si je ralentissais moi aussi, il comprendrait que je réglais mon pas sur le sien et que j'accordais trop d'importance à un étranger. Mais si je gardais la même allure, j'aurais tôt fait de le rattraper, et alors quoi ? Ce serait encore pire si je le dépassais. Je sentirais la brûlure de son regard sur mon dos. Il remarquerait sûrement ma démarche gauche, mes jambes nues et mes chaussures de cuir éculées, ma vieille robe d'écolière bordeaux trop petite et la banalité de mes cheveux bruns et raides, que je n'avais pas lavés depuis mon bain de dimanche.

Je ralentis donc. Comme attaché à un fil invisible, il ralentit aussi. Je ralentis encore et il fit de même, avançant à peine. Puis il s'immobilisa. Je n'eus d'autre choix que de l'imiter, et nous restâmes là, deux statues plantées bêtement dans la Grand-Rue.

Il s'était figé par jeu, je le sentais. Moi, j'étais paralysée par la peur, l'indécision et les premiers remous déroutants du désir. Je ne connaissais ce garçon que depuis quelques minutes et moins d'un pâté de maisons, et j'étais déjà tourneboulée comme un caillou dans un torrent.

Je n'entendis pas la femme du médecin, ni les roues d'acier de sa poussette arriver derrière moi. Lorsque la corpulente Mme Bernette et son enfant apparurent soudain à ma hauteur, tentant de passer, je sursautai.

Mme Bernette m'adressa un sourire soupçonneux, haussant la fine ligne de ses sourcils en une question muette, et lança un bref « Bonjour, Torie ».

Je ne réussis qu'à hocher poliment la tête, incapable de me rappeler le prénom du bébé ou de tendre la main pour ébouriffer ses cheveux blonds.

L'inconnu fit un pas de côté pour libérer le passage. Curieuse, Mme Bernette l'examina de la tête aux pieds et esquissa un vague sourire lorsqu'il inclina sa casquette en disant « Madame ». Elle reporta son regard sur moi, le front plissé comme si elle cherchait à résoudre une énigme, puis se détourna et poursuivit son chemin en poussant son enfant.

C'est vrai que nous étions une énigme, ce garçon et moi. On aurait pu l'énoncer ainsi : Qu'est-ce qui, une fois lié, partage la même destinée ? Deux marionnettes sur le même fil.

« Victoria, dit-il avec familiarité, se tournant pour me regarder en face. Vous me suivez ? » C'était manifestement son tour de faire le malin. Il sourit, aussi amusé par son trait d'esprit que par ce qu'il avait pris un peu plus tôt pour le mien.

Je bégayai, telle une gamine surprise à voler une pièce de cinq *cents*, avant de réussir à articuler : « Non. »

Il croisa ses bras bronzés, sans faire de commentaire. Je n'aurais su dire s'il pensait à sa question, à moi ou au hasard qui nous avait placés là en cet instant.

Quand je ne pus plus supporter ma gêne dans le silence, je demandai avec un calme feint : « Comment connaissez-vous mon nom ?

— Je suis attentif », répondit-il. Un ton direct, mais non dépourvu de modestie. « Victoria, répéta-t-il lentement, comme pour le simple plaisir de faire rouler les syllabes dans sa bouche. Un nom de reine. »

Son charme compensait son apparence négligée et, même si je m'efforçais de garder une attitude distante, il voyait bien que je n'y étais pas insensible. Il m'invita du regard avant même de formuler sa proposition : « Ça vous dirait de marcher avec moi ? Là, dit-il, montrant l'espace à côté de lui. Comme deux personnes civilisées ! »

J'essayai de gagner du temps, car si j'avais très envie de marcher avec lui, les convenances, ou la pure timidité adolescente, me retenaient. À moins qu'il ne s'agisse d'une prémonition. « Non, merci, répondis-je. Je ne pourrais pas… enfin… je ne connais même pas votre…

— C'est Wil, lança-t-il avant que j'aie pu lui poser la question. Wilson Moon. » Il laissa son nom complet flotter dans mes oreilles, puis fit un pas vers moi, la main tendue. « Ravi de faire votre connaissance, mademoiselle Victoria. » Soudain très sérieux, il attendit que je franchisse la distance entre nous et que je place ma main dans la sienne.

J'hésitai, mal à l'aise, puis je fis la révérence. J'ignore lequel de nous deux fut le plus surpris. La dernière fois que j'avais esquissé ce geste, c'était à l'école du dimanche, quand j'étais petite fille, mais j'avais tellement peur de toucher sa main que je ne sus pas quoi faire d'autre. Me sentant aussitôt ridicule, je m'attendais à ce qu'il rie, et pourtant non. Son sourire s'élargit, immense, lumineux, sincère, sans la moindre trace d'ironie. Il hocha la tête d'un air entendu, laissa retomber sa main qu'il glissa dans la poche de sa salopette et demeura immobile face à moi.

Je n'étais pas en mesure de le comprendre alors, subjuguée que j'étais par son regard, mais j'allais plus tard découvrir que Wilson Moon n'appréhendait pas le temps comme la plupart des gens – ni le temps ni bien d'autres choses. Il ne se pressait jamais, ne montrait aucun signe d'impatience et ne considérait pas le silence entre deux personnes comme un grand vide gênant à remplir de bavardage. Il contemplait rarement l'avenir, encore moins le passé, mais recueillait l'instant présent dans ses mains pour en admirer les détails, sans se justifier et sans penser qu'il devrait en aller autrement. Je ne savais encore rien de tout ça, figée telle une statue de pierre dans la Grand-Rue, mais j'allais apprendre quelle sagesse recelait sa façon de vivre et, plus tard, en faire usage au moment où j'en aurais le plus besoin.

Alors, oui, je changeai d'avis et j'acceptai l'invitation à descendre la Grand-Rue cet après-midi d'octobre, en compagnie d'un garçon nommé Wilson Moon, qui n'était plus un inconnu.

Notre conversation se limita à d'aimables banalités, et le trajet fut court, pourtant une fois arrivés en haut des marches usées du porche de chez Dunlap, aucun de nous ne voulait quitter l'autre. Je m'attardai avec lui devant la porte à la peinture écaillée, le cœur battant.

Il ne révéla pas grand-chose de lui-même. Quand je lui demandai si Wil, diminutif de Wilson, s'écrivait avec un ou deux *l*, il haussa seulement les épaules et répondit : « Comme vous préférez. » Ce jour-là, j'appris tout de même une chose le concernant : il travaillait dans les mines de charbon de Dolores et venait de s'enfuir.

« D'un coup, j'en ai eu marre, dit-il. "Pars", j'ai pensé dans ma tête. "Va-t'en tout de suite." » Les wagons remplis de charbon étaient prêts à rejoindre la ligne Durango-Silverton, et quand le sifflement de la locomotive avait retenti, long, strident et insistant, il avait eu l'impression d'entendre un appel. Tout ce qu'il savait, me raconta-t-il, c'est que ces wagons partaient ailleurs. Lorsque le train s'était mis en branle, il avait escaladé l'échelle rouillée d'un des wagons et sauté sur un lit de charbon noir et chaud. Son chef d'équipe l'avait repéré, avait couru après le train en braillant, en poussant des jurons et en agitant furieusement son chapeau. Mais bientôt, le contremaître et les mines n'étaient plus que des points minuscules au loin, et Wilson Moon avait offert son visage à la caresse du vent.

« Vous ne saviez même pas où vous alliez ? Où vous arriveriez ? demandai-je.

— Peu importe, répondit-il. Tous les endroits se valent, non ? »

Je ne connaissais rien d'autre qu'Iola et les terres qui s'étendaient de part et d'autre de cette portion large et droite de la Gunnison. La petite ville était blottie sur la rive sud, aux pieds de la Big Blue Wilderness ; au nord et à l'ouest se dressaient les monts Elk. À l'est, un patchwork de fermes et de ranches. Mon frère et moi étions nés dans la ferme que mon père avait héritée du sien, dans le haut lit de fer occupant la moitié de la chambre jaune pâle ajoutée à l'arrière de la maison, une pièce réservée aux naissances et aux visiteurs, jusqu'au moment où oncle Og était venu vivre avec nous après l'accident. Notre ferme n'avait rien d'extraordinaire. Elle n'était même pas très grande avec ses dix-neuf hectares, incluant la maison, les dépendances et une allée de gravier longue comme un hurlement de loup. Mais entre la grange et la clôture du fond, notre terre produisait le seul verger de pêches de tout le comté de Gunnison, aux fruits rebondis, roses et sucrés. Les berges ondulantes de la Willow marquaient la limite orientale de notre propriété, et ses eaux glacées, tout droit descendues des montagnes enneigées, se plaisaient à déborder sur nos arbres et nos modestes rangs de pommes de terre et d'oignons. Le soir, bercée par le chant de la rivière, je m'endormais dans le lit à barreaux où j'avais passé presque toutes les nuits de ma vie. Le lever du soleil sur le lointain mont Tenderfoot et le long sifflement des trois trains quotidiens traversant la gare à l'extrémité de la ville marquaient l'heure aussi bien que des horloges. Je savais à quel angle la lumière pénétrait par la petite fenêtre de la cuisine l'après-midi et tombait sur la table en pin les matins d'hiver. Je savais que les crocus et les delphiniums violets étaient les premières fleurs sauvages à apparaître au printemps, les épilobes en épi et les solidages les dernières. Je savais qu'à chaque éclosion d'éphémères, une douzaine d'hirondelles à front blanc descendaient en piqué sur la rivière et que c'était le moment précis où mon père remontait une truite arc-en-ciel au bout de sa ligne. Je savais que les orages les plus violents, aussi noirs et inquiétants que le diable, arrivaient presque toujours par les sommets du nord-ouest, et que tous les oiseaux chanteurs, les corbeaux et les pies se taisaient juste avant que le ciel se déchaîne.

Donc, non, à mes yeux, tous les endroits ne se valaient pas, et je m'étonnais que ce garçon n'ait pas l'air d'avoir de port d'attache.

« Et vos affaires ? demandai-je, intriguée par la vie d'un vagabond.

— Pareil », répondit-il, avec un haussement d'épaules et un sourire, comme s'il détenait un savoir que j'ignorais – et qui se révélerait juste. Avec lui, j'apprendrais combien une vie dépourvue de tout sauf de l'essentiel pouvait être authentique et que peu de choses comptaient dès lors, hormis la détermination à continuer à vivre. S'il m'avait dit tout cela ce jour-là, je n'aurais pas été en mesure de le croire. Mais le temps tire nos ficelles.

Je ne trouvai aucun prétexte pour le suivre chez Dunlap. Même si je n'avais pas été en compagnie d'un inconnu, une fille n'entrait pas dans la pension sans une bonne raison et une escorte de confiance. De plus, l'heure du dîner approchait, et il me restait encore une sale besogne à accomplir : arracher Seth de la table de poker et le ramener à la maison, avant que papa rentre de la ferme de M. Mitchell, où il finissait de botteler le foin.

« Bon... », dis-je dans un soupir, pour signifier qu'il était temps de nous séparer, mais sans pour autant faire mine de partir. Je m'attendais à ce qu'il comprenne le signal et agisse en conséquence, mais il resta immobile, tranquille, souriant, regardant le ciel par moments comme s'il lisait dans les nuages fibreux du début de soirée.

« Je ferais mieux d'y aller, repris-je. Je dois préparer le dîner. »

Wil jeta un nouveau coup d'œil vers le ciel, puis me demanda si je voulais bien le revoir le lendemain, pour lui faire visiter la ville ou partager une part de tarte.

« Après tout, ajouta-t-il, vous êtes la seule personne que je connaisse dans le coin.

— Vous ne me connaissez pas, répondis-je. Du moins pas beaucoup.

— Bien sûr que si. » Il m'adressa un clin d'œil. « Vous êtes Mlle Victoria, reine d'Iola. »

Il s'inclina avec un moulinet de la main, comme s'il saluait une altesse royale, ce qui me fit rire. Puis il se redressa et me dévisagea si longtemps que je crus fondre tel du chocolat dans les derniers rayons du soleil qui rasaient le porche. Il ne dit rien, mais j'avais la sensation qu'il me connaissait mieux que quiconque. Il se rapprocha. Je sentis son odeur pour la première fois, une odeur forte, musquée et étonnamment attirante, et je plongeai un instant dans le noir insondable de ses yeux.

Comment peut-on vivre dix-sept ans sans se demander si l'on nous connaît ? L'idée ne m'était jamais venue auparavant que quelqu'un puisse si bien voir en moi qu'il y trouverait mon âme. Debout sur les marches poussiéreuses de la pension, je me sentais transparente, exposée à la lumière d'une manière que je n'aurais pas crue possible avant de rencontrer Wilson Moon.

Timidement, je reculai d'un pas ; puis j'acceptai de le retrouver le lendemain. Je voulais le revoir comme on désire voir réapparaître le soleil resté caché trop longtemps derrière les nuages. Mais avant que nous puissions convenir d'un rendez-vous – choisir une heure, un lieu et un prétexte – une voix familière éclata au milieu de la Grand-Rue et me frappa comme une pierre.

« Torie ! »

C'était mon frère, Seth, titubant au milieu de la chaussée, le goulot d'une bouteille de bière brune serré dans la main gauche.

« Torie, éloigne-toi de ce sale fils de pute ! » dit-il d'une voix pâteuse. Il pointa sa bouteille vers Wil, projetant des éclaboussures sur la route de terre.

« Mon frère. Ivre », avouai-je à Wil. Je tournai les talons, dévalai les marches du perron en jetant un « Il faut que j'y aille » exaspéré par-dessus mon épaule, et me précipitai vers Seth avant qu'il ne fasse du grabuge.

« C'est qui, ce bâtard ? grommela-t-il, une Lucky Strike au coin des lèvres, adressant plus sa question à Wil qu'à moi.

— Personne », répondis-je, l'obligeant à avancer en le poussant par-derrière.

Une main posée sur chaque épaule, comme si je tenais les rênes d'une mule récalcitrante, je le dirigeai vers le carrefour. Bien que d'un an mon cadet, Seth m'avait dépassée en taille avant ses quinze ans et avait pris au moins cinq centimètres dans les six derniers mois. Je n'étais cependant pas grande et, comparé à d'autres garçons de son âge, Seth était trapu et taillé comme un boxeur, dont il avait aussi le tempérament. Je bataillai pour le soustraire à la vue de Wil et des autres spectateurs, et pour le ramener à la maison.

« Un garçon qui me demandait son chemin, c'est tout, mentis-je, même si ç'avait été vrai un quart d'heure plus tôt. Il est seulement de passage.

— Foutu basané…

— Tu pues, Seth, le coupai-je. Pire que la porcherie que tu ferais mieux de nettoyer avant le retour de papa.

— Papa peut aller se faire foutre », répliqua-t-il, enhardi par l'alcool. Il prit une grande bouffée de sa cigarette, puis la balança sur la route.

« Fais ce qu'on te demande, pour une fois, ça rendrait service à tout le monde », dis-je en écrasant la Lucky Strike. Je jetai un coup d'œil en arrière et vis que Wil était toujours devant la pension, lisant en moi comme dans un livre à énigmes.

« Je reçois pas plus d'ordres de toi que de ces cochons dans leur enclos dégueulasse, ma vieille. Va pas croire…

— Ferme-la, Seth, soupirai-je. Ferme-la, bon sang. »

Je n'aurais pas supporté un mot de plus. Je le détestais, et à cet instant encore plus que jamais. Ma rencontre avec Wil n'était pas étrangère à cette aversion. Pendant longtemps, elle avait eu à voir avec papa, avec la mère, le cousin et la tante que je commençais à oublier. Quelle qu'en soit la raison, j'avais pour Seth une haine viscérale et piquante comme un chardon, qui s'était affûtée chaque jour de nos vies.

Je lui donnai une grande poussée dans le dos. Il encaissa un coup, chancela en avant, puis encaissa le coup suivant, jura, râla et renversa une coulée de bière, mais sans résister. Peut-être était-il trop ivre pour réagir, à moins qu'il sache aussi bien que moi qu'il devrait être dans la porcherie avant que le soleil ne plonge derrière la crête de la montagne.

Nous tournâmes dans la rue North Laura. Tout au bout, un sentier serpentait à travers les mauvaises herbes jusque chez nous ; il longeait l'extrémité de la pineraie de cette folle de Ruby-Alice Akers et traversait une vaste prairie. C'était le chemin le plus rapide entre la ferme et la ville, et Seth et moi l'avions parcouru des milliers de fois ensemble. Quand nous étions enfants, notre mère chargeait Seth de veiller sur moi lorsque nous l'empruntions, bien que mon frère soit plus jeune et beaucoup moins responsable que moi, uniquement parce qu'il était un garçon. Plus tard, c'est moi qui avais veillé sur lui, non pas parce qu'on me le demandait, mais parce que je le devais, pour moi autant que pour lui, et aussi pour papa. Malgré mes efforts, je ne pouvais pourtant pas empêcher Seth de faire ses bêtises, et j'en avais plus que marre d'essayer.

Je continuais de le pousser pour l'obliger à se dépêcher, et il avançait en titubant et en vitupérant. Puis la bière s'échappa de sa main. Avant que mon cerveau ait pu remarquer la présence de la bouteille par terre, je marchai pile dessus, basculai en avant, bousculai Seth qui tomba avec moi, et j'atterris durement sur ma hanche et mon coude droits. Des petites choses : la poigne molle d'un garçon ivre, une bouteille tombée, une cheville foulée, la manche déchirée d'une robe. Mais ce sont souvent des petits événements inattendus qui affectent nos vies le plus profondément – le sifflement d'un train de marchandises sonnant comme un appel, la question posée par un inconnu à un carrefour, une bouteille brune sur le sol. On a beau essayer de se persuader du contraire, on ne choisit pas ces instants fatidiques comme on cueille les plus belles pêches sur une branche. Sur le parcours chaotique vers nous-même, nous moissonnons ce qui nous est donné.

Je restai un moment par terre, désorientée. Seth émit un petit rire puis se tut. La douleur irradiait dans le bas de ma jambe. Soudain, alors que j'essayais de me redresser doucement, les bras de Wil se glissèrent sous moi avec l'assurance d'un jeune marié soulevant la femme qu'il vient d'épouser. Et, bien qu'il n'y ait pas de seuil à franchir – seulement le champ de solidages fanés et de hautes herbes cassantes –, cet instant demeura dans ma mémoire comme l'entrée dans une nouvelle vie. Je ne sursautai pas à son contact, ne résistai pas quand il me souleva sans effort et me blottit contre sa poitrine maculée de charbon, et je n'essayai pas bêtement de marcher sur ma cheville qui enflait déjà.

« Vous m'avez suivie, dis-je.

— Ouais », répondit-il simplement. Baissant les yeux vers Seth, couché sur le flanc au bord du chemin, évanoui, il demanda : « Qu'est-ce qu'on fait de lui ?

— Merde alors, rien du tout », répondis-je, ce qui amusa Wil.

Merde alors, répétai-je dans ma tête, choquée par ma rébellion, en paroles et en actes. J'allais laisser mon frère cuver dans la poussière. J'allais me laisser porter par cet inconnu.

Je tremblais. Était-ce la peur, la colère ou les premières étincelles de l'amour, je l'ignore – peut-être les trois à la fois –, mais mon corps frissonnait autant que si Wil m'avait repêchée dans un lac glacé. Mes bras, accrochés à son cou musculeux, faisaient doucement dodeliner sa tête, donnant l'impression qu'il acquiesçait. Je me sentais aussi légère qu'une enfant, aussi confiante. Ça ne me ressemblait pas d'accepter si promptement aide et protection, de me méfier si peu des intentions d'un étranger. C'était pourtant bien moi, cette fille dans ses bras. En parcourant d'une position inédite ce chemin que j'avais foulé ma vie entière, je découvrais que tout ce qui m'entourait était subtilement transformé. Mon père m'attendait peut-être déjà à la ferme, et oncle Og, dans son fauteuil roulant, devait être posté comme d'habitude près de la fenêtre ou sous le porche – l'un ou l'autre risquaient de voir qu'un inconnu me portait à travers champs. Cependant, après avoir vécu des années dans la crainte du jugement de papa et de la rage d'Ogden, je ne me souciais plus de leur opinion ni de leurs réactions. Comparés à l'immensité des bras de Wil autour de moi, papa, Og, l'autorité et le décorum s'amenuisaient. Même les montagnes environnantes, même les conséquences devenaient insignifiantes.

En quittant la ferme ce matin-là, j'étais une fille ordinaire, un jour ordinaire. Si je n'étais pas encore capable d'identifier quelle nouvelle carte s'était dépliée en moi, je savais que je n'étais plus la même en rentrant à la maison. Je ressentais ce que devaient ressentir les explorateurs dont on nous parlait à l'école, lorsqu'ils apercevaient un rivage lointain et mystérieux dans une mer qu'ils croyaient sans fin. Devenue le Magellan de mon voyage intérieur, je m'interrogeais sur ce que je découvrais. La tête posée sur la large épaule de Wil, je me demandais d'où il venait, qui il avait quitté, et s'il arrivait à un vagabond de rester longtemps au même endroit.

2.

La maison blanche apparut, puis les poulaillers délabrés, la porcherie et la grange grise rafistolée qui abritait le matériel agricole, les paniers de cueillette, ainsi qu'Abel, notre hongre. Aucun des bâtiments ni aucune clôture n'avait été repeint depuis l'été précédant l'accident. En réalité, la ferme n'avait pratiquement pas été entretenue depuis lors ; en cinq ans, sans mon cousin Calamus pour effectuer les réparations nécessaires et sans ma mère pour les ordonner, la ferme autrefois pimpante était partie à vau-l'eau. Le délabrement avait été si graduel que je ne l'avais pas pleinement mesuré avant cet instant où je tentai de percevoir la scène à travers les yeux de Wil. Ma vie entière était contenue dans cette ferme, et tandis qu'il la découvrait pour la première fois, c'est moi qui avais l'impression d'être miteuse et négligée.

J'avais envie de dire « On n'est pas vraiment comme ça... en tout cas pas moi... sauf qu'il y a eu un accident... ». Cependant, la preuve de la déchéance de ma famille s'étalait devant nous. Aux bâtiments décrépits s'ajoutaient un frère ivrogne gisant là-bas dans la poussière et le camion rouillé de mon père qui remontait la longue allée en grondant. Alors que papa descendait de la cabine et commençait à avancer vers nous d'un pas furieux, je vis oncle Og faire rouler son fauteuil sous le porche à la peinture écaillée pour ne rien perdre de la querelle qu'il appelait sans nul doute de ses vœux. Suspendue dans les bras de Wil, incapable de repeindre à neuf ce qu'il voyait ou de l'entraîner derrière la maison pour lui montrer le verger de pêchers, la seule belle chose qui nous restait, je fermai les yeux, anticipant, dans l'approche de papa, la collision frontale entre ma vie et celle de Wil.

De manière surprenante, elle arriva par-derrière.

Seth avait repris connaissance. Il nous avait suivis en silence, jusqu'au moment où le nœud serré de sa colère se libéra et où il se rua sur le dos de Wil. La bagarre qui s'ensuivit me paraît aujourd'hui irréelle. Je garde le souvenir brumeux d'une action au ralenti, dont je ne m'explique toujours pas certains détails – comment Wil parvint par exemple à me déposer en douceur par terre, à l'écart du danger. Je me rappelle les garçons en train de tournoyer au-dessus de moi, telle une petite tornade, Wil dansant dans l'air comme un oiseau pour esquiver les coups furieux de Seth. Je revois clairement l'unique coup de poing puissant de Wil qui envoya Seth au tapis, le nez en sang et le juron à la bouche, et mon père qui s'approchait, remettait mon frère sur ses pieds, puis s'interposait entre les deux combattants, les bras écartés en une posture d'arbitre.

Haletant, le torse plaqué contre la paume de papa, Seth insultait Wil et tentait de l'atteindre. Wil recula calmement et contempla Seth comme un loup baisse les yeux sur sa proie.

« Vous êtes qui, vous ? » beugla papa à l'intention de Wil. Puis il intima à Seth l'ordre de se calmer, en l'agrippant par le col de sa chemise.

« Wilson Moon, monsieur », répondit Wil d'une voix égale. Tout en gardant un œil sur Seth, il inclina la casquette restée miraculeusement sur sa tête.

« Connais pas, dit papa.

— Je suis seulement de passage, monsieur.

— De passage, avec ma fille dans les bras et mon fils sur le dos ? » demanda papa d'un ton bourru, à la fois soupçonneux et perplexe.

« Oui, monsieur », répondit Wil. En guise d'explication, il ajouta : « J'ai ramassé la première et tenté de me débarrasser du second. »

Papa baissa le regard vers l'endroit où j'étais assise, avisa ma cheville enflée et ma robe déchirée, sans aller jusqu'à chercher des preuves dans mes yeux. « Ce garçon t'a fait du mal ? me demanda-t-il.

— Non, papa, répondis-je. C'était la faute de Seth. Ce garçon m'a trouvée blessée et m'a juste aidée à rentrer à la maison.

— C'est pas vrai ! lança Seth avec hargne. Ce fils de pute nous a suivis depuis la ville pour poser ses sales pattes sur elle. » Poussant sur la main de notre père avec une vigueur renouvelée, Seth balança des coups de poing dans l'air en direction de Wil. « Je vais te tuer, salaud de Mexicain ! » hurla-t-il.

Papa retint Seth encore plus fermement et, sourcils froncés, nous regarda alternativement, Wil et moi. Il ordonna à Seth de la fermer et me demanda d'un ton solennel : « C'est vrai ?

— Non, papa, répétai-je. Seth est soûl, c'est tout.

— Ça, je le vois bien », dit papa en regardant son fils avec lassitude. Seth avait cessé de lutter. Suspendu au poing de notre père, il se mit à donner des coups de pied dans la poussière comme un gamin furibond.

Papa examina de nouveau Wil et, de sa main libre, lui fit signe de déguerpir. « Allez-vous-en d'ici, jeune homme, et que je ne vous revoie plus rôder autour de ma terre ou de ma famille. C'est clair ?

— Oui, monsieur, clair comme de l'eau de roche », dit Wil, portant la main à sa casquette.

Il se retourna sans m'adresser un regard et reprit le chemin de la ville, traversant le champ jaune d'un pas nonchalant mais régulier. L'horizon lavande sembla l'avaler à petites gorgées jusqu'à ce qu'il ne soit plus qu'une silhouette minuscule avant de disparaître. Je me demandai s'il se dirigeait vers la gare. Si tous les endroits se valaient à ses yeux, un autre arrêt sur la ligne de chemin de fer lui paraîtrait peut-être préférable à la ville où vivait Seth. Jamais je n'aurais imaginé, en le voyant rapetisser au loin, qu'il se disait précisément l'inverse : qu'Iola était devenu un endroit précieux, non pas à fuir à cause de Seth, mais où rester à cause de moi.

« Pendant tout le temps où je m'éloignais, je cherchais un moyen de retourner vers toi », m'avoua-t-il plus tard, alors que nous étions blottis ensemble dans son lit.

Je regrette souvent qu'il n'ait pas poursuivi sa route et sauté dans le premier train pour partir ailleurs.

Papa repoussa mon frère avec dégoût, et Seth tituba vers la porcherie sans protester. Puis mon père se pencha, me souleva avec difficulté et me porta vers la maison. Comparé à Wil, il me parut décharné et vacillant, moins accablé par mon poids que par les années de lutte depuis la mort de ma mère. Je n'osai pas nouer les bras autour de son cou comme je l'avais fait avec Wil, de peur qu'il s'effondre. À l'instar de la ferme, mon père s'était étiolé au fil des jours : lui, jadis si puissant, m'évoquait une vieille mule harassée. Je voulus lui dire de me poser, que je pouvais marcher à cloche-pied, mais je savais qu'il n'en ferait rien. Il ne supportait pas les mots inutiles.

Oncle Ogden émit un long sifflement aigu quand papa monta les marches du porche et passa devant son fauteuil roulant. Le sourire sinistre de mon oncle m'apprit qu'il avait apprécié le spectacle, se fichait pas mal de ma blessure et avait bon espoir que d'autres ennuis suivraient, ce en quoi, hélas, il ne se trompait pas. L'ignorant, papa me porta à l'intérieur et m'allongea sur le canapé, avant d'aller dans la cuisine téléphoner au docteur Bernette. La jambe posée sur les coussins de mousseline cousus à la main par ma mère, j'attendis.

Maman appelait cette pièce le salon. Nous n'avions le droit de l'utiliser que le dimanche après-midi, lorsque les garçons et moi étions propres et calmes après la messe. J'y avais passé d'interminables heures avec Seth et Cal, à jouer aux dames sur le plateau de bois, nos membres grêles étalés sur le tapis tressé, pendant que ma mère, dans le rocking-chair, étudiait la Bible, et que mon père lisait le journal et somnolait sur le canapé en laine couleur or. Tante Vivian, qui avait une chambre dans une pension en ville, nous rendait souvent visite. Elle s'efforçait de rester assise en silence en faisant sa couture, mais s'interrompait à intervalles réguliers pour nous raconter une histoire qu'elle avait lue dans *Collier's* ou vue aux actualités diffusées avant un film au cinéma de Montrose. Sans elle, je n'aurais jamais entendu parler d'un endroit appelé Hollywood, ni de ses stars aux noms chantants – Errol Flynn, Basil Rathbone, Greer Garson, et ma préférée, Olivia de Havilland, une femme que j'imaginais aussi belle que son nom aux syllabes rondes et harmonieuses. Maman disait que c'étaient des fadaises, ce qui rendait encore plus délicieux le moindre petit potin partagé par tante Viv. De temps en temps, Viv réussissait à la persuader de nous laisser écouter un sketch de Laurel et Hardy à la radio. Les garçons et moi étions pliés de rire, jusqu'au moment où Seth s'échauffait tant qu'il ne pouvait s'empêcher de se bagarrer avec Cal. Maman ordonnait alors qu'on éteigne la radio et que tous les enfants quittent le salon. Je sortais à contrecœur mais docilement, habituée à être coupable par association, et Viv me jetait un coup d'œil complice et contrit.

Assise dans le crépuscule silencieux en compagnie de ces fantômes, à attendre l'arrivée du médecin, je songeai que si ma mère m'observait du ciel, elle me reprocherait d'avoir posé la jambe sur le canapé. Sur le mur face à moi, sa collection de croix en porcelaine était exposée sur une étagère blanche. Dessous se trouvait l'un des versets de la Bible qu'elle avait savamment brodés : elle en avait confectionné tout un tas qu'elle avait accrochés dans la maison, en guise d'inspiration et d'avertissement. Celui-là était entouré de deux mains levées en prière : « Il faut qu'il croisse, et que je diminue. Jean, 3, 30. » Je remarquai avec un pincement de honte la couche de poussière sur le cadre en bois sombre. Un autre, entouré d'un ruban de fleurs bleues brodées, était suspendu sur le mur opposé : « Moi, je ne t'oublierai point. Voici, je t'ai gravée sur mes mains. Ésaïe, 49, 16. » Je me rappelais vaguement un sermon entendu à l'église sur ce psaume ; ma mère avait tendu le bras vers moi, assise sagement à côté d'elle sur le banc, et exercé une légère pression sur ma cuisse avant de recroiser les mains sur ses genoux.

À travers les voilages du salon, je distinguais le profil d'oncle Og et une épaule grasse dépassant du dossier en bois de son fauteuil roulant. Il fourra une chique de tabac dans sa joue et observa la direction dans laquelle Wil était parti, comme s'il épiait encore sa silhouette. Par moments, il crachait dans une boîte à café rouge, puis portait à ses lèvres sa flasque argentée pour avaler une rasade.

C'était dans ce salon qu'Ogden avait courtisé tante Viv, même s'il était si différent à l'époque que j'avais du mal à faire le lien entre le charmant étudiant d'alors et l'homme brisé qui dépérissait sous le porche. Viv et lui s'étaient rencontrés en 1941, à un bal de printemps organisé par l'université de Gunnison où étudiait Og. Vivian y était allée sans invitation, en compagnie de deux amies : toutes trois cherchaient l'amour et chacune avait réussi à attirer un prétendant qui allait ensuite poser un genou à terre pour faire sa demande. À en croire Viv, excitée comme une pintade en arrivant chez nous au petit déjeuner le lendemain du bal, son soupirant était la plus belle prise du lot.

Je ne pus que lui donner raison lorsqu'elle amena Ogden à la ferme pour dîner le samedi suivant. Viv m'avait dit qu'il n'avait pas le genre de beauté d'un Clark Gable dans *New York-Miami*, mais qu'il était aussi irrésistible que Fred Astaire dans *Sur les ailes de la danse*.

N'étant jamais allée au cinéma, je n'étais pas sûre de comprendre, avant de voir Og sauter de sa Pontiac rouge et remonter notre allée d'une démarche si légère que ses Oxford marron et blanc semblaient à peine toucher le sol. Viv laissa échapper un cri perçant et courut l'accueillir, les bouclettes brunes qu'elle avait passé l'après-midi à confectionner restant plaquées sur sa tête par la laque. Og serra la main de papa et tendit un bouquet de fleurs à ma mère. Un nœud papillon rouge à son cou, Viv gloussant à son bras, il entra chez nous en sautillant, tel un lièvre sur son trente et un.

Il parla avec animation pendant toute la soirée et régala ma famille des nombreux récits de ses aventures. Même ma mère, désarçonnée par son ardeur et sûrement inquiète pour son salut, se laissa aller à pouffer une fois ou deux à ses traits d'esprit. Je n'avais jamais connu personne qui avait vu le soleil se lever sur le Grand Canyon, grimpé jusqu'à plus de quatre mille mètres dans les monts San Juan voisins, emprunté un siège en métal suspendu avant de descendre une pente enneigée, les pieds fixés à deux planches, sur un sommet dans l'Idaho. Avec son frère Jimmy, Ogden avait fait tout ça et plus encore, et il paraissait revivre le frisson de chaque escapade en la racontant. Il alla même jusqu'à se lever de table pour montrer sa position de skieur, des bâtons imaginaires dans les mains, les coudes collés au corps, les genoux fléchis, balançant les hanches. Imitant le bruit cadencé de la glisse, il dévala la piste de sa mémoire sous nos regards fascinés tandis que Vivian affichait un sourire étincelant.

Le samedi suivant, Og revint dîner en compagnie de Jimmy. Pour notre plus grand amusement, aux garçons et moi, le spectacle redoubla. De deux ans le cadet d'Ogden, Jimmy possédait le même corps délié et un tempérament encore plus exubérant. Ils se renvoyaient la balle comme un duo comique et apportaient de la vie et des rires dans notre maison.

Og et Vivian se marièrent juste avant la moisson, cette année-là. Nous avions décoré l'église de rubans rose pâle et des penstemons pourpres que maman et moi avions cueillis à la lisière du verger. Jimmy se tint au côté d'Odgen en attendant que Vivian remonte l'allée centrale. Un petit sourire en coin, tous deux avaient l'air d'être sur le point d'éclater de rire.

Personne, dans l'église en bardeaux, n'aurait pu prévoir qu'avant trois mois, des politiciens à l'autre bout du monde décideraient de larguer des bombes sur un port hawaiien dont on n'avait jamais entendu parler et qu'Ogden et Jimmy nous seraient arrachés pour être envoyés à la guerre.

Quand j'avais environ cinq ans, une nouvelle s'était un jour répandue comme une traînée de poudre en ville : M. Massey, le banquier de Montrose, avait calé avec son Auburn Speedster sur la voie de chemin de fer d'Iola, et la voiture de sport d'un ivoire étincelant avait été percutée par une locomotive. Selon certains, M. Massey avait été écrasé à l'intérieur du véhicule compacté ; d'après d'autres rumeurs, il avait été décapité par les roues du train, ou bien encore éjecté de la décapotable pour atterrir sur le pare-brise de la locomotive, où il avait regardé le conducteur droit dans les yeux en poussant son dernier soupir. En réalité, M. Massey avait sauté de la voiture avant l'impact et s'en était sorti indemne, mais l'histoire avait pris de telles proportions qu'avant la fin de la journée, presque tout le monde était passé en voiture, à cheval ou à bicyclette devant la gare de triage pour voir de ses yeux la voiture accidentée. J'accompagnais papa et Cal pour une livraison de pêches, perchée sur un panier retourné entre leurs sièges, lorsque papa avait bifurqué dans une rue que nous n'avions pas l'habitude d'emprunter, était passé devant la gare, puis avait traversé la voie. La magnifique automobile – objet de tant d'admiration quand elle parcourait la Grand-Rue, et qui offrait aux gens d'Iola un aperçu d'un genre de vie dont ils n'osaient même pas rêver – était réduite à un tas de tôle, guère plus qu'une énorme boîte de conserve compressée.

La guerre avait fait à Ogden ce que le train avait fait à l'élégante voiture de M. Massey : elle avait détruit une chose d'une beauté unique et riche de promesses. Un an plus tard, ma famille avait subi le même sort quand l'accident avait emporté Cal, Vivian et ma mère. J'avais appris dès mon jeune âge avec quelle constance frappait le malheur. Chaque fois qu'à travers la vitre du salon je voyais Og cracher avec hargne sa chique brune et prendre une lampée de whiskey, il me rappelait qu'on ne devait pas se fier aux apparences pour présager de l'avenir.

Quand mon père cria de la cuisine que le docteur Bernette était en route, puis repartit travailler, claquant la porte moustiquaire derrière lui, j'avais presque oublié ma cheville blessée. Je pensais à Wil, tiraillée entre mon désir de le voir et l'accès de lucidité qui me soufflait qu'il serait plus sage de me le sortir de la tête tant qu'il était encore beau et intact.

3.

Ma cheville n'était pas cassée. Le docteur Bernette l'enveloppa dans un large bandage blanc et m'ordonna de ne pas m'appuyer dessus pendant quelques jours. Sa voiture n'avait même pas atteint le bout de notre allée que je lui désobéissais et boitillais jusqu'à la cuisine pour aller préparer le dîner. Et bien m'en prit, car blessure ou pas, papa, Og et Seth avaient faim lorsqu'ils s'installèrent à table comme tous les soirs à 7 heures, s'attendant à y trouver de quoi manger. J'avais accommodé un dîner à la hâte – des tranches de bœuf poêlées avec du chou du potager, des petits pains de la veille, quatre épis de maïs beurrés, la fin d'une tarte aux pêches datant de l'avant-veille –, mais personne ne se plaignit. Pendant une grande partie du repas, on n'entendit que le bruit des couverts heurtant les assiettes et un rot occasionnel d'oncle Og. Seth gardait la tête baissée, pour essayer de cacher son nez meurtri et enflé, et engloutissait d'énormes bouchées de nourriture. Soit la bagarre l'avait rendu vorace, soit il ne voulait pas s'attarder à table. Il vida son assiette deux fois plus vite que nous et se leva.

« Tu ne sors pas ce soir, fils, décréta papa sans lui laisser le temps d'annoncer ses plans.

— Qu'est-ce que ça peut te foutre ? » répliqua Seth, plissant les yeux comme si les lumières de la cuisine étaient trop vives. Avec son nez amoché, son visage était méconnaissable.

« Change de ton, mon garçon », l'avertit papa. Il beurra un petit pain, mordit dedans et mâcha lentement, les yeux baissés vers l'espace vide entre Seth et lui.

Mon frère dansait nerveusement d'un pied sur l'autre. Papa déglutit et lui dit de s'asseoir, ajoutant : « Le repas n'est pas terminé. »

Ma mère avait dirigé notre famille selon les règles strictes de la bienséance, du méthodisme et du pragmatisme. Selon elle, il existait en toute chose une bonne et une mauvaise manière de faire, qu'il s'agisse de se tenir à table, de parler ou de coudre, voire d'étaler la mayonnaise sur une tranche de pain de mie, de battre les tapis ou d'inciter les poules à pondre davantage. Il nous était interdit de croiser les jambes à l'église, d'adresser en premier la parole à un adulte ou de monter à cru ; en tant que fille, je ne pouvais pas non plus courir en public, sauf en cours d'éducation physique, à l'époque où j'allais à l'école. Après la mort de maman, papa s'était efforcé de maintenir son haut niveau d'exigence et ses règles omniprésentes, mais il n'avait jamais été dans sa nature de les suivre, encore moins de les faire respecter. L'éducation des enfants était du ressort de maman ; après sa disparition, il ne parut jamais savoir quoi faire de nous. Il énonçait la loi quand il y pensait, plus par respect pour notre mère ou pour exprimer sa mauvaise humeur que par un réel souci de notre comportement, et il appliquait les anciennes règles de manière si sporadique que Seth et moi ne savions jamais quels principes nous étions censés suivre ni à quel moment. La plupart du temps, Seth finissait de manger et sortait de table quand bon lui semblait. La corvée de vaisselle était pour moi, ça c'était sûr, aussi prenais-je mon temps et terminais-je toujours mon repas la dernière. Ce soir-là, cependant, de nouvelles règles s'appliquèrent.

« C'est toi qui fais la vaisselle », dit papa à Seth, avant de mordre dans son pain.

J'ignore qui, de Seth ou de moi, fut le plus surpris par cette déclaration. S'il y avait bien un principe immuable dans la famille, c'était que toutes les tâches domestiques revenaient aux femmes. Ma mère s'y était pliée sans se plaindre. Papa avait-il donné cet ordre inhabituel par égard pour ma cheville, pour punir Seth ou les deux, il ne le précisa pas. Mon frère rejeta la tête en arrière et grogna. Oncle Og lâcha un ricanement moqueur.

Papa finit son pain, s'essuya les lèvres avec une serviette et dit : « Ce Mexicain est loin à l'heure qu'il est. Et quand bien même, s'en prendre à lui ne fera que causer des problèmes dont cette famille n'a pas besoin. »

L'attention générale se focalisa sur l'origine supposée de Wil.

« Mexicain ? grommela Og avec mépris, frappant sa jambe droite atrophiée. Tu as laissé un clandestin poser la main sur toi, fillette ?

— Mexicain ou pas, intervint Seth, c'est un fils de pute.

— Ça suffit », ordonna papa. Était-ce leur intolérance, leur méchanceté ou le seul son de leurs voix qu'il ne supportait pas ? Je l'ignorais.

J'avais envie de me lever et de leur dire qu'ils ne savaient rien de rien à propos de Wilson Moon. Je sentais déjà que Wil était à moi, qu'il comptait plus à mes yeux que ces hommes à ma table, tout parents qu'ils soient.

Une règle que ma mère m'avait apprise par l'exemple, c'est qu'une femme a tout intérêt à parler le moins possible. Elle m'avait souvent paru distante au cours des conversations, en particulier avec les ouvriers agricoles qui partageaient notre table. Mais j'avais fini par comprendre qu'elle, comme moi, comme les femmes de tout temps, utilisait le silence pour protéger sa vérité. En ne montrant en surface qu'une petite fraction de sa vie intérieure, une femme offrait moins à piller aux hommes. Je feignis donc l'indifférence au sujet de Wilson Moon, alors qu'à la simple mention de son nom, mes veines bourdonnaient tels des fils électriques. Je finis mon repas. Je bus mon lait. Puis je demandai l'autorisation de sortir de table. En me levant, je remarquai le regard mauvais que me lança Seth. Il était furieux de cette inversion des rôles, bien sûr, mais il y avait une autre chose dans ses yeux, indéchiffrable et effrayante. Je quittai la cuisine en boitillant et montai l'escalier en bois usé pour trouver refuge dans ma chambre, cherchant à définir l'émotion contenue dans le regard de mon frère. Impossible de mettre un nom dessus. Je ne voulais pas que ce soit du soupçon et, à ce stade de ma vie, j'ignorais tout du feu indomptable de la vengeance.

Ce soir-là, dans mon lit, je regrettai l'absence de ma mère.

Ça faisait des années qu'elle ne m'avait pas manqué de cette façon, et je fus surprise que son souvenir me revienne à ce moment-là, alors que j'aurais pu me distraire de ma cheville douloureuse en pensant à Wil, en planifiant nos retrouvailles, ou en revivant mentalement la merveilleuse sensation d'être portée dans ses bras. Non que j'aie oublié ma mère depuis son décès cinq ans plus tôt, mais elle m'avait appris à être raisonnable et efficace, et désirer une chose inaccessible n'était ni l'un ni l'autre. En me persuadant qu'elle ne me manquait pas, j'honorais d'une certaine façon son sens pratique – ce qui, au fond de mon cœur, me semblait aussi absurde que ça en avait l'air. Pour être plus honnête, languir après elle était trop douloureux.

Après l'accident, j'avais d'abord cru que Calamus me manquait le plus. Il vivait avec nous depuis ma tendre enfance, après que ses parents, la sœur aînée de ma mère et son mari, eurent été tués par une tornade qui avait frappé leur élevage de dindes dans l'Oklahoma. Les détails de leur mort n'avaient jamais été évoqués, aussi mon imagination d'enfant avait-elle concocté une image de leur maison emportée vers le ciel, tourbillonnant au milieu des glougloutements de centaines de dindes ravies de découvrir les délices du vol pendant leurs derniers instants, tandis qu'un petit Cal de huit ans, demeuré par magie enraciné au sol, levait les yeux vers la scène, stupéfait et résigné, en agitant le bras pour leur dire adieu. D'aussi loin que je m'en souvienne, Cal avait été la confluence où les différents ruisseaux de notre famille se mêlaient en une seule rivière. Il avait bon caractère, réussissait parfois à faire rire ma mère, et son travail précis et volontaire semblait la seule chose, en dehors d'une exceptionnelle récolte de pêches, qui rendait fier mon père. Cal était capable de canaliser l'énergie de Seth vers des activités utiles comme la pêche à la mouche ou la réparation des moteurs, et il lui arrivait même d'apaiser par ses mots la colère de mon frère. Pour moi, les genoux de Cal étaient souvent les seuls sur lesquels je pouvais grimper quand j'avais besoin d'un baiser sur une jambe écorchée ou seulement d'un ami.

Mais au bout d'un certain temps, alors que mes souvenirs de Cal s'effaçaient, j'avais commencé à mesurer ce qu'il en coûtait d'être une fille sans mère en ce monde. Entourée d'hommes, je n'avais pas de modèle. Après la disparition de maman, ils s'étaient attendus à ce que j'endosse son rôle en silence : que je prépare leurs repas, nettoie leur urine sur la lunette des toilettes, lave et étende leur linge sale – en bref, que je m'occupe de tout dans la maison, dans le poulailler et au jardin. Ma mère m'avait enseigné les rudiments du travail domestique, mais quand c'était devenu le mien, à seulement douze ans, je ne savais pas si je le faisais correctement – nul doute que je m'en sortais beaucoup moins bien qu'elle. Plus important, je n'étais pas sûre de vouloir m'en charger, ni d'avoir le droit de refuser. Au fil des années, j'avais compris les réponses.

Quelques mois après la mort de ma mère, mon corps avait commencé à changer. Je mûrissais plus vite que les quelques filles de mon âge à l'école, et je n'avais aucun moyen de savoir ce qui m'arrivait, aucune idée de ce à quoi m'attendre. De toute façon, j'étais trop timide et trop occupée par mes corvées pour me faire des amies. Mon seul espoir d'échapper aux moqueries de la cour de récréation consistait à me dissimuler. Ne sachant ni où ni comment acheter un soutien-gorge, je portais des grands pulls et des chemises superposées. Quand ce ne fut plus suffisant, j'entourai ma poitrine d'un bandage élastique que je commandai chez M. Jernigan après lui avoir sorti un mensonge alambiqué à propos d'un genou douloureux.

J'eus mes premières règles peu de temps après. Je me réveillai dans une mare de sang et me crus en train de mourir. L'intuition, autant que la pudeur, me souffla de ne pas en parler à mon père. Je retirai les draps, horrifiée de découvrir que la tache avait souillé le matelas. Manquant de temps pour tout nettoyer puisque je devais préparer le petit déjeuner avant de partir à l'école, je roulai en boule les draps, ma chemise de nuit et mes sous-vêtements tachés, les fourrai sous le lit et remontai mon édredon fleuri sur le matelas. Faute d'avoir une autre idée, je pliai une petite pile de mouchoirs et les plaçai dans ma culotte pour arrêter le sang. J'enfilai une jupe noire et, dessous, des bas de laine ainsi qu'un short d'été pour tenter de tout maintenir en place.

« Pourquoi tu marches si doucement, bon Dieu ? râla Seth tandis que je le suivais sur le chemin de l'école.

— Maman ne veut pas que tu prononces le nom de Dieu en vain, répliquai-je.

— Ouais, eh ben, maman est morte, pas vrai ? » Et il accéléra encore le pas, jusqu'à n'être plus qu'un point qui bougeait au loin.

Jamais ma mère ne m'avait paru plus morte qu'à ce moment-là, alors que du sang s'écoulait entre mes jambes, que je craignais de sentir glisser les mouchoirs, que j'avais le ventre enflammé par des crampes et que j'étais sûre de m'effondrer et de mourir de ce mal mystérieux avant d'arriver à l'école.

À mon retour à la maison, je découvris un seau d'eau savonneuse et une brosse à récurer à côté de mon lit. Les draps n'étaient plus planqués dessous, mais posés en tas à côté du seau. Encore maculés de sang, ils étaient également pleins de terre, comme s'ils avaient été traînés dans la cour. Mon sous-vêtement souillé avait disparu. Docile, je me mis à laver les draps, frottant, essorant, puis frottant de nouveau. Des larmes silencieuses coulaient de part et d'autre de mon nez, se regroupaient sous mon menton et tombaient dans le seau.

Papa arriva soudain à la porte, vêtu de sa salopette sale et coiffé de son chapeau de paille défraîchi. Il pinça les lèvres, semblant goûter les mots qu'il s'apprêtait à prononcer. Je voulais lui rapporter ce qui se passait, comme le jour où je l'avais informé de la plaie que j'avais découverte quand un de nos meilleurs cochons en avait mordu un autre. Je voulais qu'il me fournisse une explication une fois encore – « guerre de territoire », m'avait-il dit ce jour-là – et qu'il m'assure que les corps guérissaient. Il parut sur le point de parler, puis fit un pas en arrière, se détourna et s'éloigna.

« À l'avenir, ne laisse pas tes affaires intimes à la portée des chiens », marmonna-t-il du couloir. Ses pas lourds résonnèrent dans l'escalier puis dans la cuisine. La porte moustiquaire s'ouvrit en grinçant et claqua dans son sillage.

Nous n'avions qu'un chien, un bouvier australien tacheté noir et gris que nous appelions simplement Pup jusqu'au moment où il s'était mis à attraper des truites dans la Willow et avait gagné le nom de Trout. C'était bien le genre de chien curieux à découvrir mes draps souillés, mais papa avait parlé de chiens – au pluriel –, et sur le moment, toutes mes peurs, mon innocence et mon ignorance se combinèrent pour produire la vision d'une violente meute, attirée par ce type particulier de sang, qui rôdait autour de ma famille, attendant peut-être de m'attaquer dans la cour. J'enfouis le visage dans les draps et pleurai, mouillant mon pull et ma jupe. À partir de ce jour-là, je fermai la porte de ma chambre tous les matins en partant. Je la fermais le soir avant de me coucher. Si j'avais pu me déplacer dans la maison et effectuer mes corvées à l'abri derrière ma porte close, je l'aurais fait. J'étais une fille en train de devenir une femme dans un foyer d'hommes. C'était comme fleurir sur une couche de neige.

Ma rencontre avec Wil réveilla les fantômes de ces vieilles émotions et leur insuffla une nouvelle vie. Les sentiments qu'il alluma en moi constituèrent l'étape suivante vers la féminité et, comme cinq ans plus tôt, j'avais besoin d'une présence féminine à mes côtés.

En toute honnêteté, même si ma mère s'était trouvée dans la pièce voisine, je ne lui aurais pas parlé de Wil. Elle aurait été outrée par notre inconvenance dans la Grand-Rue, par l'audace avec laquelle il m'avait portée dans ses bras. Ce n'étaient pas des conseils maternels à propos de l'amour naissant que je désirais. En m'endormant ce soir-là, je souhaitais plutôt avoir quelqu'un qui tiendrait tête aux hommes de la maison et défendrait le droit d'une femme à prendre ses propres décisions en matière amoureuse. Je doute que maman m'eût aidée si elle avait été en vie. Mais le seul avantage d'avoir une mère morte, c'est qu'on peut faire d'elle une alliée inébranlable, qu'elle l'eût été ou non.

Cette nuit-là, je rêvai d'elle, les bras grands ouverts et robustes, retenant les eaux déchaînées d'une crue pendant que je m'échappais dans les bras de Wil. Derrière elle, Seth luttait contre les vagues, mais il avait beau nager avec la rage du désespoir, il ne parvenait pas à avancer. Ses yeux, exorbités et furieux, avaient cette même lueur inquiétante que lorsque j'avais quitté la table ce soir-là.

4.

Le lendemain matin, le grondement retentissant du moteur du roadster de Seth ébranla ma vitre et me réveilla en sursaut d'un profond sommeil. Je me levai d'un bond, oubliant ma cheville blessée qui se déroba dès qu'elle dut supporter ce poids, et je m'écroulai sur le parquet en pin.

Les diatribes d'Ogden ne m'avaient jamais réconfortée jusque-là, mais l'entendre invectiver Seth par la fenêtre de sa chambre du rez-de-chaussée m'évitait de hurler sur mon frère par la mienne. Il était 5 h 10, soit vingt minutes avant que la sonnerie du réveil retentisse pour que j'aille préparer le petit déjeuner, et presque une heure avant le lever habituel des hommes de la maison. Pourtant, Seth était déjà dans la cour, en train de bricoler à la lumière pâle de l'aurore la vieille Chrysler qu'il n'avait jamais réussi à réparer, mais qu'il aimait faire vrombir pour épater ses copains. Je rampai jusqu'à la fenêtre et me levai sur une jambe. À travers la vitre, derrière le saule jaunissant, je distinguai sa silhouette et le faible éclat de son jean délavé et de son tee-shirt blanc. Il avait la tête nue ; ses cheveux coupés en brosse, qui blondissaient tous les étés, avaient déjà repris leur couleur châtain clair d'automne. Je ne l'avais jamais entendu faire tourner le moteur sans qu'il y ait un public, et encore moins à une heure pareille, mais plus rien ne m'étonnait venant de Seth. Debout devant le capot ouvert, il injuria Og en retour, même si, de mon poste d'observation, il semblait maudire la maison tout entière, son haleine sortant de sa bouche en tourbillons dans l'air froid du matin.

« Je suis chez moi, pauvre connard éclopé ! enrageait-il. Et toi, qu'est-ce que tu fous, ici ? Que dalle. Alors, lâche-moi ! »

Seth le traita de bon à rien, de parasite, de cul-de-jatte, de gros lard. Og répliqua que Seth était un nul, une pédale, une fifille. Dans cet échange d'hostilités, ils étaient de force égale.

Je retournai dans mon lit à cloche-pied, remontai la couverture pour me protéger du froid et des hurlements, et je pensai à mon frère. Qu'est-ce qu'il manigançait ? Je l'écoutai enrager dans la cour, jusqu'à ce que papa lui crie de la fermer.

Seth avait la malice dans le sang. Les sévères restrictions de maman avaient agi sur lui comme une camisole de force, bridant son indiscipline et le forçant à l'obéissance, mais ses mauvais penchants bouillonnaient sous la surface. Elle le surveillait en permanence et anticipait tous ses écarts de conduite : elle le dissuadait de lancer un caillou avant même qu'il l'ait ramassé, de tirer les cheveux d'un enfant avant qu'il ait tendu la main, de crier à l'église avant qu'il ouvre la bouche. Seth et elle avaient développé un langage silencieux parlé seulement avec les yeux, les sourcils et une main, un langage qui, aussi concis et simple soit-il, recelait toute l'autorité de la loi divine. Bien avant que Seth n'utilise une pêche comme balle de base-ball ou ne saute dans une flaque de boue, maman écarquillait les yeux, haussait les sourcils et fendait l'air du tranchant de sa main droite, d'un geste sec qui signifiait : *Ne t'avise pas de faire ça.* En réponse, Seth plissait les yeux, fronçait les sourcils et, de frustration, tranchait l'air de sa main, la seule mini-rébellion qu'on lui autorisait.

Cal et moi nous attirions rarement le « tranchant », comme nous disions, puisque nous veillions à ne pas alourdir la charge que mon frère faisait déjà peser sur les épaules de maman. Je ne saurai jamais si nous nous conformions aux attentes maternelles par vertu ou pour contrebalancer les soucis causés par Seth, comme si ma famille se tenait sur une bascule précaire qu'il fallait équilibrer.

Maman ne pouvait cependant pas toujours garder l'œil sur Seth, et il accumulait les bêtises dès qu'elle avait le dos tourné. J'en ai souvent été le témoin, j'ai vu bien plus de choses que ne le devrait une fille de mon âge, et je n'ose imaginer tout ce qui s'est passé à notre insu. Je l'ai vu voler des pièces sur notre stand de pêches, donner des coups de pied à Trout quand le chien n'écoutait pas ou même parfois sans raison, partir en douce et Dieu sait où au volant du camion de papa, alors que sa tête dépassait à peine le tableau de bord. En présence de ses copains, il se comportait encore plus mal, surtout à l'école, lorsqu'ils se liguaient pour chiper le sandwich d'un plus petit au déjeuner et que le moindre désaccord se réglait à coups de poing dans la poussière. Un jour, derrière la grange, j'avais surpris Seth et les trois frères Oakley, qui habitaient au bout du chemin, en train de verser du pétrole sur des grenouilles-taureaux et de les incendier, écroulés de rire pendant que les pauvres bêtes faisaient des bonds de terreur. Je m'étais cachée dans la grange avant qu'ils me voient et j'avais pleuré contre les doux naseaux d'Abel, notre hongre.

L'été précédant l'accident, lorsque Cal n'était pas occupé aux champs et que j'avais fini mes tâches domestiques, nous nous construisions une cabane dans le plus grand peuplier de Virginie surplombant la rivière. Nous récupérions des chutes de bois dans les fermes alentour, les rapportions sur le dos d'Abel et attachions chaque planche à une corde pour la hisser dans les hautes branches. Si Cal assurait le gros du travail, il me chargeait de petites missions pour me donner l'impression de participer. Nous avions proposé à Seth de nous aider, mais il était trop occupé cet été-là à percer des tranchées avec Holden, l'aîné et le plus mal élevé des Oakley. Maman avait levé les yeux au ciel et lui avait donné la permission de creuser des trous dans un coin en jachère de la ferme où papa entreposait du matériel et des clôtures. Presque tous les jours, pendant que nous travaillions à notre cabane, les garçons nous attaquaient par surprise. Les joues noircies à la briquette de charbon, armés de branches en guise de mitrailleuses, ils faisaient mine de nous tirer dessus et nous criaient d'en bas que notre cabane était nulle et qu'on perdait notre temps.

Le jour où notre projet fut achevé – avec un plancher, quatre murs irréguliers mais solides, un toit en appentis et une échelle de corde descendant jusqu'au sol par un trou carré au milieu –, Cal et moi hissâmes un pique-nique de fête, composé de sandwichs à la confiture et d'une citronnade parfaitement acidulée que nous avions préparée nous-mêmes. Nous nous installâmes côte à côte sur une vieille couverture pour le déguster.

« Je te parie que Seth va vouloir venir, maintenant qu'on a fini tout le boulot, dit Cal, se reposant sur ses coudes en admirant son ouvrage.

— On ferait mieux de retirer l'échelle », suggérai-je, craignant surtout de devoir partager ma citronnade. Cal sourit et se pencha pour remonter la corde qu'il posa en tas sur le plancher.

Je savourai la quiétude d'être coupée du monde, en sécurité, environnée seulement par la gentillesse de Cal – même la citronnade ne comptait pas tant que ça. Pour la première fois, je mesurai consciemment le bonheur de me trouver dans un lieu inaccessible à Seth. Ce faisant, tout au fond de moi, dans un endroit impossible à nommer, j'admis que j'avais peur de mon petit frère. J'avais écouté tous les sermons à propos des ténèbres – de Satan, des serpents et des pécheurs –, mais à cet âge, j'ignorais tout des ténèbres particulières qui habitaient Seth et avec lesquelles, peut-être, certains enfants naissent, ceux-là mêmes qui passent leur vie à essayer de défaire les règles auxquelles les autres acceptent de se conformer. Tout ce que je savais, tandis que, allongée sur la couverture, j'écoutais les hirondelles pépier, Cal mastiquer et mes propres longs soupirs, c'était que Seth n'avait pas le pouvoir de détruire tout ça.

Cal et moi nous endormîmes là-haut, tels deux oiseaux dans le nid qu'ils se sont épuisés à construire, satisfaits et douillettement installés, hors de portée des chats.

Nous nous redressâmes en même temps quand le premier caillou heurta le mur de la cabane et fit voler en éclats notre paix. Encore ensommeillés, nous ne comprîmes qu'à l'impact du deuxième ce qui nous avait dérangés.

« Seth », dit Cal, en serrant les mâchoires. Nous restâmes immobiles, sans prononcer un mot, non pas tant pour nous cacher qu'avec l'espoir qu'il s'en irait si nous ne répondions pas. Une autre pierre frappa le mur, et encore une autre. Quand la cinquième fendit une planche, Cal finit par se lever d'un bond et cria à Seth d'arrêter.

« Alors, laissez-moi monter ! brailla Seth.

— Non ! répondit Cal.

— Je veux monter ! » répéta Seth. Un autre caillou tapa contre le mur. Petit, mais musclé, Seth était connu pour son lancer puissant. Pendant les matchs de base-ball sur le terrain communal, il éliminait les batteurs l'un après l'autre et, à la foire du comté de Gunnison, il gagnait tous les ans le chewing-gum au chamboule-tout.

Devant le nouveau refus de Cal, Seth commença à s'énerver au pied de l'arbre et à hurler des injures, ce qui lui aurait valu un lavage de la bouche au savon à la soude si ma mère l'avait entendu. Bien qu'il n'ait que dix ans et Cal dix-huit, Seth n'avait jamais eu de respect pour le statut d'aîné de notre cousin. Persuadé depuis son plus jeune âge d'avoir raison en tout, et toujours sur la défensive, il n'avait aucune intention de demander conseil à Cal sur des questions intéressant les garçons ou sur le monde en général. Il partait en courant devant Cal dans la cour, les champs ou le verger ; il arrachait les outils de la main de Cal quand il estimait que ce dernier travaillait trop lentement et que lui-même pourrait mieux faire. Et quand Cal le taquinait ou l'asticotait comme un grand frère, Seth se mettait dans des colères qui effaçaient toute différence d'âge et de taille et forçaient Cal à rendre les coups ou à battre en retraite. Cal apprit vite à ne pas contrarier Seth, sans quoi aucune forme de complicité n'eût été possible entre eux.

Assise sur le plancher de la cabane, je tripotais un bord effiloché du panier de pique-nique en me demandant que faire. Remonter l'échelle de corde pour empêcher Seth de nous rejoindre avait été mon idée. Je ne pouvais pas laisser Cal subir de plein fouet le choc qui allait en résulter.

« Tu as dit que c'était idiot de construire une cabane dans un arbre ! » criai-je, sans savoir si mes mots porteraient jusqu'en bas du tronc et espérant en partie que ce ne serait pas le cas. Si une personne dans la famille évitait encore plus que Cal de contrarier Seth, c'était bien moi.

Dès que j'eus parlé, je compris mon erreur. Cal se retourna vers moi et mit un doigt devant sa bouche, comme pour empêcher les mots de sortir de la mienne.

« Torie ?! Merde alors, toi aussi t'es là-haut ? » demanda Seth, la surprise autant que la colère catapultant sa voix par le trou dans le plancher.

Je croyais qu'il savait que j'étais dans la cabane avec Cal. Après tout, nous l'avions construite ensemble. C'était aussi la mienne. Pourtant, je me sentis coupable d'être là, sans comprendre pourquoi. Autant Seth refusait les conseils de Cal, autant je quêtais sans cesse l'approbation de mon grand cousin. Si Cal était d'accord, j'approuvais aussi, car il était sage et bon, et, à douze ans, j'adorais la façon dont ses yeux s'arquaient en deux petits croissants de lune quand je faisais quelque chose de bien ou de drôle. Il était pour moi une boussole à laquelle je pouvais me fier.

« Ne dis rien, me chuchota Cal en s'accroupissant. Sinon, ce sera pire.

— Pourquoi ? demandai-je.

— Il est jaloux, c'est tout.

— D'une cabane qu'il trouve débile ?

— De toi et moi », murmura Cal.

Il s'assit à mon côté sur la couverture et changea plusieurs fois la position de ses jambes, comme pour dire *Mettons-nous à l'aise et attendons que ça passe.* Pendant ce temps, Seth continuait de hurler mon nom, s'arrêtant par moments pour frapper l'arbre avec une branche tombée, nous tirer dessus avec sa mitrailleuse imaginaire et, à en juger par les grognements et les coups sourds venant d'en bas, pour tenter en vain d'escalader le large tronc.

Je ne m'étais jamais jugée digne de susciter l'envie. Comme maman et les Écritures nous l'avaient enseigné, l'envie s'apparentait à la méchanceté et même au meurtre aux yeux de Dieu. « L'envie est la carie des os », était-il écrit dans le livre des Proverbes. « L'envie a cloué Jésus sur la croix », prêchait le pasteur Whitt. Si quelqu'un d'aussi ordinaire et fruste que moi pouvait allumer l'étincelle de l'envie, n'importe quoi devait en être capable. Je me faisais presque l'effet d'être une chose malfaisante et ne savais pas du tout comment ça avait pu m'arriver. Et Seth qui continuait d'aboyer après moi du pied de l'arbre, comme un chien de chasse après sa proie.

Cal et moi restâmes assis là pendant au moins une heure, sans que mon frère se décourage. Au moment où le soleil commença sa lente descente estivale sur la ligne d'horizon, papa vint nous chercher pour que nous allions nous occuper des animaux.

« Qu'est-ce que c'est que ce raffut ? » s'écria-t-il en approchant, réduisant enfin Seth au silence. Cal et moi jetâmes un coup d'œil par le plancher de la cabane pour voir mon frère récolter la réprimande méritée.

« Rien », répondit-il, la tête baissée. Il balança son pied dans un caillou. Ses cheveux collés par la sueur étaient hérissés comme de l'armoise.

« C'est pas l'impression que j'ai eue, dit papa, les mains enfoncées dans les poches de sa salopette sale.

— Ils veulent pas me laisser monter dans leur baraque, c'est tout, dit Seth d'un ton geignard.

— Qui va ratisser la porcherie si tu traînasses là-haut ? demanda papa. Allez, dépêche-toi. » Et il regarda Seth, vaincu, se diriger vers les cochons. J'ignorais s'il pensait à son fils ou s'assurait seulement que Seth allait bien où il lui avait dit d'aller, toujours est-il que nous attendîmes un long moment avant qu'il se tourne vers nous et nous crie de descendre.

L'échelle de corde se balança et tourna sous mon poids plume, jusqu'au moment où papa la stabilisa. J'atterris dans ses bras ouverts. Ses câlins étant rares, j'en profitai pour enlacer son cou, enfouir le visage dans le creux de son épaule et inhaler son odeur. J'enroulai même mes jambes maigres autour de sa taille, le temps que Cal descende à son tour, portant la couverture et le panier à pique-nique.

La façon dont papa détacha mes bras de son cou et me reposa sans ménagement par terre, et le ton dur avec lequel il nous dit que ça ne nous aurait pas coûté grand-chose de laisser monter Seth me firent penser à une autre admonestation de maman, tirée de la première lettre de Jean : « Que celui qui aime Dieu aime aussi son frère. » Elle nous rappelait souvent que nos péchés et notre repentir n'étaient pas des actes indépendants, mais en rapport avec les autres. Du plus loin qu'il m'en souvienne, j'ai su que Seth et moi étions unis par un lien mystérieux et éternel. Tandis que papa s'éloignait, je demeurai plantée là, perplexe, sous la cabane à présent un peu gâchée, sans avoir aucune idée des profondeurs où nous finirions par sombrer, mon frère et moi.

Le moteur du roadster rugit une dernière fois, après quoi j'entendis la porte de la cuisine s'ouvrir à la volée et la voix furieuse de papa tonner dans la cour. La porte claqua et reclaqua quelques minutes plus tard, sans doute quand papa puis Seth rentrèrent comme des ouragans. Mon réveil sonna ; je me levai, m'habillai et traversai la maison froide et silencieuse en boitant jusqu'à la cuisine. Ma cheville avait beau me faire souffrir pendant que je préparais le petit déjeuner, j'espérais encore que ma blessure était sans gravité. Si j'étais incapable de marcher, je ne pourrais pas tenter de retrouver Wil, ou au moins d'apprendre s'il était resté ou parti, s'il existait ou non des perspectives.

Les hommes pénétrèrent un par un dans la cuisine éclairée par la lampe, sans s'adresser la parole ni même un regard. On n'entendit que les cliquetis des couverts tandis qu'étaient vidées les assiettes de jambon et d'œufs au plat. Seth sortit de table le premier, suivi d'Ogden et de papa, et je me retrouvai seule, soulagée, pour finir mon repas et débarrasser. Plus ils étaient en colère les uns contre les autres, plus je passais inaperçue : exactement ce qu'il me fallait pour trouver Wil.

Alors que je terminais la vaisselle, j'entendis le bruit du fauteuil roulant de mon oncle qui revenait vers la cuisine. À mesure qu'Og prenait du poids, le fauteuil grinçait davantage. Je m'attendais à voir l'appareil se casser par le milieu et mon oncle atterrir par terre, pendant que les roues prendraient la fuite, enfin libérées de sa pénible et permanente compagnie.

Une institutrice m'avait appris un jour que le président Roosevelt se déplaçait lui aussi en fauteuil roulant, dans un modèle sans doute similaire à celui d'Ogden, avec un dossier en bois et deux longues planches, semblables à une paire de jambes raides, terminées par des pieds. Roosevelt ne se laissait pas photographier ni voir en public dans son fauteuil, m'avait expliqué l'enseignante, à tel point que peu de gens croyaient à la rumeur concernant son handicap.

Il avait une allure très présidentielle sur les clichés publiés dans les journaux et s'exprimait avec force et éloquence à la radio. Il conduisait même une belle automobile dans des défilés ou des cortèges. Je n'avais jamais vu d'invalide avant que mon oncle revienne de la guerre, brisé et hargneux. Le nouvel Ogden ne ressemblait pas du tout à l'ancien, et encore moins au seul président que j'aie jamais connu. Roosevelt et Og étaient morts depuis longtemps et on ne fabriquait plus de fauteuils roulants en bois quand je vis l'une des deux seules photos connues du président dans le sien. Combien d'anciens combattants, amputés et malheureux comme mon oncle, me demandai-je alors, auraient peut-être un peu moins souffert si le président n'avait pas, de honte, dissimulé sa condition ?

Tandis que j'essuyais les assiettes en me tenant sur un pied, j'entendis Og se cogner contre le mur et jurer. Je me tournai pour le regarder franchir le seuil de la cuisine, tenant des béquilles dans une main et s'efforçant de faire avancer le fauteuil de l'autre. Nos regards se croisèrent. Aucun de nous deux ne sut quelle attitude adopter devant ce geste de courtoisie inhabituel.

« Tiens », grommela-t-il, lançant les béquilles par terre. Puis il fit demi-tour et repartit dans le couloir.

Je n'avais pas vu ces béquilles depuis le jour où il était revenu, métamorphosé, de la guerre.

Nous étions allés à Montrose dans nos habits du dimanche amidonnés, ce même été 1942 où Cal et moi avions construit notre cabane perchée. Impatiente de revoir mon oncle, je m'agitais et transpirais, assise entre Seth et Cal à l'arrière de la grosse berline empruntée par papa à notre voisin, M. Mitchell. Sur la longue banquette avant, tante Viv papotait nerveusement avec maman, ses anglaises façonnées avec soin rebondissant tels des ressorts. J'imaginais Ogden et son frère, le fringant Jimmy, descendant du train dans leurs beaux uniformes militaires : ils regardaient d'un bout à l'autre du quai, puis les yeux clairs d'Ogden s'illuminaient en nous voyant – nous, sa nouvelle famille, venue l'accueillir à son retour à la maison. J'imaginais Og saisissant tante Viv par la taille pour l'attirer contre lui et l'embrasser sur les lèvres, comme je l'avais vu faire dans le verger quelques jours avant qu'il parte combattre en Europe, ma tante arquant le dos avec la grâce d'un saule.

Nous ne connaissions pas Ogden depuis très longtemps lorsqu'il avait été mobilisé après son mariage avec Viv. Ce qui ne nous empêchait pas de ressembler à une couverture du *Saturday Evening Post*, serrés les uns contre les autres sur le quai, prêts à les recevoir, Jimmy et lui, comme deux des nôtres. Tandis que la locomotive noire grossissait en approchant, je n'avais pas besoin d'autre raison qu'un vague patriotisme et des rudiments de culture populaire pour l'adorer. Il était un héros de guerre, une star de cinéma, un géant. Mon impatience était telle, quand le train finit par s'arrêter devant nous dans un lent grincement métallique, que j'aurais aussi bien pu attendre que Roosevelt en personne surgisse sur le marchepied.

À l'instant où Ogden apparut, je compris que j'avais été flouée. Mon esprit en déroute s'efforça de comprendre par qui, mais la seule réponse qui me vint fut par Ogden lui-même – ce soldat estropié, enserrant des béquilles en bois jaunies, le regard vide sous le bateau chaviré qu'était son calot de soldat.

Vivian parut suffoquer à sa vue et enfouit le visage dans l'épaule de maman. Cette dernière la repoussa et l'obligea en hâte à se redresser, la saisissant par les épaules et la manœuvrant comme une lourde charrue. « Arrête », chuchota-t-elle durement dans les boucles de Vivian.

Cal et papa échangèrent un regard, puis se précipitèrent pour aider Og. En réponse à leurs mains tendues, il leva une de ses béquilles, manquant frapper Cal au visage, et se cala contre l'encadrement de la porte en marmonnant : « Éloignez vos sales pattes de moi. »

Cal et papa reculèrent, et nous restâmes tous figés, abasourdis, à le regarder descendre tant bien que mal les marches du train avant de nous tourner le dos. Je me rappelle le gémissement de tante Viv et le son creux des béquilles sur le quai en bois, qui se répétait tel un lent battement de cœur maladif à mesure qu'il s'éloignait en boitillant. Je regardai les visages émaciés des soldats qui descendaient du train. Aucun d'eux n'était l'Ogden de mon souvenir. Aucun d'eux n'était Jimmy.

Nous retrouvâmes Og devant la gare, les yeux rivés au sol. Papa avança la voiture, dans laquelle nous prîmes place. Nous attendîmes qu'Ogden nous rejoigne – si longtemps que papa coupa le moteur et qu'on n'entendit plus que la plainte de tante Viv. Maman redescendit et parvint à le persuader de s'asseoir devant à côté d'elle. Personne n'ouvrit la bouche de tout le trajet de retour. Serrée entre Cal et moi, Vivian contemplait, incrédule, l'arrière de la tête immobile de son mari. Je posai la main sur son genou, et elle s'y agrippa comme à une bouée de sauvetage.

« C'est la volonté de Dieu » : telle fut la réponse de maman à la tirade de tante Viv sur son soldat brisé, après qu'elle eut fait irruption dans notre cuisine, en larmes, le lendemain matin. Viv laissa libre cours à ses lamentations, se demandant tout haut pourquoi, s'il détestait la vie et tout ce qui allait avec, Og ne s'était pas laissé mourir sur le champ de bataille ou n'était pas resté sur la plage à côté du corps de Jimmy. Maman posa deux bols de café sur la table et ordonna à Viv de s'asseoir.

Chaque fois que j'entendais maman se référer à la volonté de Dieu – et je l'entendais très souvent –, je l'interprétais ainsi : Dieu veut ou ne veut pas. Dieu veut qu'un jeune soldat meure dans les bras de son grand frère. Dieu veut qu'il y ait la guerre, de l'amertume, Il veut transformer un homme en étranger. Dieu ne veut pas s'expliquer.

Je traversai la cuisine en clopinant et ramassai les vieilles béquilles qu'Ogden m'avait lancées. Je les calai sous mes aisselles et tentai de marcher avec.

Dieu veut arracher ta mère, ton cousin et ta tante à cette terre, comme des pêches cueillies trop tôt sur la branche.

J'éteignis la lumière de la cuisine sans ranger la vaisselle propre dans les placards, j'enfilai mon manteau en laine bleu marine pendu au crochet près de la porte de derrière, je desserrai mon lacet pour pouvoir glisser mon pied enflé et bandé dans ma chaussure et, les béquilles sous les bras, je sortis nourrir les bêtes.

Dieu veut que deux inconnus se rencontrent au croisement de la rue North Laura et de la Grand-Rue pour les conduire vers l'amour. Dieu ne veut pas leur rendre la tâche facile.

Dieu veut prendre une vie, donner une vie, rendre une vie méconnaissable. Dieu ne veut pas nous avertir de ce qui nous attend.

Quand les animaux furent nourris et que les rayons du soleil matinal s'étendirent jusqu'à l'autre côté de la vallée, je regardai autour de moi pour m'assurer que personne ne me remarquait. J'enfourchai mon vélo, posai avec précaution les béquilles en travers du guidon et, sans m'arrêter pour me demander si Dieu le voulait ou ne le voulait pas, je partis à la recherche de Wilson Moon.

5.

Si je m'attendais à rencontrer des obstacles dans ma quête, je n'aurais pas imaginé que Ruby-Alice Akers serait l'un d'entre eux.

Ruby-Alice, notre plus proche voisine, habitait une vieille ferme sur un lopin de terre triangulaire densément boisé le long de notre route. L'air revêche, un bonnet de laine noir toujours vissé sur ses boucles de couleur indéterminée, elle vivait entourée d'animaux errants, raisons pour lesquelles maman la jugeait trop excentrique pour mériter l'attention d'une bonne chrétienne. On avait beau passer devant chez elle presque tous les jours, jamais on ne s'arrêtait pour lui rendre visite ou pour déposer une tarte en gage de bon voisinage. Maman nous ordonnait de ne pas regarder dans sa direction lorsqu'elle circulait en ville sur son vélo noir brinquebalant, son vieux panier tressé accroché au guidon. Elle avait une manière de dévisager les gens de ses yeux bizarres et d'entrouvrir les lèvres comme si elle s'apprêtait à aboyer une grossièreté, mais ne disait jamais un mot. Tout Iola la jugeait folle, quoique assez inoffensive pour la laisser tranquille.

Un soir, à la table du dîner – à l'époque où maman occupait encore la place qu'Ogden s'était ensuite attribuée –, le regard de Seth s'était éclairé lorsqu'il avait raconté avoir lancé des cailloux sur la vieille dame qui le lorgnait en passant à bicyclette sur notre route commune.

« Je l'ai touchée en plein dans le mille, s'était-il vanté, son sourire révélant un morceau de pain à moitié mâché. Mais elle est tellement zinzin qu'elle a continué à pédaler comme si elle avait rien senti. »

Je m'attendais à ce que maman le gronde pour avoir agressé notre voisine, ou au moins parce qu'il parlait la bouche pleine, mais elle se contentait de manger son jambon à petites bouchées délicates.

« C'est le diable », avait ajouté Seth en riant. Papa et Cal jetaient des coups d'œil à maman, dans l'expectative, mais elle se taisait toujours. Comme un chien surpris de se découvrir sans laisse, Seth s'en donnait à cœur joie. « Le diable en personne, qui vit juste là au milieu des pins ! »

Il avait agité ses index au-dessus de ses oreilles comme des cornes, jusqu'au moment où maman avait enfin réagi. « On ne parle pas de Satan dans cette maison. »

Peu de temps après, maman et moi avions croisé Ruby-Alice sur son vélo, dans la Grand-Rue. Je n'avais pas pu m'empêcher de la regarder, me demandant si Satan se cachait vraiment sous ce déguisement improbable. Elle était d'une laideur démoniaque, pas de doute là-dessus. Des mèches blanches emmêlées dépassaient de son bonnet noir. Sa peau ridée avait une teinte bleutée maladive. L'un de ses yeux était tellement enfoncé dans son orbite qu'il semblait manquer. L'autre – bleu métallique, fou et protubérant – s'était rivé aux miens l'espace d'une seconde inquiétante.

Elle m'avait fixée et avait entrouvert ses lèvres fines en nous croisant à vive allure, mais on n'avait entendu que le grincement de son vélo et les graviers crissant sous ses roues. Un chihuahua noir et hirsute, aux oreilles pointues de chauve-souris, tremblotait dans son panier d'osier.

« Tu l'as regardée ? » m'avait demandé maman. Elle s'était arrêtée pour me soulever le menton et me scruter.

« Non, m'man, avais-je répondu, sans savoir pourquoi je mentais.

— Folle à lier, avait dit maman, lâchant mon visage et me saisissant le bras pour reprendre le chemin de l'épicerie. Que Dieu nous vienne en aide ! »

Ma mère avait pressé le pas, comme pour échapper à une menace, alors que Ruby-Alice avait déjà disparu au coin de la Grand-Rue. J'avais du mal à suivre sa cadence. Je me demandais pourquoi, si Ruby-Alice Akers était folle, c'était nous, et non pas elle, qui avions besoin de l'aide de Dieu.

J'avais commencé à prier pour elle en secret. Chaque fois qu'elle surgissait, je prononçais en pensée la même bénédiction clandestine, d'une traite, comme pour en finir au plus vite avec l'offense faite à ma mère : *MonDieuAidezRuby-AliceAkersAmen.* Je trouvais ma phrase efficace, puisqu'elle couvrait la folie, Satan, sa peau bleutée et tout ce qui pouvait bien l'affliger, et en même temps suffisamment concise pour être envoyée au ciel à l'insu de maman. C'était étrange de lui cacher une prière, sachant que les garçons et moi n'en disions jamais assez à son goût, mais à ses yeux, il n'y avait manifestement pas de salut possible pour notre voisine. Pourquoi je m'estimais seule capable de ramener Ruby-Alice dans les bonnes grâces de Dieu, je l'ignore, n'empêche que je le croyais de tout mon jeune cœur. Même quand, cachée derrière un arbre, elle m'avait jeté un regard furieux alors que je sortais de l'église, chancelante, après les funérailles de ma famille ; même à ce moment où j'avais les yeux embués et l'esprit embrumé par le chagrin, j'avais pensé *MonDieuAidezRuby-AliceAkersAmen.* Le pasteur Whitt avait chargé ses fils de la chasser des abords de l'église. Lors d'un de mes rares instants de lucidité en cette sombre journée, je l'avais regardée enfourcher son vélo et déguerpir.

À l'automne de mes dix-sept ans, j'avais abandonné depuis longtemps mes prières enfantines pour Ruby-Alice, et si nous étions encore voisines, je songeais rarement à elle. Je ne l'avais pas vue depuis le milieu de l'été, lorsqu'elle était passée à vélo devant notre stand de pêches au bord de la route et m'avait regardée à sa manière bizarre. Trout s'était mis à aboyer comme un fou à son passage. J'avais fait taire le chien, je m'étais excusée auprès des clients en train de choisir les pêches de la première récolte et je n'avais plus repensé à la vieille dame.

Lorsque je partis en quête de Wilson Moon ce matin-là – les béquilles en équilibre instable sur le guidon de mon vélo tandis que je descendais notre allée, puis rejoignais la route de la ville –, je tombai sur Ruby-Alice Akers, dressée devant moi telle une apparition dans la faible lumière. Elle n'avait ni son bonnet noir ni sa bicyclette. De pitoyables bouclettes blanches se hérissaient autour de son visage blême. Ses jambes émergeaient tels deux cure-dents blafards de ses bottes en cuir usées. Elle était vêtue d'une robe en mousseline défraîchie lui arrivant aux genoux et de plusieurs épaisseurs de cardigans de laine d'un vert si semblable à celui des pins qu'ils se fondaient dans le paysage, donnant l'impression qu'elle était amputée du torse. Son œil enfoncé m'examinait comme si j'étais une inconnue ; l'autre, proéminent, paraissait m'accuser de l'avoir fait attendre trop longtemps.

Je manquai tomber de vélo en voulant la contourner. Elle se tenait figée, l'air furieux. Son œil globuleux considéra les béquilles et ma cheville bandée. Elle fit claquer sa langue et secoua la tête.

Il ne me vint pas à l'idée de m'arrêter. La femme pour laquelle je m'étais tant inquiétée, enfant, n'était plus pour moi qu'un élément du décor, ainsi qu'elle l'était pour tout le monde. En cet instant, elle représentait seulement un obstacle sur ma route, comme l'auraient été une vache ou un morceau de bois.

La voyant tendre vers moi ses doigts crochus et écartés, je crus qu'elle voulait me faire tomber. J'eus un mouvement de recul et je pédalai pour m'éloigner le plus vite possible. Au passage, je remarquai son vélo abandonné au milieu des marguerites fanées dans le fossé.

Quand j'y repense, j'ai honte de ne même pas avoir ralenti pour lui demander si elle avait besoin d'assistance. J'étais tellement concentrée sur ma recherche de Wilson Moon, ou peut-être tellement conditionnée à ignorer Ruby-Alice comme on ignore un chien errant, que je n'envisageai même pas qu'elle puisse être blessée ou désorientée. Alors, de là à imaginer que c'était elle qui m'offrait son aide, mais qu'elle ne savait pas plus comment m'aborder que je ne savais communiquer avec elle…

En ville, Wil demeura introuvable. Iola se réveillait tout juste. Cinq ou six personnes partaient travailler ou se dirigeaient vers le café. M. Jernigan balayait le seuil de sa quincaillerie. Deux automobiles et un camion de lait passèrent dans la Grand-Rue. Je traversai deux fois le centre-ville – pas davantage, car j'aurais risqué d'attirer l'attention –, dans l'espoir que Wil me voie et apparaisse à une fenêtre ou une porte, et qu'il me fasse signe, le sourire aux lèvres. J'imaginai à quoi il ressemblerait après avoir pris un bain chez Dunlap, et peut-être déniché des vêtements propres, et mon cœur s'accéléra. N'ayant aperçu aucune trace de lui, je garai mon vélo devant la pension, plaçai les béquilles sous mes aisselles et gravis les marches sur un pied. La porte d'entrée était maintenue ouverte par une pierre. Passant une tête à l'intérieur, j'inhalai les odeurs de café et de bacon mêlées à celle des hommes, mais je ne vis qu'un long vestibule lambrissé de bois, des bancs alignés contre le mur, une demi-douzaine de paires de bottes boueuses et autant de manteaux accrochés aux patères. Je me creusai la cervelle afin de trouver un prétexte pour entrer.

Un barbu de l'âge de papa, quoique moins voûté et plus costaud, arriva et s'assit sur un banc. Il récupéra ses bottes et enfila la droite, sifflotant en nouant ses lacets. Au moment où il attrapait la gauche, il jeta un coup d'œil vers la porte et ses moustaches s'élargirent en un sourire agaçant. Il lâcha un long sifflement aigu à travers ses chicots en me détaillant de la tête aux pieds. « Eh bien, eh bien, regardez voir ce qu'on a là », railla-t-il.

Tous les automnes, la pension Dunlap se remplissait de journaliers venus louer leurs bras pour les moissons et les foins, ainsi que de bouviers espérant se faire embaucher pour rassembler les troupeaux dans les hauts pâturages et les conduire dans la vallée avant les premières chutes de neige. Cet afflux était nécessaire et bienvenu, même si certains hommes apportaient des ennuis. Celui-là, avec son sourire aux dents jaunes et ses yeux fiévreux, me donnait envie de voir revenir l'hiver.

Je commençai par bredouiller, agrippant mes béquilles. À en juger par les bruits de vaisselle en provenance de la cuisine, M. et Mme Dunlap devaient débarrasser le petit déjeuner.

« Je viens aider les Dunlap à préparer le déjeuner, mentis-je avec une surprenante facilité.

— Ils sont au fond, poupée », répondit-il d'un ton trop familier.

Je pris une inspiration profonde, passai le seuil, puis traversai le vestibule sur mes béquilles, sentant le regard de l'homme sur moi. « M'est avis que vous serez pas d'une grande aide, ajouta-t-il avec un sourire idiot, en montrant ma cheville bandée.

— Je me débrouillerai », rétorquai-je, enhardie par mon prompt mensonge et mes premiers pas dans la pension interdite.

À l'intérieur, je m'attendais à croiser d'autres clients, mais à mon grand soulagement ils étaient soit dans la buanderie, soit déjà partis au travail. Le salon, sombre et humide, était meublé de deux canapés de cuir usé et de quelques chaises en bois disposées au hasard autour d'un poêle ventru. Une grosse cuvette en laiton, au bord évasé, était posée à côté de l'âtre en briques ; « Prière d'utiliser le crachoir », disait l'écriteau appuyé dessus. Accrochée au mur, une tête de wapiti à douze cors contemplait la scène de ses yeux noirs et vides. Je suivis les bruits de vaisselle.

Je trouvai Mme Dunlap en train d'essuyer les dernières assiettes du petit déjeuner en fredonnant. En contraste avec l'aspect minable du salon, la cuisine avait des murs blancs propres et une haute rangée de fenêtres d'où pénétrait à flots le soleil matinal. Mme Dunlap était une grande femme aux hanches larges et au teint pâle. Elle portait une simple robe en coton blanc sous un tablier en denim attaché lâchement. Ses cheveux châtain clair étaient retenus sous un mouchoir bleu marine noué autour de son front, de sorte que les extrémités pointues lui faisaient comme une deuxième paire d'oreilles. Elle était si absorbée dans ses pensées et sa chanson qu'elle prit seulement conscience de ma présence lorsque je me raclai la gorge exprès.

« Oh, Torie, ma puce. Je ne t'avais pas vue. » Elle se tapota le cœur, puis m'accueillit avec un sourire chaleureux, ses petits yeux marron s'arrondissant gentiment. Elle sursauta une deuxième fois en remarquant mes béquilles, jeta son torchon et se dépêcha de m'avancer une chaise. « Qu'est-ce qui t'est arrivé ? me demanda-t-elle. Tiens, assieds-toi, ma chérie. »

J'avais oublié quelle personne affable était Mme Dunlap, n'ayant eu que peu de contacts avec elle depuis la mort de ma mère, mais je me rappelai alors ses longues étreintes aux funérailles de ma famille, et les nombreux ragoûts et tartes qu'elle avait déposés sous notre porche les mois suivants.

« Ça va, madame Dunlap, dis-je en m'asseyant et en posant les béquilles par terre. Ce n'est qu'une cheville foulée. Ces terriers de chiens de prairie, vous savez.

— Oh, je sais bien, dit-elle, compatissante. Ça m'est déjà arrivé, à moi aussi. Satanées bestioles. Ma pauvre chérie. » Elle approcha une chaise à côté de la mienne et s'y installa. « Que puis-je pour toi ? Et appelle-moi Millie, ma puce, simplement Millie. »

Les mensonges avaient coulé si facilement depuis mon entrée dans la pension que j'ouvris la bouche en espérant qu'il m'en viendrait un autre pour expliquer ma visite. Rien ne sortit. Je tripotai les boutons en bois de mon manteau. Millie se pencha un peu plus près et haussa les sourcils.

Incapable d'inventer un prétexte, et rassurée par la sympathie de Millie, je fis la bêtise de dire la vérité.

« Je me demandais si un certain Wilson Moon était descendu chez vous. » Mon cœur s'emballa quand je prononçai son nom pour la première fois.

En voyant l'expression de Millie changer, je compris aussitôt mon erreur.

« Cet Indien crasseux ? demanda-t-elle avec une grimace, se reculant comme pour échapper à une mauvaise odeur. Torie, ma chérie, pourquoi diable cherches-tu ce sauvage ? »

J'en restai sans voix. De ma vie, je n'avais jamais vu d'Indien. Tout ce que j'en savais se résumait à ce que j'avais appris à l'école – sur leur violence contre la génération de mes grands-parents, à l'époque où les Blancs avaient tenté de civiliser l'Ouest, et sur leur transfert par l'État dans des endroits où ils ne causeraient plus de problèmes. Je me remémorai les remarques de papa et de Seth la veille, qui avaient pris Wil pour un Mexicain. Le fait qu'il soit indien lui attirerait encore davantage de mépris. Je ne pouvais tout simplement pas y croire.

Millie attendait une réponse, la mine de plus en plus soupçonneuse, frôlant le dégoût.

« Je… mon…, bégayai-je, mon père a entendu dire qu'un garçon cherchait du travail. On a une grande cueillette à faire ces deux prochaines semaines. Je ne le connais pas, on m'a juste donné son nom. »

Millie se détendit. « Eh bien, crois-moi, ton papa voudrait rien avoir à faire avec ce garçon. De toute façon, ce vieux Trout le laisserait pas approcher à moins de un kilomètre de votre verger. » Elle sourit. L'insinuation était claire : Wil n'était même pas digne de l'approbation d'un chien. « Un regard à ce Peau-Rouge et on l'a jeté dehors hier soir.

— Oh ! » Je ne voulais pas me trahir, mais ne pus dissimuler mon inquiétude.

« Nos pensionnaires seraient furieux si on commençait à accepter des sauvages ici, sans parler des maladies qu'ils répandent. » Elle frissonna, comme si elle parlait d'une infestation de rats. « Non, dis à ton père qu'on serait ravis d'afficher une annonce indiquant qu'il cherche un ouvrier, mais ce sera pas ce garçon. À l'heure qu'il est, il doit être à des kilomètres. Du moins on l'espère, pas vrai ? » Elle me tapota la jambe, supposant que je partageais son avis.

Son contact me donna la nausée. Heureusement, son mari pénétra dans la cuisine à l'instant même où j'allais perdre mon calme. M. Dunlap avait les bras chargés d'épis de maïs verts. Millie se précipita pour l'aider.

« Bonjour, Torie. Content de te voir », dit-il avec autant de désinvolture que si je passais tous les matins leur rendre visite.

Millie intervint avant que j'aie pu parler ; il me parut évident qu'elle voulait éviter le sujet de Wil. « M. Nash cherche un journalier pour la fin de la récolte des pêches. J'ai dit à Torie qu'on ferait passer le mot aux clients. » Elle m'adressa un clin d'œil.

« Si on peut rendre service », dit son mari, retirant les longues feuilles d'un épi et la soie blanche en dessous. M. Dunlap était grand et musculeux, et ses avant-bras veinés se gonflaient à chacun de ses gestes. « Certains de nos pensionnaires auront bientôt fini les foins. Il y en a bien un qui cherchera un nouveau boulot. »

Je le remerciai, puis nous échangeâmes encore quelques banalités sur la moisson, ma cheville et l'agréable temps d'automne. Dès que la politesse me le permit, je ramassai mes béquilles, m'excusai et retraversai la pension en clopinant. Encore plus que ma blessure, le poids de mes mensonges m'encombrait, sans parler du rejet de Wil par les Dunlap – une manifestation d'intolérance qu'il devait subir souvent, hélas, s'il était vraiment de sang indien. Arrivée sous le porche baigné de soleil, j'eus la sensation de suffoquer. Je posai les béquilles contre la balustrade et, dans un état proche de la panique, déboutonnai mon manteau, me tortillai pour le retirer et le laissai tomber par terre, en sueur et le souffle court.

La quasi-certitude que Wil avait quitté la ville m'inquiétait beaucoup plus que la question de ses origines. L'expulsion par les Dunlap s'ajoutant à l'hostilité et aux menaces de ma propre famille, il n'avait aucune raison de rester à Iola. Une fille aussi ordinaire que moi n'avait sûrement pas le pouvoir de le retenir dans un endroit où il était si peu le bienvenu. Je pris une profonde inspiration, fis appel à tout le pragmatisme inculqué par ma mère et me promis d'oublier ces bêtises. Wil était parti. Je me dis que ma vie n'était pas différente de ce qu'elle était la veille, avant que je plonge dans les profondeurs de ses yeux sombres.

Mais en reprenant mon vélo pour rentrer à la maison, je ne pouvais que feindre le détachement. Parce que, dans ces yeux-là, je n'avais pas seulement vu un homme singulier, mais aussi une nouvelle facette de moi-même à laquelle je ne voulais pas renoncer.

6.

À mon réveil le lendemain matin, les événements des deux jours précédents tournaient en boucle dans ma tête. Ayant besoin de m'occuper pour penser à autre chose, je me persuadai que ma cheville, quoique encore enflée, était suffisamment remise pour me permettre de travailler.

Avant de boiter jusqu'à la cuisine pour préparer le petit déjeuner, je rendis ses béquilles à mon oncle. En les posant contre le mur à côté de sa porte close, je le considérai sous un jour nouveau et m'imaginai à sa place – une jambe perdue à la guerre, l'autre inutile après l'amputation du pied gangrené, un corps autrefois agile désormais prisonnier d'un fauteuil roulant. Depuis son retour, la rage d'Ogden était sûrement son seul exutoire au chagrin. Viv n'avait pas caché le dépit que lui inspirait son guerrier mutilé, malgré les injonctions de ma mère à cesser de gémir et à accepter le dessein de Dieu. Lorsqu'elle était morte si brusquement, j'en avais voulu à Og de ne pas montrer assez de tristesse. Mais peut-être que son absence était pour lui un rappel de moins de son ancienne vie devenue inaccessible. Si j'étais incapable d'endurer ces béquilles un jour de plus, comment l'ancien aventurier supportait-il cette existence d'invalide ?

Après avoir posé les béquilles, je me glissai dans le salon et j'ouvris le secrétaire à rabat où ma mère rangeait son bloc de papier à lettres lavande. Je n'avais pas le droit d'y toucher de son vivant et ne l'avais pas fait depuis sa mort. Je détachai la première feuille, m'attendant à moitié à voir sa main apparaître devant moi et fendre l'air en réprimande. Je pris un crayon encore parfaitement taillé dans une boîte en argent, griffonnai « Merci », repliai la feuille et j'allai la déposer devant la porte d'Ogden, sans espérer – ni recevoir – de réponse.

J'eus largement de quoi m'occuper les jours suivants. Nous cueillions de belles pêches depuis juillet, mais c'étaient les nuits froides et les journées chaudes du début de l'automne sur les pentes occidentales du Colorado qui donnaient aux fruits leur délicieuse saveur sucrée. Nos clients attendaient avec impatience cette précieuse dernière récolte. Selon son rituel d'automne, papa se réveillait plusieurs fois par nuit pour vérifier la température, conscient que notre succès ne tenait qu'à un fil. Une chute brutale ne serait-ce que de trois degrés pouvait ruiner nos efforts : les fruits, réduits à l'état de bouillie sur les arbres, n'étaient plus bons qu'à nourrir les cochons. L'objectif consistait à récolter assez lentement pour fournir des produits frais l'automne durant, et cependant assez vite pour que tous les arbres aient été effruités avant les premières grosses gelées. Jusque-là chanceux cette année, nous avions pu gagner deux bonnes semaines par rapport à la norme, mais papa n'était pas du genre à croire à une chance durable. Préoccupé par une chute d'un peu plus de un degré le matin où Seth avait fait tout ce raffut avec sa voiture, et d'un demi-degré supplémentaire le matin où j'avais discrètement rendu ses béquilles à Ogden, il donna l'ordre d'effruiter tous les rangs de pêchers aussi vite que possible. Cheville endolorie ou pas, j'étais contente d'avoir du travail.

J'avais récolté des pêches ma vie entière. La pratique m'était aussi naturelle que de respirer. D'aussi loin que je m'en souvienne, j'ai toujours su me fier au parfum et à un toucher délicat pour déterminer la maturité idéale, su soulever et tourner chaque pêche en douceur pour la détacher de sa tige sans abîmer la chair fragile, su quel fruit rose était prêt à la vente, à la livraison ou bon à manger sur l'arbre. Contrairement aux pommes et aux poires, le moment crucial pour cueillir ou déguster une pêche se situe dans un intervalle de temps bref – trois, quatre jours. Ma famille avait bâti la réputation de notre verger non seulement sur la forme et le goût exquis de nos pêches, mais aussi sur notre aptitude à les récolter et à les vendre à parfaite maturité – un savoir-faire transmis sur trois générations.

Mon panier au bras gauche, mon visage et mes épaules chatouillés par les feuilles dorées en forme de banane, je levais la main droite pour cueillir une pêche après l'autre, portant fréquemment le fruit à mon nez pour en inhaler l'arôme sucré. Papa avait raison, bien sûr. Le dernier lot était prêt.

Je choisis de travailler en solitaire, à l'extrémité du verger, là où poussaient les plus vieux arbres. Papa, Trout à ses côtés, se chargeait de la parcelle la plus récente près de la grange, et Seth des rangs le long de la rivière. Les frères Oakley – Holden, Chet et Ray – arrivèrent en milieu de matinée pour nous prêter main-forte. Je me doutais qu'ils ne le faisaient pas par bonté d'âme. De fait, leur père s'était mis d'accord avec le mien : en échange du labeur de ses fils, papa et Seth iraient aider les Oakley pour la transhumance. Un engagement de deux jours, pour rassembler leur troupeau dans les hautes vallées et le descendre, via Almont et Gunnison, jusqu'à leur ranch à la périphérie d'Iola. Connaissant les frères Oakley, papa avait dit à leur père que l'accord ne tiendrait que s'il n'y avait pas de problèmes, ni de fruits talés. Je sentis leurs Lucky Strike et les entendis jurer et chahuter moins de deux minutes après avoir rejoint Seth près des arbres de la limite est. Soit ils étaient hors de portée d'oreille de papa, soit il avait tellement besoin d'aide qu'il tolérait leur cirque.

Il allait sans dire que je devrais interrompre ma cueillette pour disposer le repas sur la table à midi. Alors que le soleil se rapprochait de son zénith dans le ciel lapis-lazuli, je rassemblai mes paniers remplis et les posai au bord de la route du verger, où papa les chargerait sur le plateau du camion. Je passai devant Seth et les Oakley en boitant – ignorant leurs commentaires étouffés à mon passage – et poursuivis mon chemin vers la maison. En m'approchant, je vis papa parler avec un inconnu dans la cour. Assez jeune, le visage couvert de taches de rousseur, il dépassait papa d'une tête, mais semblait deux fois plus maigre, portait une salopette en denim sale et un chapeau de paille à large bord. Des gants de travail usés pendaient de sa poche arrière. Trout agita la queue en guise de bienvenue, sans réussir à attirer son attention. Lorsqu'il me vit arriver, papa me fit signe de le rejoindre, et l'homme tourna vers moi un long visage chevalin.

« Les Dunlap l'ont envoyé », dit papa, désignant l'inconnu sans le présenter.

J'accusai le coup : les ramifications de mes mensonges s'étendaient partout. Je tentai d'imaginer une nouvelle fable pour expliquer pourquoi j'étais entrée dans la pension interdite et avais inventé un besoin de main-d'œuvre, mais papa ajouta aussitôt : « Bien aimable de leur part. Une paire de bras supplémentaire sera pas superflue. » Il hocha la tête vers l'homme, qui répondit de même : l'accord était scellé. « La paie sera pas mirobolante, donc sers-lui un bon déjeuner. »

Je relâchai mon souffle et souris à l'inconnu, qui ne me rendit pas mon sourire. « Compte sur moi », dis-je.

Quand les hommes envahirent la cuisine pour le déjeuner, leur odeur entra avec eux. Un mélange âcre de sueur, de tabac, de jus de pêche et de soleil d'automne couvrit l'arôme des aliments, même quand je sortis les petits pains du four, même quand je posai le poulet rôti et les pommes de terre au milieu de leur cercle affamé. Oncle Og nous rejoignit, ajoutant son odeur de whiskey et de tabac à chiquer tandis qu'il manœuvrait son fauteuil roulant jusqu'à sa place habituelle, la mine renfrognée.

Pendant qu'ils entamaient leur repas, je m'affairai derrière le fourneau, le dos tourné, versant le jus du plat à rôtir dans un poêlon afin de préparer une sauce pour le dîner. Papa présenta le nouveau venu sous le nom de Forrest Davis. Og grommela, les garçons lui dirent bonjour, puis se remirent à échanger vantardises et insultes. Tous mangèrent avec appétit, et aucun ne remarqua mon absence à table, ce qui me convenait parfaitement.

J'incorporais de la farine dans la sauce, sans leur prêter trop d'attention, lorsque Davis, silencieux jusque-là, se racla soudain la gorge et dit d'une voix étonnamment grave : « Pour un peu, j'aurais créché avec un sauvage à la pension. Vous en avez entendu parler ? »

Je suspendis mon geste, la main serrée sur le fouet, le dos raidi. La respiration figée dans mes poumons, je tendis l'oreille.

« Je parie que c'est ce sale fils de pute que t'as agressé, Seth, dit l'un des frères Oakley, la bouche pleine – Holden, devinai-je à son ton venimeux.

— Il paraît qu'il s'est fait jeter de chez Dunlap », répondit Seth.

Je me demandai comment il l'avait su, qui il avait interrogé et pourquoi.

« Ouais, confirma Davis. Mais pas avant d'avoir contaminé la buanderie. Il est entré en douce, le salopard. » Davis mâcha, déglutit. « Dunlap l'a surpris en train de voler des vêtements sur la corde à linge. Il s'est barré avec une brassée. »

La sauce oubliée cailla et déborda. Des éclaboussures brunes giclèrent et me brûlèrent le pouce. Je fis un bond en arrière, renversant le poêlon qui répandit son contenu gluant sur la cuisinière. Derrière moi, le silence se fit. Les hommes devaient avoir les yeux braqués sur moi, mais j'avais le visage tellement empourpré à la suite de la mention de Wilson Moon que je n'osai pas me retourner.

« Désolée, dis-je, attrapant une éponge dans l'évier. Quelle maladroite ! » Et je lâchai un rire qui sonnait faux.

La conversation reprit. Au bout d'un moment, je ne savais plus qui disait quoi ; l'un avait entendu que le garçon s'était évadé de prison, dans le Sud, à proximité d'une des réserves ; un autre, que c'était d'un pensionnat pour Indiens qu'il s'était échappé ; un troisième affirma que c'était un voleur, un vagabond qui pillait une ville avant de passer à la suivante. Ils se moquèrent de ses peintures de guerre, de ses mocassins, le traitèrent de barbare, de vermine.

« Je parie qu'il est loin d'ici à cette heure, dit Davis.

— Il a intérêt, grommela oncle Og.

— Pour sûr, répliqua Seth. Si je revois ce putain de Peau-Rouge, je le descends.

— Ça suffit », intervint papa pour la première fois. Je l'entendis poser ses couverts dans son assiette et repousser sa chaise. « Allons en finir avec les fruits, les garçons. »

Les hommes quittèrent la cuisine tous ensemble, avec fracas, emportant leurs propos fielleux et leurs odeurs aigres, laissant une table jonchée de miettes, de vaisselle et d'une carcasse de poulet si bien nettoyée qu'on l'aurait dite dépecée par des vautours. Mes mains tremblaient en débarrassant. Moi qui avais déjà eu du mal à concevoir la possibilité que Wil soit indien, ou même ce que ça signifiait pour moi, comment croire qu'il soit un fugitif ou un voleur ? Ces accusations semblaient tellement injustes. Que savais-je cependant de ce garçon, sinon qu'il avait du charme, une aura de mystère et la force de me porter comme si je ne pesais rien ?

Je remplis l'évier, me tenant sur un pied pour soulager ma cheville, et lavai distraitement la vaisselle, me remémorant les sensations que j'avais éprouvées dans les bras de Wil, lorsque j'avais contemplé ses yeux pénétrants et remplis de bonté. Je me souvins de son histoire de trajet dans un train de charbon et m'interrogeai sur la vérité et le mensonge. Les hommes avaient certainement raison de penser que Wil avait quitté Iola depuis longtemps. Et pourtant…

Après avoir essuyé et rangé la vaisselle, je retournai à ma parcelle du verger pour passer l'après-midi à cueillir. Au-dessus de notre ferme, la terre aride présentait un patchwork d'armoise vert pâle, de chênes de Gambel roux et de pins pignons miteux. Ici et là, des massifs de trembles jaunes se trémoussaient comme pour une petite fête sur le coteau austère. Quelques pins ponderosa s'élevaient au-dessus du reste et déployaient leurs larges jupes sombres. Le soleil tapait, inconscient que l'été était fini. À l'ombre du verger, où mon cœur était presque apaisé et mes sens en alerte, mon intuition me souffla, pour le meilleur ou pour le pire, que Wil n'était pas loin. J'ignore comment je le savais, mais je sentais qu'il m'observait chaque fois que je levais la main, que je humais puis détachais d'une torsion une pêche douce et mûre de sa branche. Plus tard, il me raconterait que le soleil de l'après-midi se réverbérait sur les feuilles dorées pour faire scintiller ma peau ; qu'il m'avait regardée mordre dans une pêche charnue et avait vu le jus couler le long de mon avant-bras et goutter de mon coude nu ; que ma bouche brillait, comme pour l'inviter à y presser ses lèvres. C'était à ce moment, me dirait-il, qu'il s'était rendu compte qu'il tombait amoureux de moi, plus intensément à chacune de mes bouchées gourmandes et à chaque coup d'œil que je jetais dans sa direction à travers les arbres ébouriffés.

Mon espoir qu'un dur labeur réussirait à m'ôter Wil de la tête se révéla vain. Au contraire, pendant tout l'après-midi silencieux au verger, lui seul occupa mon esprit. Perdue dans mes pensées, je ne vis pas la journée passer. Je remplissais mon dernier panier avant de rentrer à la maison préparer le dîner, quand j'entendis un bruissement à ma gauche. Je sursautai, mon panier pencha et plusieurs pêches dégringolèrent dans l'herbe. Le bruit se rapprocha : quelqu'un écartait les branches pour traverser le verger, non pas par les allées herbeuses, mais en diagonale à travers les arbres. Ma raison me dit qu'il s'agissait d'un cerf, tandis que mon cœur priait pour que ce soit Wil. Je l'imaginai, sortant du feuillage : une large épaule émergeait, puis l'autre, et il se tenait en silence devant moi, le visage illuminé par un sourire entendu, la paume ouverte, comme s'il attendait que j'y pose une pêche, même si je savais bien que c'était ma main qu'il voulait.

Soudain, je vis Forrest Davis repousser les branches de la rangée voisine, à quelques mètres de moi. Il avançait d'une démarche déterminée, presque agressive, comme s'il était concentré sur une destination, sauf que, si ç'avait été le cas, il aurait emprunté l'un des nombreux sentiers vers la route, plutôt que se frayer un passage à travers les alignements d'arbres. Il s'arrêta pour scruter la rangée, dans la direction opposée à l'endroit où je me tenais. Il portait ses gants, mais pas de panier. D'habitude, papa interdisait l'usage des gants, jugeant le toucher aussi important que la vue et l'odorat pour la cueillette. Je me demandai si mon père n'avait pas eu le temps de le préciser, ou si le nouvel ouvrier supportait mal les règles. Le grand chapeau de paille de Davis, retenu par un cordon autour de son cou, pendait sur ses omoplates. Ses mouvements étaient rapides et nerveux. Lorsqu'il se retourna vers moi pour inspecter ce côté du rang, son front nu m'apparut immense, large et bombé, ce qui accentuait l'allure chevaline de ses pommettes hautes et de sa longue mâchoire pointue. Je restai figée comme une statue, espérant bêtement passer inaperçue. Il me vit, bien sûr, et la surprise le fit sursauter. Nos yeux s'accrochèrent une infime seconde. Il regarda derrière moi, sans expression : j'aurais aussi bien pu être un lapin. Il fit pivoter son long cou d'un côté à l'autre, se retourna brusquement, puis sa silhouette dégingandée disparut entre deux arbres. J'entendis sa progression, marquée par des bruissements suivis de pauses, jusqu'à ce qu'il soit hors de portée d'oreille.

Davis cherchait Wil. J'en étais sûre. Je frissonnai, autant sous l'effet de la brise fraîche de l'après-midi qu'à cause du regard malveillant de cet étranger.

Mais Davis n'était pas seul à la poursuite de Wil. Le lendemain à l'aube, en aidant papa et Seth à faire les livraisons en ville, je découvris deux affiches accrochées devant chez Chapman. Le nom n'était pas mentionné, pas plus que les détails du délit, mais les deux placards manuscrits punaisés de part et d'autre de l'entrée visaient manifestement Wil : « Recherché : voleur, peau basanée, cheveux noirs, dangereux. Récompense de 20 $. Voir Martindell. »

Ezra Martindell était ce qui se rapprochait le plus d'un représentant de la loi à Iola. Son grand-père avait construit l'une des premières maisons de la Grand-Rue, presque soixante-dix ans plus tôt, et la famille Martindell au grand complet avait pris l'habitude de se planter sous son porche pour surveiller tout ce qui se passait en ville. Sans plus de qualifications que ça, le père d'Ezra, Albert, avait été désigné représentant du bureau du shérif du comté de Gunnison. À la mort d'Albert, Ezra avait hérité de l'insigne et de l'attitude arrogante. Une fois le téléphone installé à Iola, en 1942, sa seule mission avait consisté à appeler le shérif Lyle à Gunnison en cas de problème et à maintenir l'ordre le temps que les vrais policiers fassent le trajet d'une demi-heure. Ça me rendait furieuse que des gens comme Ezra Martindell puissent promettre une récompense pour la capture de Wil sur la foi de mensonges, de conjectures et peut-être de quelques vêtements manquants sur une corde à linge, qui avaient aussi bien pu être emportés par le vent.

Mon inquiétude augmenta lorsque Seth émit un sifflement enthousiaste en voyant l'affiche, comme si on lui présentait un défi qu'il avait hâte de relever. Pis encore fut le regard entendu qu'il me jeta en tapotant d'un doigt malpropre le mot *récompense*.

« Pour sûr, dit-il avec un sourire mauvais, ces vingt dollars sont pour moi. »

7.

Papa n'avait pas mentionné ma cheville ce matin-là, mais après la livraison chez Chapman, alors que j'étais assise sur le siège arrière du camion, à enrager en silence en contemplant le dos de mon frère, il m'annonça qu'il voulait que je travaille à notre stand au bord de la route jusqu'au déjeuner.

« Si ce Davis revient, on devrait avoir assez de bras, dit-il. Cora aura beaucoup de passage aujourd'hui. »

Cora Mitchell, la fille célibataire de nos voisins, vivait dans un cabanon rustique mais propret sur les terres de ses parents. Elle tenait notre stand presque tous les jours à la fin de l'été et en automne, en échange de quoi mon père aidait le sien dans leur ranch la plupart des lundis et mercredis. Nos familles fonctionnaient déjà ainsi bien avant ma naissance. Cora était douée pour parler du temps, des pêches et des derniers potins avec les gens du coin, et pour accueillir les étrangers comme s'ils faisaient partie de la famille. Elle avait l'art de convaincre un client d'acheter douze pêches quand il avait eu l'intention d'en prendre six, une cagette lorsqu'il était venu en chercher une demie. Il arrivait souvent qu'elle ait tout vendu dès le début de l'après-midi. Il n'y avait donc aucune raison de m'envoyer tenir le stand avec elle, hormis la foulure que j'étais déterminée à ignorer. Mais ma colère contre Seth et la méfiance que m'inspirait Forrest Davis étaient telles que je me réjouissais de m'éloigner d'eux.

« Ça me va », dis-je à papa.

À notre arrivée, Cora nous attendait consciencieusement devant le stand en planches d'un blanc passé. Seuls producteurs de pêches de la région, nous avions l'unique étal permanent le long de la route 50, juste après le pont au-dessus de la nationale 149, marquant l'embranchement pour Iola. D'autres fermiers des environs dressaient parfois des tables à cet endroit pour vendre leur production, surtout des légumes ordinaires, mais notre stand possédait un vrai toit en tôle, un plancher en bois et une autorisation officielle. D'après la légende, mon grand-père avait encadré le document le jour où il était allé le chercher à Gunnison et l'avait accroché au mur du salon comme si c'était une œuvre d'art, au lieu de le punaiser à l'intérieur du stand selon les instructions reçues.

Papa et Seth déchargèrent les paniers, exhalant de petits nuages de vapeur dans l'air froid du matin. Cora nous accueillit avec un sourire qui creusa des fossettes dans ses joues et commença aussitôt à disposer les fruits frais sur l'étal incliné, en vitesse mais harmonieusement, formant des rangées régulières, tournant la peau la plus rose vers l'extérieur, remettant les rares fruits talés dans leur panier. Très grande, Cora Mitchell était aussi la plus grosse femme que j'avais vue de ma vie et, même si je la connaissais depuis toujours, il m'arrivait encore d'être surprise par sa corpulence. Elle portait un immense chemisier blanc qui se tendait sur sa poitrine et son ventre volumineux, et dont le volant élastique s'enfonçait dans le bourrelet de chair au-dessus de son coude. Malgré la fraîcheur, de fins ruisselets de sueur dégoulinaient de ses boucles brunes et serrées. Je pris ma place à côté d'elle et disposai les fruits jusqu'à ce que le camion soit entièrement déchargé et que papa et Seth soient repartis.

La matinée démarra lentement, seuls quelques lève-tôt s'arrêtèrent au stand durant la première heure. Cora et moi discutâmes du temps, de nos familles et de nos fermes. Elle était assise sur le large tabouret usé fabriqué par son père des années plus tôt. Bien qu'il y en ait un deuxième et malgré la douleur dans ma cheville, je ne tenais pas en place. Entre les clients, Cora s'occupait en tricotant une écharpe verte, pendant que je repensais inlassablement à l'affiche de Martindell. J'avais une folle envie de raconter à Cora tout ce que je savais à propos du prétendu voleur, mais mon expérience avec Millie Dunlap m'incitait à garder les lèvres closes.

À 9 heures, une file de voitures était garée sur le bas-côté et une foule se pressait autour du stand. Cora papotait et flattait le client, telle l'hôtesse d'une réception mondaine. Elle gloussait quand on nous remerciait d'être ouverts si tard dans la saison et répondait qu'il fallait plutôt remercier le Seigneur tout-puissant pour ce bel automne. J'espérais que sa gaieté compenserait mon évidente distraction. Je m'efforçais de discuter de manière cordiale, d'emballer les commandes et de rendre la monnaie correctement, mais plus d'une fois, Cora m'adressa un regard interrogateur et plaisanta en disant que la douleur dans ma cheville avait dû me monter au cerveau.

Je ne parvenais pas à faire coïncider l'impression que m'avait faite Wil avec celle qui circulait en ville – celle d'une menace, d'un sauvage, d'un voleur. Je me demandais comment découvrir la vérité le concernant, avoir de lui une image qui ne soit pas déformée par la rumeur, la malveillance née d'une intolérance aveugle, ou par mon propre désir instinctif. Ruby-Alice Akers était la seule paria que j'aie jamais connue. On m'avait appris que c'était une créature dérangée, enragée et dangereuse, indigne de respect ou d'égard – pas loin de ce qu'était Wil aux yeux de Seth, de Millie Dunlap, de Martindell et des autres. Je me rappelai alors avoir vu Ruby-Alice, plantée seule au milieu de la route deux jours plus tôt. Pourquoi ne lui avais-je pas proposé mon aide ?

Lors d'une accalmie dans le flot de clients, je demandai à Cora si elle avait vu notre voisine récemment.

« 'core plus souvent qu'd'habitude », répondit-elle. Le parquet gémit quand elle alla de la caisse à son tabouret. Elle s'assit et exhala plusieurs fois à travers ses lèvres pincées, comme si elle soufflait des bougies invisibles. « L'a passé presque toute la s'maine sur not'e route, figée comme si elle 'tendait quelqu'un. Z'avez dû la voir aussi, pile au croisement avec vot' allée. » Cora avait la manie d'amputer les mots, comme si certains étaient trop longs à prononcer.

« Tu crois qu'elle a un problème ? demandai-je, sans réfléchir à ma formulation.

— Eh ben… », répondit Cora dans un gloussement signifiant *Par où commencer ?*

Je tentai une autre approche. « Moi aussi, je l'ai vue sur notre route. Ça m'a paru bizarre, même de sa part. Tu penses qu'elle est malade ?

— Jamais eu l'idée de lui poser la question, j'avoue. Mais p't-êt' bien. Hier, quand on est allées en ville 'vec maman, elle était pile au milieu de la route et r'gardait de tout côté, l'œil écarquillé. La voiture a eu du mal à passer. »

Je ne savais pas trop si j'étais réconfortée ou perturbée d'apprendre que Cora et sa mère avaient témoigné à la vieille dame la même indifférence que moi.

« Pourquoi est-ce que tout le monde a peur d'elle ? demandai-je. Seth pense que c'est le diable. »

Cora rit et répondit : « Oh, la plupart des gens ont pas peur d'elle, ils s'méfient juste de ce qu'ils trouvent bizarre. Z'ont oublié qu'elle a pas t'jours été toquée.

— Ah bon ?

— Nan. » Cora secoua la tête. « Si j'ai bien compris, l'a perdu la tête après la grande épidémie de grippe qu'a frappé la région. P't-êt' à cause de la fièvre. P't-êt' à cause du chagrin.

— Elle a perdu des proches ? »

Cora hocha la tête et haussa ses sourcils sombres. « Tous.

— Combien ? demandai-je, surprise.

— Je saurais pas te dire. J'étais 'core au berceau à l'époque. J'ai juste entendu les histoires. Nan, j'ai toujours connu la même Ruby-Alice que toi. Qui s'balade sur son vieux vélo et fixe les gens de ses yeux fous.

Sans jamais prononcer un mot. Et qui r'cueille toutes les bêtes errantes pour lui t'nir compagnie. Que Dieu nous vienne en aide.

— MonDieuAidezRuby-AliceAkers », répondis-je distraitement, en réfléchissant aux paroles de Cora.

Elle hocha la tête et reprit son tricot. En pensée, j'ajoutai *Amen.*

Quand j'étais enfant, Cal et moi nous allongions à plat ventre au bord du petit étang du verger. Il tendait la main et écartait les feuilles flottantes, révélant un monde caché en dessous. On se prélassait là, côte à côte, attendant patiemment de voir ce qui allait nager devant nous ou remonter à la surface. La découverte de chaque poisson, de chaque ver et de chaque punaise d'eau nous semblait un petit miracle. Ma conversation avec Cora me fit la même impression, comme si on avait écarté ce qui m'empêchait de voir sous la surface. Ruby-Alice n'était ni folle ni diabolique : c'était juste une femme seule, au cœur brisé, de la même façon que Wil n'était qu'un vagabond et un étranger à la peau foncée dans une ville qui en voyait peu. Soudain, je compris ce qui m'avait échappé : c'était moi que la vieille dame avait guettée tous les jours sur la route. Le matin où je m'étais éloignée d'elle à toute vitesse, elle tendait les mains non pas pour me pousser, mais pour m'alerter. Wil était resté à Iola et se cachait chez Ruby-Alice. Elle lui avait offert un refuge. J'en avais la certitude.

« Cora, je peux m'absenter un moment ? demandai-je, faisant mon possible pour paraître naturelle, alors que mon cœur cognait.

— Bien sûr, ma chérie, sans problème, répondit-elle. Le déj'ner de ces messieurs à mett'e en route, je sais. »

Bien que la préparation du déjeuner soit le cadet de mes soucis, Cora avait raison. Je sortis du stand et j'examinai le ciel sans nuages : je disposais d'un peu plus d'une heure avant le repas. Je me forçai à ne pas courir. Je n'avais aucune idée de ce qui se passerait une fois que j'aurais trouvé Wil, mais résoudre l'énigme de sa disparition m'aiguillonnait. Je marchai d'un pas alerte et décidé, sans presque plus boiter, tant j'étais sûre de la justesse de ma théorie. J'imaginai plusieurs versions de nos retrouvailles : dans toutes, je finissais dans les bras de Wil.

Une fille de dix-sept ans peut être idiote, surtout si elle ignore tout du pouvoir extraordinaire de l'amour jusqu'à ce qu'il la submerge telle une crue soudaine. Mais mon intuition selon laquelle Wil était proche et ma certitude de le trouver, en train de m'attendre, dans la propriété voisine où Ruby-Alice recueillait ses étranges créatures étaient parfaitement fondées. Il me suffisait de traverser un bois de pins, de franchir un portail précédemment interdit, de traverser une cour où des pintades, des poules et de drôles de petits chiens vagabondaient en liberté. Il me suffisait de frapper à une porte couleur rose pâle à laquelle je n'avais jamais frappé.

Je tapai d'un geste timide, trop doucement sans doute pour être entendue. Comme personne ne répondait, j'y mis un peu plus de vigueur. Puis je fis un pas en arrière, j'inspirai profondément et j'attendis. À la dernière seconde, je dégageai mes cheveux de mon visage et rajustai ma robe, redressai les épaules et relevai le menton. Mon apparence, dont je m'étais peu souciée jusqu'ici, devenait soudain d'une importance cruciale, mais je ne pouvais plus y faire grand-chose maintenant que je voyais la poignée commencer à tourner.

La porte s'ouvrit avec un grincement métallique et Wilson Moon parut, souriant, radieux, nimbé de calme, comme s'il n'avait jamais douté de ma venue. De la même façon qu'on se réveille en sursaut d'un rêve, je fus saisie à la pensée que j'avais passé plus de temps avec ce garçon en imagination que dans la réalité. Nous nous connaissions à peine, cependant je m'étais convaincue qu'il m'accueillerait. Debout devant lui, je rougis et me trémoussai, sans savoir que dire ni que faire.

Par chance, il m'offrit sa main et je la pris. Il me guida dans la maison et je le suivis.

Les hommes entrèrent un par un dans la cuisine, charriant de nouveau leurs odeurs, leurs appétits et leurs sempiternelles insultes. Lorsqu'ils furent assis, je posai sur la table un plat de sandwichs au jambon, une pleine jatte de salade de chou, puis un pot de thé sucré. Agitée, en nage après ma course, je gardai la tête baissée.

« T'es malade ? » C'était Seth, remarquant mes joues rouges et mes cheveux collés par la sueur. Il me regardait, bouche ouverte, l'air accusateur, comme si je n'avais pas le droit d'être souffrante ou, pis, comme si je faisais semblant. Davis leva sa tête de cheval et m'examina quelques secondes avant de se replonger dans son assiette.

« J'ai dû me dépêcher de rentrer du stand, c'est tout, répondis-je, me retournant vers le plan de travail pour couper des tomates.

— Des clients ? demanda papa, se servant un grand verre de thé.

— Plein, répondis-je en toute sincérité.

— Des Indiens ? » lança Seth, sarcastique. Les frères Oakley et lui éclatèrent de rire.

Oncle Og entra à ce moment-là et roula jusqu'à sa place à table. « Qu'est-ce qu'il y a de si marrant ? demanda-t-il d'un ton grincheux.

— Rien du tout, le cul-de-jatte, répliqua Seth.

— Ça suffit », dit papa. Et les hommes se remirent à manger.

Un seul Indien, eus-je envie d'exulter à la face de Seth. *Mon Indien*, pensai-je, pas encore sûre de ce que ça signifiait ni que l'étiquette s'applique à Wil, mais sachant que j'avais trouvé l'homme que mon frère et ses acolytes cherchaient et que j'en connaissais beaucoup plus qu'eux le concernant.

Je savais que Wil avait dormi dans une hutte de chasseur abandonnée, haut dans les collines de la Big Blue Wilderness, qu'il était redescendu en cachette afin d'effectuer quelques menus travaux pour Ruby-Alice en échange de nourriture et de couvertures, et qu'il m'avait observée, épiée même, pendant que je travaillais au verger, convaincu que nous nous retrouverions. J'avais su que les accusations à son encontre étaient fausses à l'instant où je l'avais vu vêtu de la même salopette et du même tee-shirt que le jour de notre rencontre – quoique propres à présent. Seule manquait sa casquette rouge. Je connaissais la chaleur de sa paume contre ma joue, le contact de sa peau veloutée et le goût sucré-salé de ses lèvres, dont le baiser trop bref m'avait laissé un désir fou d'y revenir. Et je savais avec une certitude absolue qu'il m'attendrait près du peuplier de Virginie voûté au bout de la route dès que j'aurais réussi à chasser les hommes après le déjeuner. Mon secret me titillait les entrailles comme si j'avais avalé une plume. Je débarrassai les assiettes sous le nez des mangeurs avant même qu'ils aient fini de mâcher leur dernière bouchée et souris d'un plaisir clandestin en me penchant sur l'évier pour faire la vaisselle.

Lorsque papa se leva pour sortir, je le prévins que je retournais au stand aider Cora à fermer.

« Bien », dit-il sans un regard dans ma direction, totalement inconscient de la portée de mes mots. C'était le premier mensonge que j'aie jamais dit à mon père – un prix que j'étais prête à payer pour me retrouver dans les bras de Wilson Moon.

8.

Wilson Moon devint mon amant. Ça commença par le petit baiser sur les lèvres, le matin où je l'avais découvert chez Ruby-Alice Akers, et par de longues étreintes lorsque nous nous retrouvâmes plus tard ce jour-là, comme convenu, à côté du peuplier de Virginie qui poussait presque parallèle au sol au bout de notre route. Chaque nouveau mensonge à papa me venait plus facilement que le précédent, et je réussis à m'éloigner de la ferme la plupart des après-midi, une fois ma cueillette achevée. Je rejoignais Wil sous le peuplier, ou au bord de la Willow, ou sur la rive plantée de roseaux de la Gunnison, ou près de l'épicéa bleu solitaire sur la colline, ou encore chez Ruby-Alice, au milieu de sa ménagerie. Chaque fois, il m'attendait à découvert, comme si son seul souci était de m'accueillir et de m'envelopper dans la sécurité de ses bras robustes. Je blottissais mon visage contre son torse, et son odeur musquée m'apaisait. Il s'écartait à peine, juste assez pour me regarder, émerveillé, comme si j'étais une apparition ou la soudaine incarnation de ce qui n'était auparavant qu'une rumeur.

Certains après-midi, en me voyant arriver, il filait, léger et rapide, dans les bois ou les herbes hautes, et je le suivais. On se laissait tomber par terre, on s'embrassait et on riait sans raison. On s'allongeait sur le dos pour regarder les nuages changer de forme ou des faucons voler en cercle. Une fois, un pygargue à tête blanche traversa le ciel à tire-d'aile, une truite dans ses serres. Wil me le montra du doigt et déclara que c'était un signe. Un signe de quoi ? J'étais trop timide pour le lui demander, mais la façon dont il m'attira plus près de lui et m'embrassa sur le front me donna le sentiment que nous avions été bénis. Aucun de nous n'étant très bavard, peu de mots s'échangeaient lors de nos rendez-vous amoureux. Le silence nous convenait, tel un espace creusé exprès pour notre plaisir. Je mentionnai un jour que j'avais perdu une grande partie de ma famille. « Moi aussi », répondit-il. Je regrettai ensuite de ne pas lui avoir posé plus de questions, mais sur le moment, le léger bruissement de la brise à travers les herbes sèches et son épaule pressée contre la mienne semblaient la plus tendre des réponses. Il mangeait goulûment mes pêches, à grand bruit, avec des soupirs de délectation, et serrait ensuite ma main si fort que le jus collait presque nos paumes. Il n'entrait dans aucune catégorie, défiait toute convention et même parfois la rationalité, comme le jour où il massa ma cheville douloureuse jusqu'à chasser l'ultime fluide qui attisait ma souffrance.

Quand j'y repense, notre innocence s'évaporait un peu plus à chacune de nos rencontres clandestines, à chaque caresse ; deux semaines seulement après que Wil eut ouvert cette porte rose pâle, notre passion nous entraîna au-delà de tout bon sens et sur sa couche, dans la cabane isolée sur les hauteurs de la Big Blue Wilderness.

Juste après le petit déjeuner ce matin-là, je regardai papa et Seth enfiler leurs grosses vestes de toile et leurs chapeaux de cow-boy usés, puis charger dans le camion des selles, de longs rouleaux de corde, ainsi que les deux sacs à dos que j'avais remplis de gourdes, de viande séchée, de haricots en conserve et de bocaux d'œufs durs. Ils s'absenteraient deux jours, le temps de rassembler le bétail des Oakley dispersé dans les alpages au nord et de le descendre vers les pâturages d'hiver dans la vallée.

Alors que le vieux camion s'éloignait en pétaradant dans l'allée, l'impatience me consumait tout entière. Je fis la vaisselle du petit déjeuner, nourris les bêtes, mais ne pensais qu'à Wil. Moi qui n'avais jamais pris de bain le mercredi, je remplis la baignoire et m'y prélassai, imaginant la caresse de Wil tandis que je me savonnais, sentant l'intérieur de mon corps se réveiller, s'ouvrir et se réchauffer, jusqu'à ce que je sorte de l'eau, toute rouge et chancelante. Je séchai mes cheveux au soleil d'automne, puis servis à oncle Og son déjeuner accompagné d'une fable sur la nécessité de passer la nuit auprès d'une Cora Mitchell gravement malade. Son seul souci étant de disposer d'assez de sandwichs au jambon et de thé sucré dans le frigo, je me hâtai d'en préparer une grande quantité avant de m'éclipser par la porte de derrière. Le temps que je rejoigne Wil, qui m'attendait au fond du verger, j'avais envie de me fondre en lui. Je le suivis le long des rives de la Willow, puis sur le sentier qui montait en pente raide en s'éloignant d'Iola. Le paysage, où dominaient la roche, l'armoise et les pins pignons, laissa place à des prairies herbeuses émaillées de trembles jaunes ; le sentier se perdit dans la végétation ; l'air fraîchit et se raréfia. Lorsque la vieille cabane finit par apparaître dans la lumière déclinante, je remarquai à peine le ruisseau derrière ou la prairie délicatement éclairée. Mon cœur cognait, autant de désir qu'à cause de la longue marche, et j'avais seulement envie de m'allonger dans le lit de Wil. Il écarta la peau de cerf qui fermait l'entrée et se tourna vers moi, une question muette dans les yeux. Je hochai la tête – pour dire *Oui, je suis prête ; oui, je suis sûre.* Il sourit et me conduisit à l'intérieur.

En suivant Wil dans la hutte et en le laissant me déshabiller – chaque vêtement tombant sur le sol de terre jusqu'à ce que je sois nue devant lui –, j'étais libre pour la première fois de ma vie. Il se dévêtit à son tour, et nous restâmes là un moment, nus, étonnés. Puis il prit délicatement mon menton dans sa paume et approcha mes lèvres des siennes. Nous glissâmes sur le lit, tellement absorbés l'un par l'autre que l'univers entier parut condensé dans cet instant et dans ce lieu, dans notre peau, nos caresses et nos mouvements.

Faire l'amour avec Wil me donna le sentiment d'arriver à un endroit que je cherchais à atteindre depuis très longtemps. Dans ses bras, je devenais tout ce que je n'avais jamais eu l'idée d'être avant notre rencontre : belle, désirable, et même un peu dangereuse. Je passais la nuit loin de la ferme, j'étais une femme qui faisait des choix et prenait des risques, non pas une jeune fille timide et obéissante.

Une fois qu'il se fut endormi, je gardai la joue posée contre son épaule, ses bras m'entourant aussi naturellement que si nous étions dans notre lit conjugal. Jamais je ne m'étais blottie dans les bras nus d'un homme, jamais je n'avais songé à dormir sur la poitrine nue d'un homme. Alors même que je sentais sa respiration, les battements réguliers de son cœur et l'odeur légèrement sucrée de sa sueur, il demeurait pour moi une énigme. Un rayon de lune argenté, s'insinuant par la petite fenêtre de la hutte, illumina son visage lisse, son cou tendineux et le bras musclé posé sur les édredons roses donnés par Ruby-Alice. Je tentai de découvrir dans sa main large des indices éclairant son histoire – le bracelet tressé rouge et noir qui ne quittait jamais son poignet, les cicatrices blanches barrant ses jointures, les callosités évoquant un homme beaucoup plus âgé. Je m'interrogeai sur l'extraordinaire pouvoir de son toucher : sa caresse n'avait pas seulement guéri ma cheville, mais aussi une autre douleur, au fond de moi, dont je n'avais pas pleinement conscience.

Je sortis avec précaution ma main de sous les couvertures et la posai sur la sienne, me remémorant le prodige que je l'avais vue accomplir une semaine plus tôt, lorsqu'elle avait arraché un chiot à l'emprise de la mort. Nous étions chez Ruby-Alice, où je découvrais avec stupéfaction tous les bibelots sur les étagères de ma voisine et son surprenant amour du rose. À l'époque où, enfant, je priais pour son âme, je n'imaginais pas qu'elle puisse dormir, manger et vivre dans une petite maison douillette, entourée de statuettes d'anges, de chiens et de bonshommes de neige. C'est alors que Ruby-Alice avait fait irruption par la porte d'entrée.

Elle était muette, comme toujours, mais à l'évidence paniquée, et son œil fou implorait Wil. Dans ses mains reposait un chiot atone, son pelage blanc et brun recouvert d'une substance visqueuse. L'animal était manifestement mort-né. Sa tête pendait d'un côté et ses pattes minuscules étaient toutes molles. Sans un mot, Wil avait tendu les mains, dans lesquelles Ruby-Alice avait posé le chiot. Wil l'avait placé contre son ventre et s'était mis à le masser de haut en bas, d'un mouvement à la fois énergique et délicat. Il avait levé le petit corps sans vie jusqu'à ses lèvres, soufflé doucement sur le museau, puis avait recommencé, frictionnant, soufflant, frictionnant encore. Ruby-Alice semblait inconsciente de ma présence, alors que nous étions à un pas l'une de l'autre, toutes deux pétrifiées. Wil avait fait rouler le chiot inanimé sur le dos, exposant un ventre tacheté comme un crapaud, et massé sa petite poitrine en n'utilisant cette fois que deux de ses doigts. De nouveau il avait porté le corps de l'animal à ses lèvres et lui avait parlé tout doucement, prononçant des mots inconnus et à voix si basse que je ne les comprenais pas. Puis il avait repris son massage, serré le chiot contre son cœur, fermé les yeux et expiré.

Le premier mouvement du chiot qui revenait à la vie était tellement infime et inattendu que j'avais eu du mal à y croire. Mais l'animal avait remué une deuxième fois, sans aucun doute possible, et bientôt il se tortillait dans les mains de Wil, comme s'il était né de ses paumes. La petite créature avait tendu le cou, aveugle, pointant le museau en cherchant un téton. Tout sourire, Wil lui avait donné un petit baiser et l'avait rendu à Ruby-Alice. Elle avait tapé des mains, rayonnante, dévoilant ses dents jaunes et de travers dans son visage pâle. Le chiot blotti contre sa poitrine tombante, elle était repartie aussi vite qu'elle était apparue, claquant la porte derrière elle.

J'étais bouche bée. « Comment… ? » Avant que j'aie pu formuler ma question, les lèvres de Wil se posaient sur les miennes et nous glissions sur le sol. J'avais dû faire appel à toute ma volonté pour m'arracher à ses mains et me dépêcher de rentrer à temps pour préparer le dîner.

Une semaine plus tard, étendue nue contre le torse lisse de Wil dans la cabane éclairée par la lune, je vibrais de désir à présent que ces mains avaient touché mon corps tout entier. Je penchai la tête pour observer le contour de ses lèvres. Ne sachant si je devais le réveiller, je posai un baiser léger sur la chair douce sous sa clavicule. Puis ne pus m'empêcher de l'embrasser encore. Au troisième baiser, il remua. Au quatrième, il se pencha vers moi et nos bouches s'unirent. Nos corps ondulèrent à l'unisson, sachant exactement quoi faire, bien que l'expérience soit nouvelle pour nous deux. Nous fîmes l'amour une deuxième fois, lentement, en rythme, comme si la première n'avait été qu'une répétition.

Tandis que nous nous étreignions dans le clair de lune automnal, le souffle court, endoloris, je n'aurais pu imaginer que notre enfant commençait à grandir.

9.

Le lendemain après-midi, j'arrivai à la maison quelques minutes avant papa et Seth, épuisée par le manque de sommeil et la longue marche depuis la hutte. Wil m'avait escortée jusqu'à notre portail à l'extrémité du verger et m'avait embrassée avant de disparaître au milieu des arbres. Je traversais la cour, rêveuse, à peine consciente de fouler le sol, quand le bruit soudain du camion de papa dans l'allée me ramena à la réalité avec la brutalité d'un coup de fouet. Je m'esquivai par la porte de la cuisine, retirai à la hâte ma veste et mes bottes crottées, rassemblai mes cheveux en queue-de-cheval et mis une casserole d'eau à bouillir sur le fourneau, sans savoir avec quoi j'allais la remplir. Grâce à Dieu, papa et Seth prirent leur temps pour décharger le matériel et s'occuper de ce que j'avais négligé dans la grange. Je savais que je me ferais réprimander pour ne pas avoir ramassé les œufs, ni nourri les animaux ce matin-là. Je me repassai les détails du mensonge que j'avais servi à oncle Og, à propos de la maladie de Cora, me préparant à raconter la même histoire.

Lorsque papa et Seth finirent par entrer, l'air aussi épuisé que je l'étais, j'avais eu le temps de poser des sandwichs au fromage et du thé glacé sur la table, de jeter des pommes de terre dans la casserole, des oignons et des haricots verts dans une poêle, que je remuai pour paraître occupée. Ils avaient à peine retiré leurs vestes que Seth traversait en trombe la cuisine. Je demandai à papa comment s'était passée la transhumance, me forçant à prendre une voix naturelle et aimable, comme si la fille qui parlait n'était pas une femme complètement transformée. Il grommela qu'ils en avaient « perdu une », puis sortit de la cuisine, sans préciser si la vache s'était égarée ou si elle était morte. C'était la première fois que papa ne ramenait pas au pâturage d'hiver le troupeau au complet, qu'il ait travaillé pour Oakley, Mitchell ou comme journalier. Mon intuition me soufflait, à raison, que c'était la faute de Seth.

Papa revint, suivi de Seth, et ils s'assirent à table. Affamés après une chevauchée difficile, ils dévorèrent tout ce que je plaçai devant eux.

Og arriva dans son fauteuil roulant et émit un sifflement. « Ça alors, regardez qui est de retour à la maison. »

Mortifiée, je levai les yeux de l'évier où j'égouttais les pommes de terre pour avoir confirmation qu'il parlait bien de moi. Mon instant de panique passa cependant quand je vis papa et Seth le nez dans leurs assiettes, manifestement convaincus que le commentaire d'Ogden s'adressait à eux. Il n'empêche que mes mains tremblaient en commençant à écraser les pommes de terre pas assez cuites avec du beurre et du lait.

« Un vrai dur, répondit papa en jetant un coup d'œil à Seth.

— Vas-y, dis-le », répliqua Seth d'un ton de défi, mais papa prit une nouvelle ration de haricots et les mangea en silence.

Og se servit, puis son regard alla de l'un à l'autre. À voir le scintillement ravi dans ses yeux, il se délectait de leur querelle. Je posai la purée sur la table, cherchant désespérément une excuse pour ne pas m'attabler avec eux. J'avais pourtant si faim que mon corps, comme animé d'une volonté propre, s'assit et remplit mon assiette. Wil avait ouvert une des conserves de porc aux flageolets qu'il gardait dans la hutte, et nous l'avions dévorée, froide, au petit déjeuner, mais ça remontait à de longues heures.

Je m'efforçai de manger délicatement et de trouver quelque chose à dire qui soit susceptible de faire oublier mon malaise et l'hostilité entre papa et Seth, mais rien ne vint.

« Certains préfèrent attraper au lasso un sauvage plutôt qu'une génisse en fuite, pas vrai, fifille ? » dit Og, provocateur.

Seth abattit ses deux paumes sur la table avec une force telle que les couverts sautèrent et que du thé déborda des verres. Sa chaise racla le sol et se renversa quand il se leva. Puis il quitta la cuisine comme un ouragan, donnant un coup de pied au fauteuil roulant et un prétexte à Og pour éclater d'un rire moqueur.

Papa regarda Seth s'en aller, secoua la tête et déclara avec colère : « C'est exactement ça. Il nous a perdu un veau. »

Les affiches promettant vingt dollars pour la capture de Wil ornaient encore Iola. Qui sait s'il n'y en avait pas aussi dans les localités voisines de Sapinero et de Cebolla, voire jusqu'à Gunnison et au-delà ? Je me demandai combien d'autres hommes, sans rien connaître de Wil, étaient à sa recherche. Je tentai de changer de sujet, mais la vérité et le moment n'étaient pas en ma faveur.

« Désolée pour les grumeaux dans la purée, papa », hasardai-je.

Il se contenta de hausser les épaules et porta une autre cuillerée à sa bouche, me signifiant, à sa façon muette, que le repas lui convenait.

« C'est ce qui se passe quand on la fait trop vite », dit Og.

Je frémis en entendant cette allusion à mon retour tardif. Une première déchirure dans le voile de mon secret.

« Comment va cette pauvre Cora, d'ailleurs ? » demanda mon oncle d'une voix mielleuse. Son intérêt faussement poli, sa façon d'incliner la tête avec une sympathie hypocrite rendaient sa question encore plus menaçante. Il savait.

Papa m'adressa un regard interrogateur, que je lui rendis, les yeux écarquillés. J'étais figée dans mon mensonge comme un raton-laveur dans les phares d'un camion lancé à toute allure. Pour aggraver les choses – ô combien, nous apprendrait l'avenir –, Seth choisit cet instant pour revenir dans la cuisine. Il se précipitait vers la porte de derrière lorsqu'il remarqua les regards de papa et d'Ogden braqués sur moi. Il s'arrêta.

« Toujours mal en point, parvins-je à répondre d'une petite voix.

— Gentil de ta part de passer toute la nuit à la soigner », commenta Og, m'assénant le coup de grâce.

Je levai mon verre de thé, le stabilisai sur ma lèvre et bus, en regardant les sourcils de papa se froncer.

« Cora n'est pas souffrante », dit-il. Mon ventre se contracta. « Elle nous a retrouvés au pâturage pour nous aider à ramener les chevaux et les chiens. Ç'avait l'air d'aller. »

Seth ne perdit pas une miette de la scène. Enfilant lentement sa veste, il gardait les yeux rivés sur moi.

Je m'efforçai tant bien que mal de me sortir de cette situation. Je parlai trop, nerveusement, bêtement, expliquant que l'état de Cora s'était soudain amélioré au petit déjeuner, qu'ellc avait passé une nuit très agitée à cause de la fièvre, avait invoqué Jésus dans son sommeil, mais qu'au matin, les petits pains et le bacon l'avaient remise sur pied.

Og ricana, et, comme s'il me lançait une bouée de sauvetage après avoir fait chavirer le bateau de mes mensonges, il dit méchamment : « Celle-là, c'est sûr qu'elle l'aime, son bacon. »

Papa rumina l'information un instant, puis me dit de ne pas oublier de m'occuper des poules et se remit à manger. Seth ne m'avait pas quittée des yeux. Un sourire déforma son visage. Il remonta d'un coup sec la fermeture de sa veste et sortit, la moustiquaire claquant telle une détonation derrière lui.

Je sentais le regard d'Ogden sur moi. Si je l'avais croisé, peut-être y aurais-je trouvé une petite lueur d'excuse, mais je refusai de lever la tête. J'avais l'appétit coupé. Je débarrassai, posai mon assiette à moitié pleine sur la pile et remportai le tout.

Dehors, j'entendis le roadster de Seth vrombir furieusement. Il le fit rugir, encore et encore, comme pour m'agacer les nerfs exprès. Lorsque le capot jaune passa devant la fenêtre au-dessus de l'évier, j'eus du mal à en croire mes yeux. Depuis quelque temps, cette voiture l'obsédait : on le voyait penché sous le capot ouvert, souvent flanqué de Holden Oakley et de Forrest Davis – tous trois bruyants, maculés de graisse, une Lucky Strike au bec. Après avoir regardé mon frère bricoler ce moteur pendant des années, je n'imaginais pas que la voiture roulerait un jour. En passant lentement devant la fenêtre, courbé sur le volant, il m'adressa un regard de triomphe et porta la main à son front en une parodie de salut. Il s'arrêta et écrasa la pédale d'accélérateur en un épouvantable crescendo – juste le temps d'énerver papa, qui se précipita vers la porte, et Og, qui beugla depuis la table. Puis il démarra à fond de train, laissant des traces semblables à de profondes griffures dans l'allée et un brouillard de gaz d'échappement dans l'air.

Ce soir-là, Seth ne rentra pas dîner. Personne ne le mentionna, comme si sa chaise vide n'avait jamais eu d'occupant. Papa me demanda si j'avais rattrapé mes tâches en retard au poulailler et dans la grange. Je répondis par l'affirmative. Og ne dit rien. Le repas terminé et la vaisselle faite, je remontai l'escalier à pas lourds et fermai ma porte avec plus de bruit que nécessaire, afin de signifier que je me couchais tôt. Je fourrai un polochon sous mon couvre-lit pour imiter une forme humaine et mis un pull supplémentaire avant de redescendre sur la pointe des pieds, d'enfiler mes bottes et un manteau et de me faufiler par la porte de derrière.

En traversant la cour, je fus parcourue de frissons, moins à cause de l'air froid de la fin octobre qui me picotait les narines qu'à la perspective de retrouver les bras de Wil. Je tremblais aussi de peur et jetais d'incessants coups d'œil par-dessus mon épaule, scrutant la nuit éclairée par la lune, à droite, à gauche, de crainte d'être suivie, de conduire Seth ou l'un de ses comparses jusqu'à l'homme qu'ils cherchaient. Le temps que j'aperçoive le peuplier tordu et la silhouette rassurante de Wil adossé à son tronc, j'étais dans un tel état d'agitation que je fondis en larmes. Je courus vers lui et me précipitai dans ses bras ouverts.

Nous nous éloignâmes sous le couvert des saules et nous assîmes dans une petite clairière, face à face, mes mains blotties dans les siennes. Nous parlâmes d'amour, du danger, de Seth et de ses semblables. Il me caressa les cheveux et essuya les larmes froides sur mes joues. Regardant au fond de ses doux yeux bruns, je rassemblai le courage de trahir mon propre cœur.

« Tu devrais partir d'ici », lui dis-je. J'étais sincère tout en détestant mes mots.

Wil laissa l'idée en suspens dans l'air vif entre nous. Puis il me sourit – de ce même sourire qu'il avait eu lors de notre premier échange dans la Grand-Rue, et lorsqu'il m'avait contemplée, nue, devant lui dans la hutte –, comme s'il chérissait en moi quelque chose que personne d'autre n'avait jamais perçu. Je me sentais déchirée de l'intérieur : ma suggestion était si contraire à mon désir qu'elle semblait émaner d'une autre fille.

Il secoua la tête. « Les gens comme Seth sont plus nombreux que les étoiles dans le ciel nocturne », finit-il par répondre. Il faisait mine de prendre la chose à la légère pour me rassurer, mais sa remarque eut l'effet inverse. Car il avait sans doute raison : où qu'il aille, il croiserait toujours des individus pleins de haine, prêts à rejeter la responsabilité de leurs problèmes sur un garçon à la peau mate. Je sus qu'il ne s'enfuirait pas.

« J'irai où la rivière me porte, déclara Wil. Mon grand-père m'a toujours dit que c'était la seule façon de vivre. »

Je hochai la tête, même si je n'étais pas sûre de comprendre, et nous convînmes de nous retrouver le lendemain.

Mon discernement était altéré par le désir, et par l'assurance de Wil que notre amour serait plus durable que la rage de Seth, si bien que je continuai de le retrouver chaque fois que possible. C'était de la folie, mais nous refusions d'écouter la raison. Je demeurais cependant sur mes gardes. Je m'éclipsais seulement quand la voie était libre, du moins le croyais-je. Seth n'était presque jamais là. Il accomplissait ses corvées, encore plus maussade et colérique que d'habitude, et revenait parfois pour les repas, mais passait le plus clair de son temps en virées dans son roadster. Il ne fut plus question de « sauvage », aussi me fut-il chaque jour plus facile de croire à ce que je souhaitais désespérément : que Seth ait oublié Wil.

Je ne saurais dire à quel moment je menai malgré moi mon frère à mon amoureux. Mais une semaine après que Wil m'eut tenu les mains sous les saules en affirmant qu'il ne quitterait pas Iola, une semaine, précisément, après qu'il eut essuyé les larmes sur mes joues et tenté d'apaiser mes craintes grâce à ses baisers, il ne vint pas à l'un de nos rendez-vous.

Tandis que je l'attendais dans la nuit glaciale de novembre, marchant de long en large devant le peuplier tordu, braquant ma torche sur les champs silencieux et les fossés en bordure de la route, il devint de plus en plus évident qu'il n'arriverait pas. Je filai vérifier qu'il n'était pas à la clairière sous les saules ; je courus à la lisière du verger, puis au méandre de la rivière, à la berge de la Gunnison, à l'épicéa sur la colline et à tous les endroits isolés où nous nous étions retrouvés, priant pour m'être seulement trompée de lieu de rendez-vous.

À bout de souffle, je soulevai le loquet du portail de Ruby-Alice, déclenchant la panique et une frénésie d'aboiements dans la cour. La porte de la vieille grange était ouverte, mais seules quelques poules et une chauve-souris apeurée s'agitèrent à l'intérieur lorsque j'appelai Wil. Une faible lumière brillait dans la maison. Je désirais si fort qu'il soit là pour m'accueillir, comme lors de cette chaude journée d'automne – quelques semaines plus tôt, mais qui semblaient une vie entière – où j'avais été sûre de le trouver derrière la porte rose. Traversant la cour aussi lentement que si je pataugeais dans la boue, je savais que je me berçais d'illusions. Je jetai un coup d'œil par la fenêtre pour découvrir Ruby-Alice étendue sur le sofa, son visage et ses cheveux blancs brillant comme la lune absente du ciel nocturne. Un édredon serré sur sa poitrine, elle paraissait morte, mais en même temps avide de se raccrocher à quelque chose de cette terre.

Je m'écroulai, ayant épuisé toutes les possibilités à l'exception de la hutte, tellement inaccessible, là-haut dans la Big Blue Wilderness, qu'elle aurait aussi bien pu se trouver sur le toit du monde. Un petit chien s'approcha, sa curiosité éveillée par mes gémissements, et se mit à lécher ma jambe de pantalon. Je l'éloignai d'un coup de pied et il montra les crocs.

Je n'ai aucun souvenir d'être rentrée, d'avoir gravi l'escalier, ni de m'être mise au lit. C'était pourtant là que j'étais, en train de pleurer, encore tout habillée et parfaitement réveillée, lorsque le roadster traversa la cour en grondant à minuit passé. Le bruit fit vibrer ma vitre et mes os. En entendant la porte s'ouvrir et se refermer, je me levai d'un bond et me ruai dans l'escalier, afin d'affronter Seth dans la cuisine.

Il n'avait pas allumé la lumière. Il était assis, forme sombre et voûtée, sur le banc à côté de la porte de derrière. À en juger par sa silhouette, il portait encore sa veste et ses bottes. Il savait sûrement que je me tenais là, à l'entrée de la cuisine, mais il demeura silencieux, immobile. Des odeurs de whiskey, de cigarette et de gaz d'échappement émanaient de lui. Je tendis la main vers l'interrupteur, puis suspendis mon geste. Je ne voulais pas voir son visage. Je savais tout ce que j'avais besoin de savoir.

« Je te déteste, Seth. » Je crachai mes mots dans l'obscurité, telle une bile qui se serait accumulée en moi ma vie entière.

« La récompense, c'était que dalle, Torie, dit-il d'une voix pâteuse et étonnamment tendre, comme s'il partageait une bonne nouvelle avec une amie. J'ai fait bien mieux que ça. » Il lâcha un soupir fatigué, suivi d'un ricanement ivre. « Bien mieux que ça », répéta-t-il pour lui-même, avec juste assez d'incrédulité sous sa fierté de pochard pour que je comprenne, avec un frisson d'écœurement, que Seth n'avait pas seulement chassé mon Wil de cette ville, ne l'avait pas seulement capturé pour le livrer aux autorités. Si j'allumais la lumière, j'étais sûre de voir du sang sur ses mains.

Je fis volte-face, prise de vertige, et remontai l'escalier à quatre pattes comme une bête malade, traversai le couloir en tremblant et rejoignis mon lit.

Pendant les semaines où j'attendis la confirmation de mes craintes, j'effectuai mon travail détachée de mon corps, pareille à un zombie qui ne peut souffrir le lever, la course et le coucher du soleil.

« Ça va pas ? » Papa ouvrit la porte de ma chambre un matin où je ne m'étais pas réveillée.

Je poussai un grognement étouffé de sous mes couvertures.

« Faut aller chercher le docteur Bernette ? demanda-t-il.

— Non », croassai-je.

Papa referma la porte et descendit l'escalier. Dévorée de culpabilité en l'imaginant se préparer lui-même son petit déjeuner, je me levai pour aller cuisiner. Je recommençai le lendemain, et le jour d'après, m'acquittant de mon devoir, malgré le sentiment d'être à la fois engourdie et affligée.

Le soir venu, j'étais épuisée par le chagrin et l'effort de feindre, mais toutes les nuits, une fois mes corvées terminées, papa et Og retirés derrière les portes closes de leurs chambres, la maison plongée dans le silence et Seth parti Dieu sait où, je m'emmitouflais et sortais furtivement dans l'obscurité glaciale pour aller à la recherche de Wil. Les branches nues des arbres étaient couvertes de givre et les feuilles mortes craquaient sous mes bottes. Comme je l'avais fait le soir de la disparition de Wil, j'arpentais les environs, inspectais tous les lieux où nous nous étions retrouvés, souhaitant à chaque tournant voir sa silhouette adossée à un arbre, son large sourire illuminer la nuit. Je savais pourtant bien que je flirtais avec la folie, que mon espoir était le jouet de mon désir. Mon amoureux demeurait introuvable.

Tous les soirs, je jetais un coup d'œil par la fenêtre de Ruby-Alice, pour la trouver seule, endormie dans une immobilité de cadavre sur son canapé. Ses chiens, qu'elle rentrait maintenant à cause du froid, étaient couchés en boule dans la pièce. En retraversant sa cour étrangement silencieuse, je me demandais si Ruby-Alice errait le jour à bicyclette comme j'errais la nuit, dans une quête illusoire des êtres chers qu'elle avait perdus, et si la folie née de la douleur qui affectait ma voisine me guettait moi aussi.

Un matin de la fin novembre, alors que j'étais dans l'allée du fond chez Chapman, à choisir une boîte de bicarbonate de soude, comme si ce choix avait la moindre importance, les voix des deux cow-boys adossés au comptoir parvinrent jusqu'à moi. Ils parlaient assez fort pour que je perçoive des bribes de ce que je ne pouvais supporter d'entendre : *Un corps. Au fond de Black Canyon. Ce jeune sauvage. Presque écorché vif. Traîné derrière une voiture. Balancé d'en haut.*

Il y a une limite à ce qu'un être humain est capable d'encaisser. En moi, je portais déjà tant de douleur, de culpabilité, d'amour, de peur, de confusion et, même si je n'en avais pas encore pleinement conscience, un enfant tout juste conçu dans mon ventre. Les mots de ces hommes voulurent forcer le passage, mais je ne pouvais pas les assimiler. Même le peu que j'en absorbai fut de trop. Je tombai à genoux et vomis.

M. Chapman sortit en trombe de derrière son comptoir pour venir à mon aide. Il me releva, me guida jusqu'à un tabouret et m'apporta une tasse d'eau. D'autres personnes s'affairèrent autour de moi – je ne me souviens pas de qui, seulement d'un flou de mains tendues, de voix douces et de regards inquiets –, pendant que Chapman passait la serpillière sur son parquet souillé. Je recouvrai assez de force pour m'excuser et partir en tremblant.

Une fine couche de neige était tombée la nuit précédente, et la réverbération du soleil dans la Grand-Rue était d'une clarté douloureuse. Je me protégeai les yeux tandis que les mots *Traîné derrière une voiture* résonnaient dans ma tête. *Ce jeune sauvage. Presque écorché vif.*

Je m'éloignai en titubant de chez Chapman, évitant le croisement entre la rue North Laura et la Grand-Rue. Au-dessus d'Iola, la Big Blue Wilderness scintillait, mais la neige fraîche qui la couvrait paraissait laide et artificielle à travers mes larmes. Wil aurait pu choisir de se réfugier dans ces montagnes. À la place, il m'avait choisie, moi. Pour supporter l'insupportable, je l'imaginai là-haut, blotti sous les édredons dans la hutte, sa peau parfaite doucement éclairée par la lumière du soleil pénétrant par la petite fenêtre. Et pourtant… Je connaissais la vérité : le monde était trop cruel pour protéger un garçon innocent ou pour évaluer ce que l'on est ou non capable d'endurer ; Wil avait trouvé la mort au fond de Black Canyon parce qu'il était resté pour m'aimer.

PARTIE II

1949-1955

10.

1949

Cet hiver fut le plus sec jamais recensé dans le comté de Gunnison. La température à Iola chuta régulièrement en dessous de zéro, mais la neige refusa de tomber.

Si papa s'inquiétait du niveau trop bas des rivières et d'une possible sécheresse l'été suivant, j'appréciais de pouvoir m'acquitter de mon travail sans devoir pelleter ou traverser des congères. L'épuisement fut l'inséparable compagnon de ma peine pendant ce long hiver d'un brun sinistre. Parfois, je n'avais même pas la force de rapporter un panier d'œufs du poulailler, ni de manier le râteau pour nettoyer la stalle d'Abel. Je me souviens que j'étais à peine capable de lever les bras pour me laver les cheveux dans mon bain le dimanche. J'observais longuement mon corps, mes seins de plus en plus gonflés, mon ventre qui s'arrondissait. Les veines de mes mains et de mes pieds, auparavant si fines, ressortaient tels de jeunes serpents sous ma peau. Je n'avais plus mes règles. Dans ma naïveté, je supposais que le chagrin m'alourdissait, que le sang, le regret et la peine s'accumulaient en moi, jusqu'au moment où, Dieu merci, je finirais par exploser. Je dus attendre les premières manifestations de vie – d'abord aussi infimes qu'un battement de cils de papillon, puis plus marquées, comme un oiseau minuscule dans mon ventre – pour comprendre ce qui m'arrivait.

Je passai l'hiver à cacher ma silhouette aux hommes de la maison. Au début, c'était facile : il me suffisait de ceindre mes seins lourds d'un bandage élastique, comme je l'avais fait, adolescente timide, lorsqu'ils commençaient à bourgeonner. J'enfilais des couches de pulls et de jupes pour me protéger du froid. Papa était très occupé, il transportait du foin et taillait des piquets de clôture au ranch des Mitchell, rebâtissait un mur de notre grange qui menaçait de s'effondrer. Quant à oncle Og, il restait le plus souvent cloîtré dans sa chambre, à siffler du whiskey, écouter la radio et je ne sais quoi d'autre en attendant que le printemps lui permette de retourner s'installer sous la véranda. Parfois, quand je servais un repas ou rangeais des vêtements propres dans son armoire, je le surprenais à me regarder – sans suspicion, sans méchanceté ni pitié apparentes. Ses yeux avaient seulement l'air de dire qu'il avait remarqué ma présence, celle d'un être humain vivant avec lui sous le même toit. Il savait des choses à propos de mes secrets, mais n'en dit jamais un mot.

Seth était presque toujours absent. Du jour où le corps de Wil avait été découvert, mon frère s'était trouvé des prétextes pour quitter Iola. D'abord, ce fut une partie de chasse avec Forrest Davis qui les retint deux semaines, mais dont ils ne rapportèrent que trois grouses et un misérable élan d'à peine plus d'un an. Un boulot sur la ligne de chemin de fer dont Holden Oakley avait entendu parler, au sud près de Durango, occupa ensuite les deux garçons et Davis pendant près d'un mois. Seth rentra avec une liasse de billets pour le pot commun du foyer ; il resta quelques jours, aidant papa à terminer le haut du mur de la grange et se soûlant tous les soirs en ville, sans jamais m'adresser la parole ni me regarder en face ; puis il repartit travailler sur un chantier à Montrose. Papa s'en fichait, tant que Seth contribuait aux finances de la famille. En fait, il paraissait même soulagé par les absences sporadiques de mon frère. Personne à Iola n'avait fait le lien entre Seth et la mort de Wil, même si ç'aurait sans doute été facile à quiconque se serait donné la peine de chercher le coupable. Je voyais bien que papa avait des soupçons.

Je n'eus pas le courage de confronter Seth. Wil disparu, j'étais tellement anéantie par tout ce qui était arrivé que je me retranchai dans mon rôle de fille obéissante. Je cherchai réconfort et sécurité dans la routine quotidienne de la ferme et me tins à distance de tout ce qui me rappelait cet acte abominable : jamais je ne regardai le pare-chocs arrière de la voiture de Seth pour y trouver des marques de corde ou du sang, jamais je ne laissai mon esprit visualiser la chair de Wil sur le gravier, jamais je n'exigeai que le shérif Lyle mène une enquête pour meurtre, ni ne pointai le doigt vers mon frère. En bref, je me comportai en lâche, comme Seth l'avait anticipé.

Mon ventre s'arrondissant, je me rendais compte que je ne pourrais pas toujours faire l'autruche. En février, je dus élargir mes jupes en déplaçant des boutons. Tous les matins, j'étais à la fois affamée et nauséeuse. Les arômes ordinaires – les œufs, le poivre, le jambon, les petits pains et le beurre, même l'odeur des enclos de nos bêtes et du tas de bois, charriés par la brise à l'entrée de papa – me pénétraient si profondément que je filais souvent aux toilettes pour vomir. À la fin mars, tous mes vêtements étaient devenus trop petits, à l'exception d'une robe trapèze. J'avais les joues rebondies, les doigts boudinés et mon ventre ressortait tel un melon sous des épaisseurs de pulls de plus en plus étouffantes. Avril venu, je sus que je devais quitter la maison.

Je commençai à organiser un départ en secret, comme si j'agissais pour le compte d'une autre fille. N'ayant pas eu beaucoup d'amies, imaginaires ou non, dans mon enfance, je ne pensais à personne en particulier, juste à une fille qui avait des ennuis et devait fuir. Pour elle, je me mis à cacher des provisions dans un vieux sac à dos en toile – corde, viande séchée, allumettes et bougies, une casserole, une hachette, des bocaux et des conserves de denrées de base, un couteau, des semences de légumes, des aiguilles à tricoter, de la laine, un savon enveloppé dans du papier paraffiné, l'un des pulls géants d'Ogden. Je réfléchis à son itinéraire, fus soulagée pour elle qu'il y ait si peu de neige dans les hauteurs, m'efforçai de ne rien oublier qui puisse lui être indispensable et de prévoir les potentielles embûches. Jusqu'à ce matin gris de la mi-avril où oncle Og se retira dans sa chambre après le petit déjeuner et où papa embarqua Trout dans le camion et partit prêter main-forte à M. Mitchell pour le vêlage, j'avais de manière absurde refusé de croire que c'était moi, cette fille enceinte qui s'apprêtait à filer dans les montagnes, afin de se préserver et de préserver sa famille de la honte, et de mettre son bébé à l'abri d'un frère meurtrier.

Je donnai à Abel un seau d'avoine, le sellai et le fis sortir de l'écurie. Mon gros sac sur le dos, je me mis maladroitement en selle, puis m'éloignai de la ferme au trot, traversant le verger encore endormi. Sans un regard en arrière.

Je guidai Abel le long de la Willow, puis nous gravîmes une pente rocailleuse jusqu'à ce qu'Iola ne soit plus qu'une petite empreinte carrée dans la vallée sinueuse en contrebas. Au milieu, basse et paresseuse à cause de la sécheresse et du froid, la Gunnison ressemblait à un ruban gris que longeaient la voie ferrée et la route 50. Je distinguai la pineraie de Ruby-Alice au sud-est de la ville et notre longue allée à côté. Mes yeux suivirent le gravier jusqu'aux deux blocs d'un blanc sale qu'étaient notre maison et la grange, bordées par nos fruitiers aux branches nues en début de saison. De gros points marron flanqués de plus petits tachetaient le pâturage vert pâle des Mitchell – les génisses et leurs nouveau-nés ; parmi eux se trouvait la tête d'épingle qu'était mon père. Tout au bout de la vallée, de la fumée s'élevait au-dessus de la terre roussie, là où quelqu'un, M. Clifton sans doute, ou peut-être un Oakley, brûlait des champs pour les préparer avant les semis. Je ressentis un pincement de culpabilité pour ne pas m'être occupée du jardin avant de partir. Les oignons étaient en terre depuis l'automne, et papa n'aurait pas de mal à trouver des bras pour les pommes de terre, mais semer le potager quand le temps se réchauffait était un travail de femme. Je me demandai s'il dénicherait les graines que j'avais étiquetées à son intention, et s'il les planterait lui-même. J'avais du mal à admettre que, quoi qu'il fasse, quelle que soit sa façon de se nourrir, de se laver ou de se débrouiller, ça n'était plus mon problème. Tournant le dos à la vallée, je continuai de grimper, laissant tout ce que je connaissais derrière moi. Je franchis une première crête, puis j'atteignis le sommet d'une autre éminence – hors de vue de la ville, mais pas assez loin pour qu'Abel ne puisse retrouver son chemin jusqu'à la maison. Là, je mis pied à terre.

Mon sac à dos faillit me faire tomber à la renverse, et je m'accrochai aux rênes pour garder l'équilibre. Je sentais le poids du doute alourdir mon paquetage. Pendant un long moment, je restai à côté du cheval à me demander quoi faire ensuite, effrayée en proportions égales par les deux options qui s'offraient à moi, aussi incapable d'avancer pour mettre mon plan à exécution que de rebrousser chemin vers la maison. Je doutais de ma force, tant physique que mentale, et fus tentée de remonter sur l'animal qui attendait patiemment que je prenne une décision. Je posai le visage contre l'encolure d'Abel, consciente qu'en le renvoyant je renoncerais à tout lien avec ce qui m'était familier. Une fois qu'il aurait fait demi-tour et redescendrait la colline de ce pas lent et sûr des chevaux, pour retourner d'instinct vers l'endroit où il savait retrouver de la luzerne et une bonne litière de paille, je serais complètement seule, rien qu'un point minuscule dans une immensité sauvage et imprévisible.

Abel respirait profondément et régulièrement sous ma joue. Sa robe alezane était chaude et humide, aussi douce que du coton. J'avais huit ans lorsque j'avais assisté à sa naissance. Maman m'avait tirée du lit juste avant l'aube et, assise sur une botte de foin avec elle et les garçons, j'avais observé, fascinée, tandis que papa extrayait une jambe grêle puis une autre du corps ensanglanté de la jument. Abel avait fait son entrée dans ce monde avec une telle force que papa était tombé en arrière avec le poulain dans les bras, jurant et riant, avant de contempler le nouveau-né étourdi comme si c'était son propre bébé. Maman l'avait aussitôt nommé Abel, disant qu'Adam lui-même n'aurait pu regarder son enfant avec des yeux aussi émerveillés.

« Pas Caïn ? » l'avait taquinée papa, avant de lâcher le poulain qui s'était collé contre les naseaux de la jument. Mon père était un homme bien différent à l'époque, capable d'humour et de légèreté.

« Pas Caïn, non », avait répliqué ma mère avec brusquerie – on ne plaisantait pas avec la Bible.

Mon jeune esprit avait du mal à comprendre qu'un cheval qui n'existait pas un instant auparavant avait soudain un corps, un nom, une vie et une place dans notre ferme, au même titre que les pêchers et la rivière. Ma mère avait poussé un soupir exaspéré et était repartie à la maison préparer le petit déjeuner, papa s'était lavé dans l'évier de la grange, Cal et Seth avaient saisi des seaux et des râteaux pour commencer leurs corvées matinales. Moi, j'étais incapable de m'en aller. Quelque chose avait été créé à partir de rien juste devant mes yeux. Je m'étais approchée avec précaution du poulain et j'avais effleuré son encolure luisante et toute neuve. Il avait levé vers moi des yeux doux et curieux qui me disaient qu'il ne comprenait pas plus que moi son arrivée.

Je frottai ce même endroit de son encolure et l'embrassai pour lui dire adieu. Puis je reculai et lançai : « Allez, va-t'en maintenant. » Je laissai tomber mon sac à dos pour pouvoir agiter les bras plus facilement.

« Rentre à la maison, Abel. Va ! » beuglai-je, doutant de mon choix au moment où je le faisais.

Le cheval se tourna vers la pente, mais refusa d'obéir.

« Allez hue, hue ! Va-t'en ! » criai-je en moulinant des bras. Abel ne bougeait toujours pas. Je continuai de crier après lui, tout en contemplant l'idée de le garder avec moi, de remonter en selle et de poursuivre mon chemin dans les montagnes, pour profiter de la présence d'un ami et d'un moyen de locomotion. Mais j'avais déjà causé assez de soucis. Je ne pouvais pas priver papa de son cheval, ni mettre Abel en danger dans l'inconnu. Les larmes aux yeux, je ramassai une pierre de la taille d'une balle de base-ball et visai la croupe. Le cheval sursauta, et fit quelques pas en avant quand la pierre retomba près de son sabot. Je lançai un deuxième caillou qui l'atteignit juste au-dessus de la queue. Puis j'en lançai un autre, et encore un autre, sanglotant à présent à cause de l'absurdité de ce que je faisais subir à cet animal que j'aimais, jusqu'à ce qu'il finisse par s'engager dans la pente à pas lourds, apeuré, tournant la tête vers moi deux ou trois fois comme pour exprimer une question qu'il ne savait pas formuler.

J'avais été une enfant sage. Obéissante, serviable, respectueuse de mes aînés. J'avais lu la Bible. J'avais déposé des pêches dans les paniers comme si chaque fruit était fait du verre le plus fin. Grâce à moi, la maison était toujours propre, les ventres pleins, le linge plié, la ferme tenue. Je ne posais pas trop de questions, ne laissais personne m'entendre pleurer. J'avais appris par moi-même à grandir sans mère. Puis j'avais croisé par hasard un inconnu crasseux au carrefour de la Grand-Rue et de la rue North Laura et j'étais tombée amoureuse. Tout comme une seule averse suffit à éroder les berges d'une rivière et à en changer le cours, un événement unique dans la vie d'une jeune fille peut effacer ce qu'elle était auparavant.

Hurlant à présent en continuant de jeter des cailloux, le visage baigné de larmes, je déversai toute ma peur et tout mon chagrin sur le pauvre cheval. Comme moi avant ma rencontre avec Wil, Abel ne connaissait que la loyauté et l'obéissance. Chaque pierre que j'envoyais dans sa direction lui enseignait ce que j'avais appris : qu'à chaque once de bien en ce monde correspondaient deux onces de mal. On a beau être une fille sage, un bon cheval, on a beau obéir, aimer, il ne faut pas s'attendre à être payé de retour.

La dernière pierre lui entailla la mâchoire. Horrifiée, je vis qu'il saignait. Il dévala la pente pour s'éloigner de la fille qui avait jadis été bonne avec lui. Je me laissai tomber sur mon sac et pleurai. Les nuages s'ouvrirent et le soleil de midi sécha mes larmes, créant une traînée de sel sur mes joues.

Je me représentai la cuisine, silencieuse comme à minuit, le fourneau froid et vide. Papa devait déjeuner chez les Mitchell ; Og serait donc le premier à savoir que je m'étais enfuie. Avant même d'entrer dans la pièce, il aurait remarqué l'absence d'odeurs et, ne trouvant personne pour le servir, aurait eu confirmation de ses soupçons. Il ne téléphonerait pas pour prévenir papa et ne lui dirait pas ce qu'il croyait savoir. Qu'on n'aille surtout pas se figurer qu'il en avait quelque chose à faire. À son retour ce soir-là, fatigué et taché de sang après le vêlage, papa découvrirait d'abord Abel, sellé et en liberté dans la cour ; puis s'apercevrait une fois dans la maison qu'aucun dîner ne l'attendait. Il était difficile d'imaginer mon père en train de réfléchir à mon absence, de me considérer, moi, sa fille, dans son existence tangible, et non plus seulement comme une commodité, une domestique, un être convenable et prévisible. Je le vis, entrant timidement dans ma chambre, trouvant le mot que j'avais laissé pour lui sur mon lit et l'ouvrant de ses mains rugueuses. Je regrettais de ne pas en avoir écrit davantage, de ne pas avoir eu le courage de lui raconter toute l'histoire. Mon message était le suivant :

Papa,

Je pars pour un petit moment. Une affaire importante à régler.

S'il te plaît, n'essaie pas de me retrouver. Je rentrerai quand je pourrai. Je t'aime.

Je suis désolée. Ne t'inquiète pas.

Victoria

Adossée à mon sac, je m'interrogeai. Sachant qu'il y aurait encore des veaux à naître et que M. Mitchell ainsi que les génisses avaient besoin des mains expertes de papa, retournerait-il au travail le lendemain matin ou partirait-il à ma recherche ? Je l'ignorais. J'espérais que ma signature – *Victoria,* à la place de *Torie* – lui ferait comprendre que j'avais mûri à son insu, que j'étais désormais assez grande pour faire ce choix. Il ne m'avait jamais appelée Victoria, pas une fois, ni sous le coup de la colère ni en signe d'affection ; peut-être verrait-il cette fille en fuite, cette jeune femme prénommée Victoria, comme quelqu'un de complètement nouveau.

Je compris alors que si Torie n'avait pas les ressources nécessaires pour se lever et avancer, Victoria – la Victoria de Wil – possédait la force de continuer.

C'est Victoria qui se leva. Je hissai mon sac sur mon dos, glissai les pouces entre les lanières et mes clavicules pour bien le positionner et me mis en route. Pas sûre de reconnaître le chemin de la cabane où Wil et moi avions consommé notre amour, j'en appelai à mon instinct et même à l'enfant dans mon ventre. Aussi absurde que ce soit, je n'avais guère que cela pour me guider : l'improbable certitude que mon bébé et moi serions attirés, comme par une force magnétique, jusqu'au lieu de notre devenir.

Je traversai un paysage dépourvu de sentier, m'efforçant de ne pas imaginer Abel s'éloignant dans les collines caillouteuses émaillées d'armoise. Je cherchai à reconnaître un détail familier que j'aurais repéré pendant ma randonnée avec Wil tous ces mois plus tôt, lorsque l'automne laissait place à l'hiver. Je nous revis, marchant côte à côte, étourdis d'amour ; je revis la beauté de son sourire, l'aisance avec laquelle sa main prenait et lâchait la mienne, sa manière de se pencher pour cueillir une branche d'armoise, de la tordre pour faire exploser les feuilles qu'il inhalait avec bonheur avant de les porter à mon nez. Pour faire renaître quelque chose de lui, je me penchai et tirai sur une tige, la cassai comme il l'avait fait et la coinçai sous la lanière du sac. Son odeur piquante ranima un souvenir brumeux qui parut m'emmener dans la bonne direction. J'en eus bientôt confirmation en arrivant en haut d'une colline, où je découvris une rangée de hauts pinacles de grès en contrebas. Wil les avait appelés des sentinelles et m'avait fait remarquer qu'ils semblaient reliés à la taille. Je descendis la pente et contournai ces quatre tours dentelées ; je me savais à présent capable de retrouver mon chemin. Je continuai de marcher entre les trembles sans feuilles mouchetés de bourgeons auburn, puis gravis une autre colline. Là, je m'assis un moment, essoufflée mais rassérénée, bus un peu d'eau, puis redescendis dans le lit d'un torrent asséché, avant d'attaquer un dernier versant où les pins se mêlaient aux trembles et à quelques monticules de neige résiduelle. À travers une clairière, je la vis : la petite hutte en rondins où Wil avait trouvé refuge. Elle était encore plus modeste que dans mon souvenir, à peine plus grande qu'une stalle, bâtie à même le sol irrégulier et couverte de plaques de tôle rouillées posées n'importe comment.

« Ce n'est qu'une vieille cabane de chasseur abandonnée, avait dit Wil lorsque je m'étais demandé tout haut si elle appartenait à quelqu'un. Elle ne manque qu'aux araignées et aux autres bestioles que j'ai fait fuir. »

Un nouveau pincement au cœur me rappela que si Wil s'était installé ici pour l'hiver, quitte à affronter la neige, le froid glacial et la faim, il aurait eu plus de chances de rester en vie qu'en se rapprochant de la ville comme il l'avait fait. Je ne savais pas toujours où il dormait lorsqu'il descendait de la montagne – sans doute dans la maison ou la grange de Ruby-Alice Akers –, mais j'étais douloureusement convaincue qu'il avait quitté ce havre de sécurité à cause de moi.

Je pénétrai dans la prairie boueuse. Laissant tomber mon lourd paquetage, je m'assis dessus et j'examinai les environs. J'avais atteint la hutte, mais que devais-je faire maintenant ? Entrer dans ce lieu où notre amour avait fleuri, mais où Wil ne retournerait jamais, était déchirant. Rester dehors à la merci de la nature paraissait tout aussi impossible. Il était insensé d'établir un campement et d'entamer une vie dans cet endroit. Je demeurai assise là un long moment, paralysée par la fatigue et l'indécision.

À la tombée du soir, quand la fraîcheur et une obscurité sinistre s'abattirent sur la forêt, je fus bien obligée de me lever et d'entrer dans la hutte. J'imaginai que Wil me prenait par la main et me guidait, écartait la peau de cerf tendue devant l'ouverture pour m'inviter comme la première fois où j'avais franchi ce seuil. Une fois à l'intérieur, je retrouvai la petite pièce telle qu'il l'avait laissée : des boîtes de conserve de flageolets au porc empilées dans un coin, une gourde en aluminium accrochée à un clou rouillé, un bocal contenant une bougie à moitié fondue posé sur une boîte d'allumettes. Il était facile de croire qu'il allait revenir d'une minute à l'autre. Les édredons de Ruby-Alice s'entassaient sur le lit. Je posai mon sac par terre, trop épuisée pour y chercher à manger. Je retirai mes bottes, soulevai timidement un coin des couvertures et me glissai dessous, sentant mon bébé remuer dans mon ventre. J'inhalai profondément, espérant saisir l'odeur de Wil. Y était-elle encore ou l'imaginais-je seulement pour ne pas devenir folle de chagrin et de peur ? Toujours est-il que je m'enroulai dans son parfum et barrai la route à tout le reste pour m'endormir.

Le lendemain, je cédai à l'épuisement. Je ne sortis de sous les couvertures que pour aller me soulager dehors et pour manger une conserve de soupe froide. Jamais de ma vie je n'avais passé une journée entière au lit. Même quand j'étais malade, j'avais aidé ma mère à la maison et, après sa mort, suivant son exemple, j'avais continué de m'acquitter de mes tâches en toutes circonstances. Loin de m'apparaître comme un luxe, la liberté de traîner au lit sans aucun devoir à remplir ni aucun compte à rendre me sembla inconvenante. Je sommeillai par intermittence, mon étrange torpeur troublée par l'anxiété – causée par ma paresse, les choix à faire, les bruits inconnus autour de la cabane. Je rêvai de Wil, en train de me câliner, en train de rire, et pour la première fois en train d'agoniser derrière le roadster lancé à pleine vitesse, sa peau se déchirant tel du papier d'emballage. Je me réveillai en sueur, paniquée, dans un chaud rayon de soleil entrant par la petite fenêtre. L'espace d'un instant, je ne sus où j'étais. Libérée de l'attention et du jugement d'autrui, je me roulai en boule et laissai libre cours à un désespoir que je n'aurais pas cru possible. Je ne pleurais pas seulement Wil, mais aussi ma mère, Cal et tante Viv. Quatre doigts épais qui me serraient le cœur comme si c'était une éponge, faisant sortir mes larmes, mes hurlements gutturaux. Cette nuit-là, je dormis d'un profond sommeil sans rêve, avide d'y trouver un refuge.

Le surlendemain, je me forçai à me lever. Je m'aventurai dans le matin givré sans savoir quoi faire, mais en comprenant que je devais agir pour commencer ma vie dans cet endroit. Aiguillonnée par ma seule volonté, je fis de même le matin d'après et les suivants.

Une fois debout, j'avais les nerfs à fleur de peau. Je ne souffrais pas de la solitude, non, mais j'avais une conscience aiguë d'être isolée au milieu d'une étendue sauvage en apparence sans fin. Les bruits ordinaires m'effrayaient. Je sursautais au moindre craquement – un cerf sautant par-dessus un tronc abattu, une branche cassée par un écureuil ou par le vent. Même le silence me perturbait : il me donnait soudain l'impression d'être observée de loin, ou surveillée depuis les pins. Je faisais volte-face, mais à la place de l'ours, du couguar ou de la créature que j'avais imaginés, je ne distinguais que le mouvement vif d'un tamia ou alors rien du tout. Je me réfugiais dans la hutte, où je m'asseyais, tendue, aux aguets, prêtant l'oreille au murmure du ruisseau derrière moi, m'attendant à percevoir des pas d'homme ou de bête sur les pierres, en chemin vers ma vulnérabilité.

Je cherchai un moyen de fixer la vieille peau de cerf pendue devant l'ouverture, mais je n'avais ni clous ni marteau ; et quand bien même – en empêchant des intrus d'entrer, je m'enfermerais à l'intérieur. Presque tous les soirs, je finissais terrée sous les couvertures, serrant dans ma main le long couteau que j'avais emporté, mes yeux grands ouverts braqués sur la porte. Au bout d'un moment, la somnolence prenait le pas sur ma peur et je fermais les yeux, m'en remettant malgré moi au destin. Au matin, j'étais stupéfaite de me réveiller en un seul morceau, le couteau, pareil à un poisson figé en plein saut, fiché dans le sol de terre.

La maison ne me manquait pas, ça, c'était sûr. Même si j'éprouvais parfois une vague tristesse en songeant à papa et au verger, ils étaient déjà flous dans mon esprit, comme issus d'un rêve à moitié oublié. Je ressentais surtout un grand soulagement d'être libérée de Seth, d'oncle Og et de tout ce qui les concernait. Aussi déconcertante que soit ma solitude, je n'avais pas l'intention de retourner là-bas. Fatiguée et à cran, je passai cette première semaine décidée à m'installer, à faire semblant de croire, au moins, que j'étais capable de me créer un nouveau chez-moi. Mon devoir consistait désormais à prendre soin de notre enfant. Aussi intolérable que soit l'absence de Wil, je devais préserver ma santé mentale et me concentrer sur ce qui me donnait envie de rester en vie plutôt que de m'appesantir sur les raisons que j'aurais de ne pas le faire.

Creuser des latrines me parut un point de départ logique. Mais le sol se révéla si dur et ma truelle si petite que je ne progressai qu'une cuillerée après l'autre. Agacée, je balançai l'outil dans le ruisseau, où il prit la rouille pendant plusieurs jours. J'avais pourtant besoin de réussir quelque chose, aussi choisis-je les tâches suivantes avec soin : remplir ma gourde et celle de Wil au torrent ; couper un rameau de pin qui me servirait de balai pour débarrasser la hutte des araignées, de leurs toiles et des crottes de souris ; aménager un foyer de pierre, ramasser du bois, construire un trépied avec des bâtons en l'espérant assez robuste pour supporter le poids d'une casserole. Je tendis une corde entre les grosses branches de deux trembles, sortis les édredons roses, les suspendis et les battis. Des tourbillons de poussière s'en échappèrent, emportés par la brise comme de petits fantômes dansants. Je repêchai la truelle dans le ruisseau et me remis à creuser les latrines. Je taillai des encoches dans le mur de la cabane pour compter les jours qui passaient.

Je savais que, tôt ou tard, j'allais devoir apprendre à trouver de la nourriture, mais comme j'en avais apporté tout un stock – viande séchée, soupes en boîte, haricots secs et flocons d'avoine, pêches en bocaux et œufs en saumure, boîte de crackers –, s'ajoutant aux réserves de flageolets au porc laissées par Wil, je repoussai cette besogne au moment où je me serais familiarisée avec mon environnement. J'essayai de repérer des poissons dans les remous du ruisseau et dans la mare créée par un barrage de castors en aval de mon campement. Seuls des cailloux brillaient dans les eaux claires, mais je me dis que je trouverais bien des truites quand j'en aurais besoin. Serais-je capable d'attraper un poisson sans canne à pêche, ni ligne, ni hameçon ? Je n'étais pas encore prête à découvrir la réponse. Pour le meilleur ou pour le pire, ma survie se ferait au jour le jour.

Je m'aventurai pour la première fois dans la forêt, de l'autre côté du ruisseau, pour chercher des framboisiers. Même si c'était trop tôt dans la saison pour les fruits, je voulais m'assurer que j'en aurais au mois de juillet. Je trouvai un endroit en amont de la hutte où l'eau était peu profonde et où quatre pierres en forme de tortue facilitaient la traversée, et je m'armai par précaution d'un bâton. Ce ne furent pourtant pas des ennemis qui m'assaillirent dès mes premiers pas dans la forêt, mais des parfums. Mon odorat s'était tellement développé avec la grossesse que je me faisais souvent l'effet d'être une louve, capable de discerner l'odeur de tout ce qui m'entourait. Les bois embaumaient le pin, la terre musquée et les strates humides en décomposition. Même les gros rochers sentaient la mousse et le métal. L'ensemble formait un mélange étrange, mais pas désagréable. J'inspirai profondément et poursuivis ma route.

À mesure que je m'éloignais dans les bois, le découragement me saisit. Le sol était encore recouvert d'une croûte de neige, dans laquelle je m'enfonçais jusqu'aux chevilles à certains endroits, jusqu'aux genoux à d'autres. Les hauts pins, larges, noirs et denses, barraient le passage au soleil et empêchaient le dégel. Je me rendis compte qu'à cette altitude, je ne trouverais rien de comestible avant des mois. Même les pousses des graines que j'avais apportées risquaient fort de geler et de noircir si je les plantais avant la mi-mai. Je compris aussi pourquoi j'avais tant de mal à creuser les latrines. Le sol n'était pas compact : il était encore gelé.

Je dégageai un coin de neige du bout de ma botte, tapai du pied dans la terre et tentai d'y planter mon bâton : de la pierre n'aurait pas été plus dure.

Démoralisée, je me laissai tomber sur une souche avec un soupir. Je scrutai la forêt, où vie et mort se superposaient dans l'immobilité froide et la pénombre, et où seuls les chants d'oiseaux rompaient le silence. Des arbres abattus gisaient entre les rochers, au milieu de branches tombées et de pommes de pin. Des troncs bruns et massifs se dressaient vers la voûte de feuillages. Des dizaines de jeunes tiges luttaient pour exister, certaines à peine assez hautes pour pointer leur tête hérissée au-dessus du chaume et de la neige, d'autres émergeant au centre de bûches en décomposition comme des bébés sortis de ventres ouverts. Il y avait de la beauté dans ce chaos. Chaque élément avait son rôle à jouer dans le cycle éternel de la vie. Je me sentais toute petite et inutile, mais pas complètement malvenue.

Je me levai et m'enfonçai dans la forêt, rompant le silence à chaque craquement de neige sous mes pas. Alors que je cherchais ce qui pourrait plus tard me nourrir – *nous* nourrir –, mon bébé remua, nageant en moi avec plus de vigueur et de présence que jamais auparavant. Il – ce serait en effet un garçon – me donna ce qui ressemblait à son premier coup de pied. J'éclatai de rire et passai la main sur mon ventre rond, sûre que je caressais la plante lisse de son minuscule pied. Il l'écarta, puis me donna un deuxième coup, et je ris une fois encore de notre jeu. Finalement, je n'étais pas toute seule dans ces bois inconnus.

Le temps change à toute vitesse dans les montagnes. Je l'avais toujours su et j'avais appris à lire le ciel aussi bien qu'un manuel scolaire. En regardant les nuages noircir et l'orage s'annoncer, je savais à quel instant précis quitter le verger, l'enclos des animaux ou même la Grand-Rue pour passer la porte de la cuisine quand le premier coup de tonnerre secouait la vallée. Mais tout ce que je croyais savoir à propos de la terre et du ciel fut remis en cause une fois que je fus dans ces montagnes, comme si je devais réapprendre à lire.

L'orage débuta par une rafale de vent à travers les plus hauts pins. Leurs sommets commencèrent à tanguer tels des géants ivres avant même que j'aie senti une brise. Les oiseaux se turent, en un avertissement que je ne compris pas. Ensuite, tout devint parfaitement immobile autour de moi, même le bébé dans mon ventre.

En une soudaine expiration, le vent balaya le sol de la forêt telle une vague invisible, faisant ployer les jeunes pins et éparpillant des débris. Il me frappa le visage avec la force d'une claque. Il était froid et humide : je sentis ce qui m'attendait avant même que les nuages noirs ne prennent possession du ciel et ne plongent midi dans la nuit. Je fis volte-face et me mis à courir, guidée par mes traces de pas ; j'escaladai des rochers et enjambai des fûts, je perdis mon bâton, glissai dans la neige, me relevai, recommençai à courir avant de glisser de nouveau. Chaque fois que je tombais, des cristaux de glace sur la vieille neige m'écorchaient les paumes et me mouillaient le visage. Je me maudis pour m'être aventurée si loin de mon campement, pour m'être laissé attirer par le calme de la forêt que je savais pourtant si trompeur. Lorsque j'atteignis enfin la lisière du bois, un vent furieux et chargé de pluie déferla sur moi. Je bataillai contre lui en traversant le ruisseau, mais glissai sur la dernière pierre de gué, et mon pied plongea dans l'eau glaciale.

Le tonnerre gronda au-dessus de ma tête. Je tentai d'attraper la casserole de haricots que j'avais laissés à tremper près du foyer, mais au même instant l'orage se déchaîna et une pluie torrentielle s'abattit à l'oblique. La casserole m'échappa, et mes précieux haricots s'éparpillèrent dans la boue comme de vulgaires petits cailloux. Un éclair déchira les cieux, aussitôt suivi par un deuxième éclat blanc, puis un troisième. Le tonnerre rugit. Je luttai contre la pluie froide, titubai, glissai sur la terre meuble et rampai à travers une grande flaque à l'entrée de la hutte, avant de plonger à l'intérieur. J'avais les mains tellement glacées et tremblantes que j'eus du mal à attraper la peau de cerf pour la rabattre devant l'ouverture.

La pluie martelait la cabane. Le toit de tôle rouillé fuyait de partout. Je me dépêchai de disposer les boîtes de conserve vides pour récolter autant d'eau que possible, mais ce n'était pas suffisant. Des cercles de boue noire s'agrandissaient sous mes pieds gelés.

Le déluge devint assourdissant ; un million de pièces semblaient se fracasser sur le toit et contre l'unique fenêtre. Un éclair illumina la vitre, suivi d'un coup de tonnerre si puissant qu'il me secoua le cœur. À cet instant, comme si quelqu'un avait pressé une détente, je tombai à genoux. Mon corps se plia en deux ; mes avant-bras et mon front s'écrasèrent sur le sol. Le ballon dur qu'était mon ventre se cogna contre mes cuisses. Je frissonnais violemment, mais ne pouvais plus faire un mouvement. J'étais submergée, paralysée par le chagrin, comme si la tempête qui avait pris possession du ciel m'avait aussi pénétrée de l'intérieur. Pourquoi croyais-je pouvoir survivre ici ? Parce que mes yeux avaient suivi cette ligne de crêtes toute ma vie ? Trempée, grelottant de froid et de peur, je compris que l'horizon n'était pas un foyer. Je n'avais pas ma place ici.

Juste avant que je perde connaissance, un cri me déchira, plus sonore que l'implacable cacophonie de l'orage, m'annonçant tel un mauvais présage ce que je ne pouvais plus nier : mon plan ne marcherait jamais.

11.

Le plus vif souvenir que je garde de mon réveil, le lendemain matin, fut celui du chœur joyeux des oiseaux qui avait remplacé la terrifiante tempête. D'abord sonnée, désorientée, je reconnus les longs trilles des carouges à épaulettes, le triple roucoulement creux d'une tourterelle triste, le pépiement des mésanges, des pinsons et des hirondelles.

Je me rappelais vaguement être revenue à moi au cours de la nuit, sur le sol boueux, et avoir recouvré assez de présence d'esprit pour retirer mes bottes et mes chaussettes mouillées, ramper jusqu'au lit et me glisser sous le bienfaisant tas d'édredons. Tandis que les chants d'oiseaux me réveillaient, je m'enfonçai plus profondément dans la chaleur de ma couche. Je me caressai le ventre pour encourager un signe de vie et fus très soulagée de sentir trois petits coups de pied de mon bébé.

La peau de mes bras et de mon front tirait, encroûtée de boue séchée. J'avais l'impression d'avoir la tête et les oreilles congelées. J'ajoutai un bonnet de laine à la longue liste des objets que j'avais oubliés, que je n'avais pas voulu voler à papa ou simplement pas pu porter : une pelle, une bâche, un seau, du papier et un crayon, un fusil.

Je réfléchissais à tout ce dont j'allais devoir apprendre à me passer quand j'entendis résonner la même voix que la nuit précédente, celle qui proclamait, sinistre, que mon plan ne marcherait jamais.

Mon plan ne marcherait jamais.

Je me sentais stupide et effrayée, prise au piège de ma propre bêtise autant que des cruelles circonstances. J'avais une terrible envie de faire pipi, mais j'étais incapable de me lever et d'affronter ce qui se trouvait à l'extérieur du cocon des couvertures. Je n'avais pas ma place ici, ni nulle part ailleurs, et je n'avais aucune idée de ce que je devais faire.

Je repensai à ce jour lointain où je m'étais réveillée à l'aube d'une vie sans mère. Pendant toute la nuit, j'avais rêvé de la voiture de patrouille du shérif Lyle et de la façon dont mon père s'était écroulé dans la cour. J'avais ouvert les yeux en sachant que ma mère, mon cher Cal et ma tante n'étaient pas à la maison, ni nulle part, et qu'on n'y pouvait rien. La lumière dorée entrant à flots dans ma chambre m'avait semblé intolérable. J'avais fait la seule chose à laquelle j'avais pu penser à douze ans : j'étais sortie du lit pour aller m'enfermer dans mon placard.

Seth m'y avait trouvée des heures plus tard, mais m'avait laissée tranquille. Puis Cora Mitchell avait tenté de me convaincre de sortir, mais je refusais de bouger. Papa n'était jamais venu. J'imaginais qu'il s'était enfermé dans son propre placard au bout du couloir, caché comme moi dans le noir au parfum d'antimite. Cet après-midi-là, quelqu'un avait posé devant ma porte un plateau de nourriture dont l'odeur était trop alléchante pour qu'une enfant puisse y résister. J'avais fini par sortir, hésitante, pour découvrir une assiette de ragoût, sans doute préparé et déposé chez nous par des voisins compatissants, et j'avais mangé, d'abord du bout des lèvres, puis à grandes bouchées voraces. Je me détestais de le faire, de me nourrir, de continuer à vivre, mais je ne pouvais pas m'en empêcher. Une force plus grande que moi m'obligeait à aller de l'avant – à satisfaire cette faim primitive, à tenter une première expédition curieuse hors de ma chambre, puis en bas de l'escalier, jusqu'à finir par endosser le rôle de ma mère et m'occuper de la famille. Je n'avais pas tant choisi que cédé à la nécessité.

Dès lors, que mon plan de vivre ma grossesse dans la montagne et d'y mettre au monde notre enfant fonctionne ou pas, je savais que je devais continuer. Je devais me vider la vessie. Je devais manger. De la même façon que je m'étais adaptée à une vie sans mère, je m'adapterais à une vie de mère. Je répondrais à l'appel de la nécessité. Je me lèverais.

Quand j'écartai la peau de cerf et que je sortis dans l'air frais du matin pour me soulager à côté de la cabane, c'était comme si l'orage n'avait jamais eu lieu. La prairie s'étendait devant moi, parfaitement immobile. Le printemps commençait à apparaître dans chaque nouvelle feuille, chaque brin d'herbe et chaque bourgeon. Le soleil levant n'éclairait que la pointe des sommets environnants, d'un éclat aussi doux que du beurre baratté à la main. Les contreforts de la montagne et la vallée étaient encore dans l'ombre, attendant que la lumière nourrisse leurs surfaces de verdure, assèche la boue et fasse fondre ce qu'il subsistait de neige. Je pris une grande bouffée de cette quiétude, la retint dans mes poumons gonflés et la relâchai lentement.

Avec une rapidité surprenante, le soleil émergea de derrière une crête dentelée et répandit sa lumière pâle à travers la vallée. Elle atteignit d'abord l'endroit où je me tenais, me baignant dans sa subtile chaleur, se réverbéra sur les gouttelettes accrochées à toutes les feuilles et les tiges autour de moi, illumina de minuscules insectes et fit briller des toiles d'araignées invisibles un instant plus tôt. Elle toucha l'écorce blanche des trembles et les branches rouges et bourgeonnantes de l'épais rideau de saules bordant la rivière. Centimètre par centimètre, la lumière progressait. En l'espace de quelques minutes, le sol entier de la vallée se réveilla, paré de toutes les nuances printanières, s'abandonnant à l'aurore et aux chants glorieux des oiseaux.

Lorsque l'astre entier dépassa de la crête, je levai le menton et lui présentai mon visage. Je compris qu'on m'octroyait une nouvelle journée. Le lendemain m'en offrirait peut-être encore une autre.

Loin du désespoir accompagnant la tempête de la veille, le matin paraissait synonyme de possibilités. Mon plan ne marcherait peut-être pas mais, à la lumière bienfaisante du soleil levant, il semblait tout aussi susceptible de réussir. Les oiseaux continuaient de gazouiller ; ils filaient, plongeaient et tournoyaient autour de moi. Je lus un encouragement dans leur allégresse.

Je persévérai donc, un jour après l'autre, et commençai à me détendre. Mes craintes cédèrent la place à un certain niveau de confiance. Le bien-être n'était pas acquis, et souvent, juste au moment où je l'entrevoyais, un bruit ou un nouvel orage m'effrayaient et mes doutes revenaient en force. Mais je ne tardai pas à comprendre que, plus important que de planter des graines, de creuser une fosse d'aisances ou d'établir une routine quotidienne, je devais apaiser mon esprit. L'inquiétude et la peur ne changeraient rien à ma situation ni à mon destin. L'horizon n'était peut-être pas un foyer, mais je trouvai le moyen de rester.

Avec le temps, le crépuscule sur la prairie m'apparut plus beau que sinistre. Je n'investis plus les sons et les silences d'un sens qu'ils n'avaient pas : ils ne furent bientôt plus que le bruit de fond familier de mon quotidien, plus musique que menace. Pendant ce premier mois, une camaraderie fragile avec la forêt grandit. J'adoptai petit à petit le rythme auquel toutes les créatures de la nature obéissent par instinct et en vertu d'habitudes millénaires – des vies réglées sur le lever et le coucher du soleil, dictées par le froid et la chaleur, la faim et le besoin de sommeil, la progression spectaculaire des orages, la teinte de la nuit selon le cycle de la lune.

Le dégel venu, je finis de creuser les latrines. Je rangeai dans mon sac à dos la nourriture susceptible d'attirer les ours et, suivant l'exemple de Wil, je l'attachai à une haute branche de tremble à l'extrémité du campement. Sur le côté sud de la cabane, je plantai les graines que j'avais récoltées dans le potager l'automne précédent. Je buvais l'eau du ruisseau au goût minéral et la versais, froide et propre, sur mon corps nu. Je prenais le temps de m'émerveiller devant le monde : le silence total d'un renard en mouvement, la symétrie parfaite d'une hutte de castors, l'arrivée des papillons tel un lancer de confettis colorés aux premières sécrétions de nectar, le défilé quotidien des grues du Canada qui savaient exactement où aller dans leur migration. Je ramassai et débitai des tonnes de bois à brûler ; je tricotai un filet en laine et le plongeai dans la mare des castors dans l'espoir d'attraper une truite mouchetée ; je taillai une chaise à haut dossier dans une souche d'arbre et m'y assis presque chaque soir, enveloppée dans un édredon, pour observer le coucher du soleil, écouter s'éteindre les bruits de la forêt, répondre au hululement du hibou que j'entendais toutes les nuits mais ne voyais jamais, et admirer les étoiles qui transperçaient une à une la toile noire du ciel. Les nuits sans lune, je contemplais le halo stupéfiant de la Voie lactée et, n'ayant jamais appris les noms ni les formes des véritables constellations, je m'inventais les miennes : mains en prière, fleur de pêcher, queue de porcelet, trompette.

Au milieu de cette cadence éternelle, à mesure que mes peurs diminuaient, mon enfant et moi grandissions. Vers la fin du mois de mai mon ventre était aussi rond et tendu qu'une pastèque, tout mon corps charnu, fertile et surprenant, et mon enfant s'étirait, agitait les poings et se retournait à l'intérieur de moi.

Un soir, alors que des nuages bas étreignaient la vallée, je nous pelotonnai, mon bébé et moi, dans notre nid d'édredons, et j'imaginai que tous les animaux faisaient de même, se couchaient et se roulaient en boule dans la chaleur. Je songeai que certaines mères de la forêt sentaient comme moi les coups de pied de leur petit, que d'autres couvaient, nourrissaient et protégeaient leur progéniture comme je le ferais. Je songeai à toute la vie qui commençait, s'écoulait et s'achevait autour de moi, du plus gros des ours jusqu'au plus petit des insectes, de la graine au bourgeon jusqu'à la floraison. Ici, dans la forêt, je n'étais pas seule. Et j'étais sûre que Wil avait toujours tenté de me l'expliquer. J'enroulai délicatement les bras autour de mon ventre, enlaçant mon bébé, mais aussi autre chose, une immensité indescriptible à laquelle j'appartenais.

Je repensai à toutes les nuits où j'avais essayé de m'endormir à la maison, pendant que Seth et Og se disputaient en bas, ou que les amis de mon frère, ivres, beuglaient par-dessus le grondement de moteur du roadster dans la cour. Je me souvins de ce que je m'étais efforcée d'oublier : les quelques fois où j'avais été réveillée par le bruit de la poignée de ma porte que quelqu'un tentait d'ouvrir dans le noir – un des amis de Seth ou peut-être Seth lui-même, testant la serrure, par défi, succombant à un désir fou ou une faiblesse désespérée –, avant que les bruits de pas ne s'éloignent, vaincus, sauvés.

Tandis que je m'endormais dans mon nouveau foyer forestier, tissé à l'intérieur d'une grande et mystérieuse tapisserie, les seuls bruits que je guettais étaient la pulsation régulière de tous les cœurs battants, les inspirations et expirations du million de vies vécues à côté de la mienne. Je me rendis compte que je n'avais jamais eu moins peur de toute mon existence.

12.

Juin fut plein de promesses.

Le temps était chaud et presque toujours dégagé. Les jours étaient longs et – sans les tâches ménagères, les travaux de la ferme et la préparation des repas – étonnamment amples. Les heures que je passais assise dans la prairie ou à me promener dans la forêt, absorbée dans mes pensées ou mes observations, me paraissaient de moins en moins bizarres et oisives et de plus en plus vitales.

Hormis quelques petites truites, je n'eus guère de succès dans ma quête de nourriture, mais j'avais repéré d'abondants framboisiers sur un coteau orienté au sud, et des feuilles minuscules émergeaient dans mon jardin, me promettant de quoi m'alimenter en juillet et en août. Même si je n'avais pas encore attrapé de lapin ou de grouse dans mon piège artisanal, j'avais bon espoir que mes compétences s'améliorent à force de pratique et par nécessité.

Un soir où le crépuscule teintait la nature de violet, j'étais assise sans bouger à la lisière d'une prairie voisine. J'avais installé mon piège – une petite boîte fabriquée avec des brindilles et du fil, posée en équilibre contre une branche en forme de Y – et disposé à l'intérieur des fleurs de trèfle en guise d'appât. J'attendis obstinément, ou peut-être naïvement, fidèle à ma méthode. Des chauves-souris plongeaient et tournoyaient au-dessus de moi, gobant des noctuelles-lièvres en plein vol. Les criquets se réveillaient l'un après l'autre. Une biche apparut en bordure de prairie, émergeant à pas feutrés du couvert des trembles. Elle redressa le cou de surprise, cligna des yeux et dansa d'une patte sur l'autre, ne sachant que faire de moi. Ses yeux noirs brillèrent, puis clignèrent de nouveau, et sa queue blanche s'agita sous l'effet de l'indécision. Immobile comme une pierre, je la contemplai. J'avais vu de nombreux animaux depuis mon arrivée – des spermophiles, des écureuils et des tamias ; des marmottes, des lapins, des hérissons et des renards, et un unique coyote chassant dans un champ ; des hardes de cerfs et d'élans se déplaçant à flanc de coteau –, mais cette biche était la première à paraître aussi intéressée par moi que je l'étais par elle. Nous nous observâmes pendant un long moment.

La biche se retourna avec élégance et repartit par où elle était venue. Elle réapparut quelques secondes plus tard, suivie d'un faon tacheté. Leur beauté me coupa le souffle. Ils regardèrent vers moi dans un parfait ensemble. Le faon se rapprocha de sa mère à pas précautionneux et silencieux. Ils traversèrent la prairie côte à côte et se perdirent dans le feuillage. Soudain, le bosquet d'où le petit était sorti un moment plus tôt bruissa. Je craignis qu'un prédateur ne soit à leur poursuite, mais c'est un deuxième faon qui surgit, plus petit et encore plus délicat que le premier. Il traversa la clairière à toute allure pour rattraper sa mère et son frère, si décharné et imprudent que j'en eus le cœur serré.

Je revis la biche quelques soirs plus tard – son faon gracieux à son côté, l'avorton quelques longueurs derrière. Le trio s'approchait prudemment du ruisseau près de la cabane. Après s'être encore assurés le lendemain soir que je ne présentais aucun danger, ils prirent l'habitude de venir s'abreuver au crépuscule dans mon campement. J'appréciais leur confiance et leur camaraderie et j'éprouvais du soulagement chaque fois que le faon chétif émergeait des buissons, suivant résolument sa famille.

Je vivais au jour le jour, étape par étape : un réveil, un feu, une casserole de flocons d'avoine, une promenade dans le bois, une tentative d'attraper du poisson, un coucher de soleil, une boîte de flageolets, une nuit. Je rapportais de la forêt des branches tombées pour construire une barrière de guingois autour de mon potager. J'allais chercher de l'eau pour arroser les pousses de légumes, et je disposais une couverture par-dessus tous les soirs pour les protéger du gel.

Quand je me remémore ce mois de juin 1949, je me revois, à dix-sept ans, assise nue au bord du ruisseau après le bain, le soleil coulant comme du miel chaud sur mon jeune corps, sur le globe blanc et mystérieux, sur mes seins si gonflés et étranges. Mon bébé se retournait dans mon ventre et me donnait des coups de pied dans le cœur. Les tournesols, les lupins des jardins et les pâles roses sauvages décoraient les coteaux. Des tiges magenta jaillissaient des marécages entourant le cours d'eau, leurs fleurs semblables à des têtes d'éléphant, la trompe levée vers le soleil. J'attrapai des criquets dans le seul but d'examiner leurs minuscules mandibules. Je dénombrai des papillons de douze couleurs différentes. De délicats petits bonheurs perçaient la boue du chagrin aussi sûrement que la forêt estivale renaissait après l'hiver.

Mais vers la fin de juin, mes forces commencèrent à décliner. Pis, je fus bientôt la proie d'une faim dévorante. Loin d'être copieux, mes repas des deux derniers mois n'en étaient pas moins suffisants. Il est vrai que je faisais quotidiennement l'inventaire de mes provisions – alertée par la baisse de la pile de conserves dans le coin de la cabane et par le poids un peu plus léger du sac à dos chaque fois que je le descendais de l'arbre, j'avais essayé de manger le moins possible pour préserver mon stock. Quand juillet arriva, ma viande séchée, mes conserves de pêches et les œufs en saumure étaient consommés depuis longtemps et ma réserve de boîtes presque épuisée, mais les mange-tout et autres légumes verts poussaient dans mon petit jardin ; ensuite viendraient les betteraves et les choux, et enfin les carottes et les pommes de terre. Des ombles de fontaine et de grasses truites arc-en-ciel nageaient dans la mare des castors. Les framboises mûrissaient lentement. Je ne m'inquiétais pas.

Mes envies d'une nourriture impossible arrivèrent subtilement. Un soir, tandis que le soleil glissait derrière des nuages rayés gris et rose, je tricotais une petite couche pour le bébé, assise sur la souche creusée, lorsque je me mis à penser au jambon de Noël de ma mère. Papa tuait un cochon tous les quelques mois, de sorte que nous mangions du porc toute l'année, mais le jambon de Noël de maman était spécial, rôti entier dans son enrobage de sucre roux, et donnant un jus épais et sucré comme de la mélasse. Bizarrement, c'était ce jus qui me faisait tellement envie, ou même un morceau de gras. Je m'imaginais en train de découper la viande dense et luisante et d'en porter des morceaux à mes lèvres. Quand je recouvrai mes esprits, je m'en voulus d'être si ridicule. Cela faisait des années que ce jambon n'avait pas été servi à notre table, et je n'avais jamais aimé le gras.

Le lendemain, je fus saisie d'une envie folle de poulet frit et, plus tard dans la semaine, je fis une fixation sur de la sauce épaisse et riche, que je me vis engloutir avec des petits pains ou simplement à la cuillère. Les premiers minuscules mange-tout du jardin, même après tant de soin et d'attente, ne me rassasièrent en rien. Je cueillis des framboises pas mûres, acides, en regrettant de ne pas pouvoir les noyer sous la crème. Ragoût de wapiti, jarret de porc, tranches de lard, pâtisserie dégoulinante de beurre, rondelles de pommes de terre couvertes de fromage – je ne pensais plus qu'à la nourriture. Jour et nuit, j'en rêvais, avec une envie si puissante que j'en salivais. Plus d'une fois, je fondis en larmes quand, mon fantasme dissipé, je retrouvais ma réalité famélique. Ma faim n'était pas très différente de mon désir pour Wil à mon arrivée dans cet endroit. Je compris que je devais contrôler mes pensées. Sauf que, cette fois, je n'y parvins pas.

Malchanceuse à la pêche, je devins obnubilée par l'idée d'attraper une truite. Pendant quatre jours, je plongeai mon filet artisanal dans la mare des castors, gênée par mon embonpoint pour m'agenouiller, mais je ne remontai que des roseaux morts. La panique me saisissait à chaque tentative infructueuse. Enfin, l'éclat d'écailles iridescentes étincela dans la mare et j'y enfonçai mon filet. Ma prise n'était pas fameuse – pas plus de vingt centimètres –, mais je rapportai aussitôt le poisson au campement, le vidai en hâte, l'embrochai et le fis rôtir brièvement sur les braises de mon feu du matin. Je le dévorai en quelques secondes, arêtes comprises. Des fragments se coincèrent dans ma gorge ; je toussai et crachai pour les déloger. Et pourtant, j'en voulais davantage, même des arêtes, surtout des arêtes. Avec le recul, je me rends compte que je mourais de faim.

En plus de ces fringales, j'étais la proie de la fatigue, de douleurs et de soudaines crampes d'estomac, qui rendaient de plus en plus difficiles mes tâches quotidiennes comme aller chercher de l'eau ou ramasser du bois. C'était à peine si je réussissais à me pencher pour disposer les brindilles dans le foyer et allumer le feu sans ressentir le besoin de m'asseoir pour me reposer. Quand les framboises que j'avais si longtemps attendues finirent par mûrir, je me traînai en haut de la pente et les cueillis avant de les avaler jusqu'à la dernière. Mais mes jambes eurent du mal à me porter pour redescendre la colline, et plus jamais je n'eus la force de grimper jusqu'aux framboisiers.

Mon ventre était devenu si énorme que le reste de mon corps semblait n'avoir plus d'autre fonction que de le soutenir. Mes membres s'étaient atrophiés. J'avais mal aux pieds. Mal au dos lorsque j'étais allongée. La vessie et les intestins compressés lorsque j'étais assise. Debout, c'étaient mes hanches qui étaient mises à rude épreuve, et lorsque je marchais, j'avais l'impression qu'elles allaient purement et simplement se détacher.

Une nuit sans lune – vers la fin juillet ou le début du mois d'août, je crois, même si j'avais renoncé à marquer les jours sur le mur de la cabane, comme à toute action superflue – je me tournai et me retournai dans mon lit à la recherche d'une position supportable, tout en essayant de purger mon esprit de la faim et de l'inconfort. Au bout de plusieurs heures d'efforts vains, je finis par me lever, sans savoir où aller ni quoi faire pour me soulager. J'allumai une bougie, enfilai le grand pull chipé à Og et je sortis dans la nuit fraîche. Des millions d'étoiles scintillaient, mais je leur jetai à peine un regard. Le potager m'attirait. Je m'agenouillai et déterrai une première betterave, pas plus grosse qu'un raisin, que je mangeai, tige et terre avec. J'en arrachai une deuxième, puis une troisième. Tout en sachant que je gâchais la récolte en les consommant avant l'heure, j'étais incapable de m'arrêter. La terre crissait entre mes dents, à la fois insoutenable et étonnamment agréable, et bientôt je l'ingurgitai par poignées. Ce geste était à la fois si aberrant et si juste que je me mis à pleurer, submergée par la confusion. Les larmes salèrent la terre que je léchais sur mes paumes. Le bébé donna des coups de pied furieux, comme s'il en réclamait davantage.

Lorsque je me relevai pour retourner dans la chaleur de la hutte, honteuse et stupéfaite, mon utérus durcit. La crampe, d'abord faible et familière, s'intensifia, s'étendit et resserra son emprise au point que mon ventre se dressa, haut et rigide, et que je crus m'évanouir. J'eus du mal à atteindre l'entrée de la cabane, puis mon lit. Enfin, la douleur et la tension s'apaisèrent. Malgré mon ignorance en matière d'accouchement, je compris que je venais de ressentir la première contraction. J'étais terrifiée. Quand le sommeil finit par venir, je rêvai que je cherchais quelque chose en vain. Je me réveillai dans des sous-vêtements et des couvertures mouillés, les cuisses collées par l'humidité.

On raconte qu'une bienheureuse amnésie accompagne l'accouchement, et c'est peut-être vrai car je me rappelle peu de détails concernant l'arrivée de mon fils. Mais je me souviens de ceci : tout en me sachant trop faible pour faire ce qui devait être fait, je comprenais que je devais le faire.

Les contractions s'intensifièrent pendant plusieurs jours. Chacune me rendait plus vulnérable, plus primitive et effrayée. Le caractère inéluctable de la naissance me terrorisait, comme si, montée sur un étalon sauvage, je n'avais d'autre choix que de le chevaucher jusqu'à ce qu'il me jette à terre. Toute idée de nourriture disparut. Tout ce qui m'entourait disparut. Je n'étais plus qu'un corps, une ouverture, une brûlure. Lorsque la douleur devint intolérable, je hurlai, grognai et tombai à genoux au milieu du campement, tanguant à quatre pattes comme une misérable bête. Au moment où je crus que mes hanches allaient se déboîter et fendre l'air dans des directions opposées, j'avais réussi à retourner en rampant dans la cabane. Je ne me rappelle pas m'être déshabillée, mais bientôt j'étais accroupie, nue, sur le sol de terre, agrippée au bord du lit.

Je me souviens d'avoir baissé la main vers mon entrejambe et senti le sommet dur d'un tout petit crâne. Je ne me souviens pas d'avoir tiré les édredons roses pour les poser par terre à côté de moi ; je ne me souviens pas d'avoir poussé, encore et encore, jusqu'à expulser le bébé de mon corps ; je me souviens vaguement de m'être mise à genoux et de l'avoir soulevé, aussi glissant qu'une anguille, pour le porter à ma poitrine, nos corps encore reliés par le cordon pourpre et palpitant. La seule chose dont je me souvienne clairement, c'est qu'à son entrée en ce monde, mon fils ne bougeait pas.

Il était aussi petit et inerte qu'une poupée dans mes mains tremblantes. Une réalité impossible à appréhender pour mon esprit. La puissante force vitale qui donnait des coups de pied si insistants s'était évanouie. Je devais faire quelque chose pour le sauver, je le savais, mais je n'étais qu'une pauvre gamine, partie seule dans la montagne pour mener une folle entreprise. *C'était sûr que ce bébé mourrait,* songeai-je, entre délire et angoisse. Et moi, anémiée et épuisée, du sang ruisselant entre mes jambes, j'allais fatalement le suivre. Je n'eus d'autre idée que de crier.

« Vis ! hurlai-je, m'adressant peut-être autant à moi-même qu'au bébé, tout mou et bleu sur mes genoux. Vis, vis ! » répétai-je en sanglotant, comme si de simples mots pouvaient ressusciter les morts.

Et là, je le jure, Wil apparut à côté de moi. Il plaça le bébé au creux de mon bras, prit ma main libre et, ensemble, nous nous mîmes à frictionner la poitrine de notre enfant, comme il l'avait fait avec le chiot de Ruby-Alice. D'abord tout doucement, puis avec plus de vigueur et de détermination, Wil guida ma main sur le cœur de notre bébé. Il le retourna et caressa son dos duveteux, le retourna encore en continuant de le frictionner, le rappelant à la vie. Wil souffla dans les petites lèvres bleues. Mais notre bébé ne s'éveillait toujours pas.

Wil ne renonça pas pour autant. Avec mes paumes, il imprima de rapides mouvements circulaires sur le torse du bébé, sur ses fines côtes, sur la chair violacée, aussi douce qu'une peau de mouton. Soudain, comme un interrupteur mystérieusement enclenché, le bébé hoqueta. Un son rauque, profond, congestionné et surprenant. Je le replaçai sur le ventre et lui tapotai le dos pour essayer de dégager ses poumons. Comme ça ne marchait pas, je le retournai face à moi et j'insérai le doigt dans sa bouche minuscule obstruée de mucus. Il émit un autre gargouillis, faible et incertain. Je portai sa bouche à la mienne et j'inspirai un bon coup pour aspirer les mucosités, les crachai, puis je recommençai, le ramenant à la vie aussi sûrement que le soleil fait sortir les pousses de terre.

Le premier cri de mon fils fut la plus belle chose que j'aie jamais entendue. Je tournai mon sourire étonné vers Wil et fus stupéfaite de ne pas le voir à côté de moi. Il était là, quelques secondes plus tôt, il m'avait aidée à sauver notre enfant. Pourtant, la seule présence de Wil se trouvait dans le bébé lui-même, qui rosissait et poussait des gémissements. Je le blottis contre ma poitrine d'une main et, de l'autre, tirai une couverture du lit. Je l'essuyai et l'emmaillotai, tout en roucoulant pour apaiser ses pleurs. Il fallait trouver un moyen de couper le cordon, je le savais, mais pour l'heure, je ne réussis qu'à m'accrocher à mon bébé, à le bercer, pleurant de joie, d'incrédulité et de gratitude. Je n'étais peut-être pas aussi folle que je le croyais, car j'avais fabriqué cette nouvelle vie et je lui avais livré passage dans le monde.

Lorsqu'il ouvrit ses petits yeux gonflés et me regarda pour la première fois avec curiosité, j'éprouvai un émerveillement sans égal. Pendant tous ces mois, j'avais cru que cet être dans mon ventre était un étranger, une créature mystérieuse ou, peut-être, une expiation méritée. Jamais je n'avais imaginé que je le reconnaîtrais au plus profond de moi, *ce* bébé, avec *ces* yeux sombres étrangement familiers.

Il fronça ses petits sourcils et nous nous contemplâmes un long moment, pareils à deux âmes reconnectées après avoir vécu à un univers de distance.

13.

La première fois que mon fils téta, après le drame, puis l'euphorie de sa naissance, mon lait était aussi riche et jaune que du beurre. La douleur me transperça les mamelons, ordonnant à mon utérus d'expulser le placenta. Je pris mon couteau, coupai le cordon ombilical, et j'arrêtai l'écoulement de sang en nouant un bout de laine jaune, avec l'espoir que ça suffirait. Laissant tout ça par terre, je grimpai dans le lit et nous pelotonnai sous les deux dernières couvertures propres. Je m'inquiétai que l'odeur du délivre n'attire des animaux, mais je n'avais pas l'énergie de me relever. J'admirai la perfection de mon bébé pendant qu'il tétait : des lèvres, un nez, un front sans défaut ; la courbe délicate de chaque oreille ; les yeux noirs contemplatifs, si pareils à ceux de son père. Son nom de famille serait Moon, supposai-je. Je lui susurrai des surnoms comme Moon Face et Moon Pie, et celui qui resta, inspiré de la chanson « Blue Moon » et de la Big Blue Wilderness : mon Baby Blue. Épuisée par l'accouchement, j'étais aussi submergée de reconnaissance – parce qu'il respirait, que j'avais du lait, que j'avais surmonté sa terrifiante arrivée et tenais un morceau de Wilson Moon entre mes bras. Dans le cocon sacré de la nativité, nous dormîmes pendant des jours. À un moment, au milieu de cette torpeur, mes seins enflèrent et me brûlèrent, me laissant craindre le pire, mais le lait continuait de couler, à présent blanc et crémeux.

Le peu de force que j'avais encore ne tarda pourtant pas à s'amenuiser, de même que la seule nourriture pour le bébé. Je n'avais pas l'énergie d'aller pêcher. Même si j'avais pu escalader le coteau où poussaient les framboisiers, trop d'ours fréquentaient à présent cette parcelle. Ayant épuisé depuis longtemps toutes mes provisions, je ne pouvais compter que sur la petite récolte quotidienne de mon potager, essentiellement composée de légumes-feuilles et de petits pois – idiote que j'avais été de planter des choux et des légumes-racines si longs à pousser –, de fines carottes, de pommes de terre de la taille de cailloux et des quelques betteraves restantes, pas plus grandes que le poing de Baby Blue. J'étais tellement désespérée que, quand enfin j'enroulai le délivre dans l'édredon et le traînai aussi loin du campement que mes maigres forces me le permirent, j'envisageai une seconde de manger du placenta, comme l'auraient fait certains animaux. Et, même, de récolter mon lait dans ma paume pour le boire. Mais je me refusai à ces deux extrémités, qui auraient signé mon ultime déchéance. Je devrais me contenter du jardin. Mais ça ne suffisait pas et je le savais.

Quand Baby Blue eut à peine plus de deux semaines – il était de plus en plus alerte, même si mon lait et ma raison commençaient à se tarir –, je me réveillai un matin si sombre et froid qu'on aurait cru à une aube de décembre. À la seconde où j'ouvris les yeux, je me rendis compte que quelque chose n'allait pas.

Je posai le bébé endormi à côté de moi et remontai les édredons autour de la couverture tricotée qui l'emmaillotait. Frissonnante, j'enfilai mon gros pull et jetai un coup d'œil par la fenêtre. De la neige. Il en était tombé au moins soixante centimètres au cours de la nuit. À la fin août. La météo était si capricieuse en haute montagne qu'il fallait s'attendre à tout. En bas, à Iola, les gens se réjouissaient peut-être de ce qui avait dû être la première pluie depuis le printemps sur la terre assoiffée. En ce qui me concernait, je n'avais pas besoin de sortir de la hutte pour comprendre que cette chute de neige inattendue et l'air glacial avaient scellé mon sort. Mon potager serait fichu.

Une fois résignée à chercher de l'aide, je voulus m'exécuter sans tarder, mais je dus attendre que la tempête passe. Le ciel ne se dégagea pas et la température ne remonta pas avant deux jours interminables. Je gardai le bébé sous mon pull, peau à peau. Nous dormîmes presque tout le temps entre les tétées. Quand la chaleur ou le lait n'étaient pas suffisants, nous pleurions. Le troisième matin, un soleil estival me réveilla. La terre buvait avidement la neige fondue. Midi venu, il n'en restait presque plus trace, hormis quelques carrés de boue à l'ombre et la bouillie verte et visqueuse qui avait été mon jardin. Rien n'avait survécu. Les toutes petites betteraves, carottes et pommes de terre étaient encore comestibles, mais leurs feuilles, et avec elles leurs promesses, étaient saccagées. Je fouillai la gadoue pour récolter et manger ce que je pus. Ensuite, je mis une couche propre à mon bébé, l'enveloppai dans la couverture en tricot, l'attachai contre ma poitrine et me mis en route dans la direction où je pensais avoir le plus de chances de trouver un autre être humain.

À mon arrivée, des mois plus tôt, je m'étais imaginé démanteler soigneusement mon campement au moment du départ. Labourer le potager, retirer les pierres du foyer et le trépied, décrocher les cordes, vider la hutte, renverser la souche qui m'avait servi de chaise. Effacer mon été de la honte, ni vu ni connu. Maintenant que je partais, trop fatiguée ne serait-ce que pour faire mon lit ou hisser mon sac sur mon dos, je me demandais deux choses : Comment avais-je pu croire que quelqu'un se soucierait suffisamment de moi pour venir inspecter cet endroit ? Et qu'avais-je prévu de faire de la preuve la plus compromettante, à savoir le bébé lui-même ? À quoi bon un campement caché si j'entrais dans Iola avec un nouveau-né dans les bras ? Je secouai la tête en continuant de marcher : j'étais tellement plus mûre que la jeune idiote arrivée en avril.

Ce fut la plus longue marche de ma vie. Impossible d'évaluer si j'avais parcouru deux ou vingt kilomètres. Je savais seulement que je devais garder mon bébé, aussi léger qu'une plume, serré contre ma poitrine, et mettre un pied devant l'autre. J'étais le jouet du délire, qui rendait ce trajet irréel. Je marchais d'un pas pressé et résolu, quoique sans savoir où j'allais. La forêt me paraissait redevenue hostile – le soleil cinglant, la fanfare incessante des oiseaux chanteurs, le terrain bosselé et aussi rébarbatif qu'un champ de crânes. Même les hautes tiges des épilobes magenta se moquaient de moi, elles qui avaient résisté avec élégance à la tempête de neige fossoyeuse de mes espoirs. Lorsque le bébé pleura faiblement, je m'arrêtai et le mis au sein, tout en sachant que je n'avais que de maigres gouttes de lait à lui offrir, de quoi le satisfaire quelques minutes avant qu'il recommence à gémir. Pareil au paysage desséché avant la neige, mon corps s'était racorni. Je n'avais plus rien à donner.

En pénétrant dans une clairière, je tombai nez à nez avec la biche. Je ne l'avais pas vue depuis des semaines. Aussi surprises l'une que l'autre, nous nous observâmes, à cinq mètres de distance. Nous étions toutes deux mères à présent, mais où étaient ses petits ? Les buissons bruissèrent et son faon préféré apparut, grand et élégant. Il me jeta un regard circonspect en allant se placer à côté de sa mère. Puis tous deux poursuivirent leur chemin avec grâce. Le deuxième faon ne suivait pas. Je m'assis sur un rocher et j'attendis. L'avorton ne donnant pas signe de vie, je serrai plus étroitement Baby Blue et repris ma route.

14.

Lorsque je vis la longue automobile noire, je crus d'abord à un mirage. J'errais depuis je ne sais combien de temps, cherchant les pinacles de pierre pour me repérer, mais ne traversant que des kilomètres de territoire inconnu. Les trembles et les saules avaient depuis longtemps cédé la place à l'armoise, aux genévriers et à la roche, et maintenant à ceci : une berline noire garée au bord d'une route près d'un bosquet de pins ponderosa. C'était plus que mon esprit confus ne pouvait assimiler.

Je me cachai derrière un arbre et tentai d'appréhender la scène. Un pique-nique. Un homme et une femme, une couverture rouge par terre sur laquelle s'étalait leur repas : un pain doré, une tomme de fromage, des tranches de jambon comme celles que M. Chapman savait couper si finement derrière son comptoir et – était-ce possible ? – deux magnifiques pêches roses, grosses comme des balles, sur un sac en papier brun. Mon estomac se contracta de douleur à cette vue.

Plus merveilleux encore que cette précieuse nourriture, il y avait un bébé, vêtu de flanelle bleue et blotti dans les bras de la femme. Il était plus grand, mais peut-être plus jeune que Baby Blue. Il se tortillait, agitait les jambes et chouinait comme un nouveau-né. Debout à l'écart, l'homme fumait une cigarette et maudissait les deux geais de Steller bleu et noir qui cacardaient sur une branche de pin. La femme dégrafa son corsage et exposa maladroitement un sein rond et blanc, aussi plein et succulent que les miens étaient asséchés et flétris. Le bébé le repoussa, mais la mère insista. Quand l'enfant se calma et commença à téter, je sus ce que je devais faire.

Il existe une forme de tristesse qui transcende la tristesse, qui se déverse comme un sirop brûlant dans chaque fissure de notre être, prenant sa source dans le cœur avant de s'infiltrer dans chaque cellule et dans le sang, à tel point que rien – ni la terre, ni le ciel, ni même notre propre paume – n'est plus jamais pareil. C'est une tristesse qui change tout.

Je pensais avoir déjà connu la plus profonde affliction. Certes, la perte de ma mère, de ma chère tante Viv et de Cal avait fait un accroc dans l'étoffe tissée serré de mon enfance, mais la bible maternelle et les obligations du quotidien m'avaient enseigné qu'il fallait raccommoder cette déchirure. Mon jeune esprit désorienté avait accepté cette réponse pragmatique, et j'avais agi en conséquence. J'avais ravalé mon chagrin telle une braise éteinte, restée logée à l'intérieur de moi. Et quand, chez Chapman, j'avais appris quel sort tragique avait enduré Wil, je n'étais pas rentrée à la maison prendre un couteau de cuisine et frapper Seth d'une main vengeresse, mais j'avais continué, obéissante, à cuisiner, faire la vaisselle, m'occuper d'Abel et nettoyer le poulailler, en versant des larmes silencieuses et secrètes. Je ne m'étais pas effondrée. Je m'étais enfuie dans les bois, m'étais préparée, j'avais accouché, j'avais survécu. Le chagrin ne m'avait pas terrassée.

Mais à l'instant où je m'approchai en cachette de la longue automobile noire, où je posai mon bébé sur la banquette arrière en cuir moelleux et renonçai à lui, je libérai une vague de chagrin qui me submergea tout entière. Je ne m'en rendis pas compte tout de suite, tant j'étais étourdie par la faim, habituée à encaisser, à faire le nécessaire. Lorsque je refermai la portière et m'éloignai de lui, j'aurais aussi bien pu n'avoir déposé qu'une pierre. Ou sinon une pierre, un chiot, ou un oisillon, dont j'aurais eu à m'occuper avant de le céder – une transaction pragmatique, comme la vente d'un porcelet de notre porcherie ou d'un jeune arbre du verger. Je ne le blottis pas une dernière fois dans le creux de mon cou, je n'effleurai pas de ma joue sa tête duveteuse pour lui dire adieu. Je n'inhalai pas son odeur pour en conserver le souvenir, ne jetai pas un ultime regard à ses lèvres parfaites par la vitre ouverte de l'automobile. Les enfants de fermiers apprennent très tôt à ne pas s'attacher aux bébés dont le sort ne dépend pas d'eux. Je ne cessai de me dire que j'allais me retourner, guetter d'une cachette jusqu'à ce que le couple remarque mon fils – pour m'assurer qu'il avait été découvert, pour voir l'homme ou la femme le soulever et l'étreindre –, mais à la place, je m'enfuis. Malgré ma faiblesse, je tournai le dos à la voiture et courus loin de la clairière sans un regard en arrière.

J'escaladai des rochers, je sautai par-dessus des branches et des souches d'arbres, zigzaguai entre l'armoise et les cailloux, m'arrachant à ma fatigue pour galoper dans des fossés et sur des pentes, trébuchant et tombant, me relevant et continuant. Qu'avais-je fait ? J'étais éperdue, désorientée, et je ne savais pas vers où je me dirigeais. Si des yeux dans la forêt avaient été les témoins de ma fuite, ils m'auraient crue pourchassée par une bête affamée. Nul n'aurait pu deviner que mon seul prédateur était mon acte inconcevable.

Je finis par m'effondrer sur le sol de la forêt. Couchée sur le dos, je m'efforçai de reprendre mon souffle. Voici tout ce dont je me souviens : le ciel sans nuages était d'un bleu intense, et une buse à queue rousse y décrivait des cercles. Je fixai son vol gracieux comme si c'était la seule chose au monde à laquelle on pouvait encore croire. Elle ne semblait pas en chasse, mais profitait d'une brise à elle seule destinée. Sans effort, sans même battre des ailes, elle tournait en rond. Et mes yeux suivaient sa ronde. Tremblante, sans mon enfant, j'étais accablée de solitude et très loin de sa félicité. L'intimité que j'avais partagée avec l'univers entier pendant ma grossesse avait disparu. Était-il possible, songeai-je, que le jour où Wil et moi avions fait l'amour – peut-être même à l'instant où j'avais arqué le dos dans l'extase – cette buse soit retournée à son nid pour découvrir qu'il avait été pillé et que ses petits n'y étaient plus ? Était-il possible que j'aie été perdue dans ma propre exultation au moment où le malheur frappait la buse, comme elle était maintenant indifférente à ma tragédie ?

Pour la première fois, je me demandai ce que je faisais à l'instant précis où la voiture de ma famille avait raté le tournant. Étais-je en train de jouer dans le verger ? Au premier tonneau, alors que les êtres qui m'étaient chers se faisaient éjecter par les vitres ouvertes et se fracassaient le crâne sur les rochers, étais-je en train de mordre dans une pêche ? Et où me trouvais-je quand le roadster de Seth avait démarré, imprimant la première effroyable secousse aux mains liées de Wil ? Étais-je, comme une pauvre idiote, en train de sortir un pain parfaitement cuit du four au moment où le gravier déchirait la chair de mon Wil ou lorsqu'il avait poussé son dernier soupir ?

Quelle absurdité de vouloir que la buse, là-haut, compatisse à ma souffrance. Comme tout ce qui concernait mon Baby Blue, je supporterais seule le supplice de sa perte. La réalité de son existence – les plis si doux de son cou, son haleine sucrée, ses petites mains préhensiles – était connue de moi seule et ne comptait que pour moi.

C'est alors que je pensai à elle – la femme au corsage blanc, l'autre mère.

Je l'avais seulement aperçue en m'approchant en douce de l'automobile, cachée derrière les arbres, mais je me rappelais ses cheveux châtains, courts et ondulés, ramenés élégamment d'un côté, et la façon dont elle les avait passés derrière une oreille en regardant son bébé qui gigotait. Elle était jolie, avec ses pommettes rondes et son nez délicat, mais son visage était pâle et dénué d'expression, peut-être fatigué à cause du trajet en voiture. Elle avait bercé le bébé dans ses bras en lui tapotant les fesses, l'encourageant à se calmer et à trouver son sein pour téter. Par moments, elle levait les yeux vers le dos de son mari qui pestait contre les geais et regardait vers les bois, de la fumée de cigarette montant en volutes au-dessus de sa tête brune.

En pensée, je visualisai la suite aussi nettement que si j'avais été témoin de la scène : les geais s'arrêtaient enfin de cacarder, et la femme inclinait la tête en direction des pleurs légers montant de l'automobile. Au début, imaginai-je, elle avait cru à un chant d'oiseau, mais son instinct de mère l'avait détrompée. Je me la représentai boutonnant son corsage et tendant le bébé à son mari, s'avançant vers la voiture, d'abord avec prudence, puis d'un pas rapide et déterminé. Elle jetait un coup d'œil par la vitre, avant d'ouvrir la portière, incrédule. Après quoi, j'en étais certaine, la femme avait soulevé d'instinct mon bébé affamé, l'avait porté à son sein et lui avait donné son lait sucré et riche, cette nourriture salvatrice que je ne pouvais pas prodiguer.

Et pendant qu'elle le tenait contre sa poitrine, j'imaginai, j'espérai, qu'elle pensait à moi. Elle lançait des coups d'œil compatissants vers la forêt, sachant que quelque part, là-bas, il y avait une jeune mère très semblable à elle, qui avait déposé son nouveau-né avant de prendre la fuite, l'esprit en déroute. Elle s'interrogeait sur cet acte, se demandait quelles circonstances extrêmes pouvaient pousser une femme à faire un choix aussi inconcevable.

Couchée sur le sol de la forêt, encore hypnotisée par le tournoiement incessant de la buse, je pressai ma main droite – la dernière partie de moi qui avait touché mon enfant – contre ma joue. J'imaginai l'empreinte de sa petite tête gravée dans les lignes de ma paume et je me caressai le visage, encore et encore, en espérant que mon bébé puisse sentir mon contact.

Je dus m'endormir, car j'ai le souvenir de m'être réveillée sur le sol dur où je m'étais effondrée. Des pierres me rentraient dans le dos et la douleur me vrillait le crâne. Je me tins là sans bouger, le regard fixé sur un crépuscule sombre et sur un unique nuage gris en forme de rose. Je fis défiler la journée dans ma tête. Lorsque j'étais partie chercher de l'aide, je n'avais eu aucune intention d'abandonner mon fils. Mais en voyant le couple en train de pique-niquer – la belle automobile noire, le sein lourd, la famille –, les vies possibles de mon enfant étaient apparues devant moi. Dans une version, il resterait avec moi et continuerait de s'affaiblir jusqu'à une mort quasi certaine – et quand bien même nous survivrions tous les deux, où trouverions-nous un refuge ? Dans l'autre version, il serait séparé de moi à jamais pour devenir le fils d'une autre, mais il serait nourri, il grossirait, il aurait un avenir, un père, un foyer. À l'instar de la biche dont l'instinct de privilégier son faon le plus robuste contredisait sans doute son désir de nourrir le plus faible, j'avais entendu aux tréfonds de moi-même une voix défiant la logique, l'amour et même l'espoir me pousser à faire un choix similaire. J'avais marché machinalement, en somnambule, comme si une force autre que l'habituelle mécanique cérébrale avait guidé mes pas sur le terrain rocailleux, à travers les hautes herbes et l'armoise, en direction de l'automobile : j'avais avancé sans avoir pleinement conscience de ce que je faisais jusqu'au moment où je l'avais fait. Un instant, je serrais le corps minuscule de mon bébé contre ma poitrine. L'instant d'après, j'ouvrais la portière, je le posais sur le siège en cuir, refermais la voiture avec un discret *clic* et m'éloignais.

La nuit tomba vite, noire et sans lune. Je titubai jusqu'à un bosquet de pins sous lesquels je m'allongeai, avec l'illusion qu'ils me protégeraient. Je dormis d'un sommeil intermittent ; dans mes rêves, mon bébé me réclamait en pleurant et je le cherchais partout sans réussir à le trouver. Dès que le plus infime ruban de lumière émergea sur la ligne d'horizon, à l'est, je me levai, engourdie et frissonnante, et me mis en route, tentant de retracer mon chemin de la veille. L'aurore venait de poindre lorsque je retrouvai la clairière où j'avais laissé mon bébé. L'automobile et le couple étaient partis. Pas une empreinte de pas ou de pneu ne subsistait : à croire que des fantômes m'avaient volé mon enfant après m'avoir ensorcelée. À moitié sonnée, je pivotai plusieurs fois sur moi-même, scrutant la scène, comme si un regard de plus me révélerait un indice sur ce qui lui était arrivé. La panique m'étreignit : et si tout l'épisode n'avait été qu'une illusion et que j'avais abandonné mon enfant Dieu sait où ?

Soudain, mes yeux tombèrent sur une pêche, posée sur un haut rocher, pareille à un joyau orange dans l'éclat du soleil levant. Il y avait eu deux pêches sur la couverture de pique-nique. Maintenant, elle avait mon enfant, et moi, j'avais sa pêche. Elle l'avait déposée à mon intention, devinant sans doute, vu le poids plume de Baby Blue, que sa mère avait faim ; plus important, elle avait dû comprendre que je reviendrais ici, pour chercher confirmation qu'il était entre de bonnes mains.

Je m'approchai prudemment de la pêche, encore incrédule. Lorsque je m'aperçus que le fruit était bien réel, mûr à souhait et si parfait que je crus sentir la paume de papa le cueillir sur sa branche et la main délicate de Cora le placer dans un sac, je compris que nos vies – celle de la famille dans l'étincelante automobile noire et la mienne – s'étaient croisées avant même que je tombe sur eux. Ils s'étaient arrêtés à notre stand au bord de la route. Ils s'étaient peut-être renseignés sur les lieux de pique-nique les plus agréables, à l'écart de la grand-route, et avaient suivi la direction indiquée par Cora. Au moment où celle-ci levait son bras dodu pour leur expliquer l'itinéraire, j'entamais peut-être mon errance hagarde vers cette même clairière. Je n'avais jamais possédé la foi inébranlable de ma mère en la divine providence, mais en cet instant, je me dis qu'elle avait peut-être eu raison en ce qui concernait la volonté de Dieu. Mon bébé avait besoin de seins pleins de lait, d'une mère capable de prendre soin de lui, d'un père vivant, et ils étaient arrivés. J'avais besoin de nourriture et de la confirmation que mon fils avait été trouvé, et voilà que je tenais dans ma main un fruit miraculeux.

La première bouchée fut si exquise qu'elle me fit mal. Je laissai la chair sucrée exploser dans ma bouche asséchée, puis savourai lentement les quelques bouchées suivantes, comme si elles m'apportaient le salut. Malgré moi, je me mis à dévorer le reste du fruit. Le jus coula le long de mes poignets et rentra dans les manches effilochées de mon pull. En un instant, il ne restait rien de la précieuse offrande. J'avais sucé le noyau pour récupérer la moindre fibre de chair, puis léché mes mains sales et mes poignets jusqu'à la dernière goutte de jus.

Avide d'en avoir davantage, je sortis de la clairière à l'endroit où avait été garée l'automobile noire. De là partait une petite route de terre qui serpentait à travers la forêt sur moins d'un kilomètre, avant d'en croiser une plus grande en gravier jaune terne. Si j'avais eu toute ma tête, j'aurais déjà reconnu les lieux, mais faire avancer pas à pas mon corps affaibli mobilisait tous mes efforts. Je choisis de partir vers l'aval, uniquement pour éviter une ascension. C'était le bon chemin vers chez moi, je le découvris quand cette interminable piste de gravier commença à longer la rivière Big Blue, avant de déboucher sur la route 50. Sans même vérifier si un véhicule arrivait, je traversai en courant la bande d'asphalte et saisis la rambarde de l'autre côté. En bas, la Gunnison coulait, lente et basse, parallèle à la voie de chemin de fer. À l'est se trouvait Iola, la ville et la vie que je ne m'étais pas autorisée à regretter jusqu'à cet instant.

Le conducteur devant qui j'agitai les bras dut me prendre pour une folle. Compte tenu de mes cheveux emmêlés et de ma silhouette décharnée dans mes vêtements sales, c'est un miracle qu'il se soit arrêté. Il n'était pas d'ici, mais il avait le visage avenant et accepta de me conduire en ville. Après-rasage, menthe, cigarette, cirage, essence et cuir – mon odorat était si affûté et désaccoutumé des odeurs de la civilisation qu'elles manquèrent me submerger lorsque je pénétrai dans l'habitacle. Les propos aimables de l'homme furent les premiers mots qu'on m'adressait depuis mon départ de la maison en avril. Prononcés d'une voix de baryton, ils me parurent enjoués et sincères. Heureusement, l'homme n'était pas très bavard. Je posai ma tête contre la vitre, fermai les yeux et me laissai bercer par les vibrations du moteur, jusqu'à ce que je sente la voiture ralentir, tourner pour quitter la route, traverser le pont, puis tourner de nouveau et s'engager sur la route gravillonnée vers Iola.

Notre stand apparut, terriblement familier, avec ses rangées ordonnées de pêches parfaites, et cette chère Cora, fidèle à elle-même, adossée à un poteau, en train de charmer un inconnu. C'était l'attrait de ces pêches qui m'avait fait redescendre des montagnes, mais maintenant qu'elles étaient presque à ma portée, je ne pouvais plus m'imaginer m'en approcher, ni discuter avec Cora, ni franchir le seuil de ma maison. J'étais devenue une sauvageonne, étrangère sur ma propre terre. Je demandai au conducteur de contourner la ville et de prendre notre route, tout en sachant que je n'avais aucune intention de rentrer chez moi. L'homme s'arrêta devant ce qu'il ignorait être une maison cachée au milieu des pins.

« Vous êtes sûre ? s'enquit-il, sceptique, en scrutant le bois.

— Oui, monsieur. »

Ruby-Alice Akers m'accueillerait, comme elle avait accueilli Wil. De cela, j'étais certaine. Je remerciai le conducteur, descendis et titubai à travers les pins jusqu'au portail de Ruby-Alice. Les petits chiens, les pintades et les poules aboyèrent, gloussèrent et s'égaillèrent.

Avant même que j'aie atteint la porte rose, Ruby-Alice l'avait ouverte en guise de bienvenue. Elle me guida à l'intérieur en me tenant par le coude, comme si c'était moi, la fragile vieille dame, et je m'effondrai sur son canapé. Elle me regarda avec ce qui semblait de la pitié dans son œil enfoncé, de l'appréhension mais aussi de la compréhension dans l'autre.

Ses mains bleues et tremblantes portèrent un verre d'eau à mes lèvres desséchées. Elle me nourrit de bouillon et de pain. Elle m'apporta une pêche, la coupa comme pour une jeune enfant en tout petits morceaux, qu'elle disposa avec soin sur une soucoupe en porcelaine fine. Bien qu'il fasse chaud dans la maisonnette, elle me couvrit d'une courtepointe rose, que je serrai contre mon cœur en souvenir de mon bébé et de Wil.

Je dormis pendant trois jours et trois nuits, me réveillant par moments pour recevoir les modestes quantités de nourriture et de liquide que mon corps supportait. Ruby-Alice augmenta petit à petit les rations jusqu'à ce que, à mon réveil passé midi le quatrième jour, je sois capable de consommer mon premier vrai repas depuis des mois. Elle avait tué et rôti un poulet, que je dévorai comme un ours tout juste sorti de son hibernation. Je mangeais tout ce qu'elle posait devant moi : fraises, pommes de terre sautées, haricots verts avec du jambon, muffins aux framboises tartinés de beurre. Je mangeais jusqu'à en avoir mal au cœur, laissais passer une heure, puis recommençais à manger. Ruby-Alice m'aida à prendre un bain et me donna des vêtements propres. Elle démêla mes longs cheveux et en fit une torsade qu'elle enroula en un chignon lâche. Toutes deux habituées au silence, la vieille dame et moi n'échangions presque aucune parole hormis mes fréquentes expressions de gratitude auxquelles elle répondait par des grognements satisfaits. Si elle entendit mes sanglots et reniflements quand je pleurais mon bébé perdu, elle eut la délicatesse de me laisser tranquille.

Sans Wilson Moon, je n'aurais jamais vu en Ruby-Alice autre chose qu'une vieille folle ayant besoin de l'aide de Dieu. Sans Wilson Moon, je n'aurais pas découvert mon pouvoir de séduction, ma beauté et ma force, ni connu la précieuse sensation de tenir Baby Blue dans mes bras. Je me promis d'essayer de placer ces souvenirs au-dessus de la douleur lorsque je me levai enfin du canapé et marchai avec Ruby-Alice jusqu'à son portail. Elle me laissa serrer un instant ses maigres épaules en guise de remerciement, puis je pénétrai dans le bois de pins pour rejoindre le sentier menant à la ferme familiale. Le long sifflement du train de 17 h 47 accompagna mon retour à la maison.

15.

Il n'y avait personne à la ferme, ni Seth, ni Ogden, ni papa, ni Trout. Même les poules et les cochons n'étaient plus dans leurs enclos. Le désordre dans la maison témoignait de la présence de papa – vieux journaux, tasses à café souillées, empreintes de bottes boueuses, vêtements et gants de travail éparpillés çà et là –, mais les chambres de Seth et d'Ogden étaient propres et vides, à l'exception des lits nus et des commodes couvertes de poussière. La vaisselle sale de plusieurs jours s'empilait sur le plan de travail et dans l'évier. Le potager était desséché, à l'abandon. Seule ma chambre semblait inchangée depuis le jour de mon départ. Le message que j'avais laissé à papa était déplié sur mon lit. Je m'assis et le relus : *Je t'aime. Je suis désolée. Ne t'inquiète pas.* Le mot me parut naïf et enfantin. Je roulai la feuille en boule et la lançai dans la corbeille en ressortant. J'aimais mon père, c'était vrai, mais je m'étais délestée de la peur et de l'obéissance qui avaient accompagné cet amour, et je n'avais aucune idée de ce qu'il représenterait pour moi désormais.

Le seul à qui je devais des excuses était Abel. Je le trouvai dans la grange, négligé quoique apparemment en bonne santé. Il leva la tête en guise de bienvenue, et je crus voir un éclat de reconnaissance et de soulagement dans ses doux yeux chocolat. Je flattai son encolure auburn en longues et lentes caresses, et il fourra le museau au creux de mon épaule comme pour dire *On va bien tous les deux. Content de te voir revenue à la maison.* Du moins, c'est ce que j'espérais. Je lui présentai un seau d'avoine, et il mangea.

J'embrassai l'étoile blanche sur le large os plat entre ses yeux, croyant encore que c'était pour l'avoir blessé, lui et lui seul, que je devais chercher le pardon de Dieu, des hommes ou des bêtes. Tomber amoureuse de Wilson Moon avait été l'acte le plus honnête de ma vie. Les répercussions imprévues d'un acte honnête ne rendent pas le choix moins sincère. Tout ce qu'on peut faire, avais-je appris de Wil, c'était en assumer au mieux les conséquences – aussi inimaginables, horribles, magnifiques ou désespérées soient-elles. J'imaginai Baby Blue, âgé d'une semaine de plus, à présent bien nourri, rose et potelé. Malgré la souffrance qui me serrait le cœur et se collait comme du goudron au plus profond de mon être, je savais qu'abandonner mon fils avait été un autre acte honnête.

J'entendis au loin le camion de papa peiner dans la longue allée. M'armant de courage, je sortis de la grange pour aller à sa rencontre. Il ne me vit pas m'avancer pendant qu'il se garait et mettait pied à terre, mais Trout descendit d'un bond derrière lui et courut vers moi en frétillant de joie. M'accroupissant pour caresser le chien, je levai les yeux et croisai ceux de mon père, d'un gris pâle. Aussi indifférents que des cailloux dans une rivière, ils me regardaient comme si j'étais une inconnue, une folle ou les deux.

« Papa », dis-je. Mais il se détourna et se dirigea vers la porte de la cuisine. Il aurait aussi bien pu ne pas me voir du tout. Amaigri et voûté, il était vêtu d'une salopette crasseuse. Il ne portait pas sa casquette et avait pris un coup de soleil sur son crâne dégarni. Sa quinte de toux grasse, quand il passa le seuil, m'apprit qu'il était mal en point. Je câlinai Trout qui se tortilla et jappa pour fêter nos retrouvailles, puis me redressai et suivis papa dans la maison.

Il se préparait déjà à dîner, comme j'imaginais qu'il l'avait fait tous les soirs ces cinq derniers mois. Surprise par son aisance à manier le couteau, la spatule et le poêlon, je restai près de la porte à l'observer. Il savait que j'étais là, mais ne leva pas la tête du bœuf aux oignons qu'il faisait frire sur le fourneau. Je dressai la table pour deux, même si je doutais qu'il ait prévu assez pour moi aussi, et sortis le pichet de thé du frigo pour remplir deux verres. Je m'installai à ma place et j'attendis de voir s'il allait me servir. Finalement, le poêlon apparut près de mon oreille droite et une grande cuillerée fut déposée dans mon assiette. Il prit une plus petite portion, reposa le poêlon vide sur le fourneau et s'assit en face de moi. Je ne lui imposai pas une conversation qu'il n'était pas prêt à avoir et ne ressentis pas le besoin de combler le vide avec du bavardage, des explications ou des questions : ce soir-là, nous dînâmes dans un silence seulement rompu par ses accès de toux, puis, le repas terminé, par son insistance bourrue à faire lui-même la vaisselle. J'ignorais si c'était l'expression d'une colère implacable ou un mur dressé contre les sujets qu'il voulait éviter – la raison de mon départ, par exemple, ou l'endroit où j'étais partie –, mais le silence me convenait très bien.

Après le dîner, j'allai marcher dans le verger odorant, sous les dernières caresses rose pâle du soleil couchant. À l'extrémité de chaque rangée de pêchers, des paniers remplis de fruits attendaient d'être transportés au stand le lendemain matin. J'imaginais déjà retrouver la confortable routine : charger le vieux camion, m'installer à l'avant à côté de papa, tomber dans les bras accueillants de Cora, décharger les paniers et disposer les pêches en lignes soignées. J'en cueillis une et je plantai les dents dans sa chair molle, retrouvant aussitôt le goût de la maison. Je m'assis sur une large souche pour inhaler le parfum du crépuscule immobile et pleurai en silence l'absence de mon bébé.

Au petit déjeuner le lendemain matin – également préparé et débarrassé par papa, malgré ma proposition de l'aider – nous échangeâmes quelques mots, et quelques autres durant le trajet jusqu'au stand. Quelques mots de plus au cours du déjeuner, puis du dîner, et ainsi de suite. Il était un glaçon à fonte lente, et moi un ruisseau patient.

Au bout d'une semaine nous travaillions côte à côte, et la conversation avait repris en un débit maladroit. Pendant ce temps, la toux de mon père s'intensifia. Autour d'une tarte pêche-framboise que j'avais préparée en une ultime offrande de paix apparemment irrésistible, j'appris que le shérif Lyle avait interrogé Seth à propos du « problème avec ce garçon indien », comme le dit papa. D'après ce que je compris, Seth avait quitté la ville sur l'injonction de Lyle.

Je repoussai mon assiette et pris une profonde inspiration.

« Seth a tué ce garçon, papa », dis-je après un long silence, le cœur déchiré par cette vérité et par ces mots si mal choisis.

Le visage austère de mon père se décomposa, pour afficher un triste mélange de honte, de déception et de regret. Il fixa sa tasse de café et l'entoura de ses mains calleuses, comme s'il avait besoin de se raccrocher à quelque chose de solide.

« Sans doute » : ce fut tout ce qu'il dit, et tout ce qu'il dirait jamais concernant la mort de Wilson Moon.

Soupçonnait-il aussi que Wil avait été mon amant et la raison de mon départ de la maison ? Je ne le sus jamais. J'avais envie de lui dire qu'il avait un petit-fils, un parfait petit bébé, mais les mots refusèrent de sortir de ma bouche.

« Et Ogden ? » demandai-je à la place.

Il se contenta de grommeler et évacua la question d'un mouvement de fourchette. Je préférai ne pas insister.

Ce soir-là, mon père commença à cracher du sang. Sa toux redoubla pendant que nous faisions la vaisselle. Il détournait la tête chaque fois, comme s'il espérait passer inaperçu. Quand il rentra après s'être acquitté des corvées du soir, c'était à peine s'il parvenait à reprendre son souffle entre deux quintes. Il rejeta ma proposition d'appeler le docteur Bernette et alla se coucher tôt.

La nuit durant, sa toux déchira le silence entre nos deux chambres. Lorsqu'elle fut si violente que je ne pus plus la supporter, je frappai à sa porte et j'entrai. Je le trouvai assis dans le cône de lumière de sa lampe de chevet, en train de cracher du sang dans un bol.

« Papa », dis-je, incapable de cacher ma stupéfaction et ma pitié.

Il leva vers moi un regard où se mêlaient la peur et la résignation, pareil à un animal qui sait la fin proche, puis baissa de nouveau la tête vers son bol, attendant la crise suivante. Il paraissait si petit et si maigre dans sa chemise de nuit qu'on aurait presque dit un enfant. Alors que je m'approchais, il leva la main pour m'arrêter.

« Papa, laisse-moi t'aider, suppliai-je.

— Y a rien à faire, répondit-il d'une voix rocailleuse. Retourne au lit. »

Je passai le reste de cette longue nuit à l'écouter lutter. Mon fils à présent loin de moi, mon père était mon dernier lien sur terre. À chaque accès de toux, c'était comme si l'ultime fil de la tapisserie familiale s'effilochait davantage. Lorsque, de ma retraite dans la Big Blue Wilderness, je me représentais la ferme, j'imaginais que la vie y avait continué comme avant. En quoi je me trompais. À l'exception des pêches, tout avait périclité, et je retrouvai un vestige encore plus dégradé de ce que nous étions autrefois. J'avais toujours cru que c'étaient les hommes de la maison qui maintenaient la cohésion de l'ensemble. Il ne m'était jamais venu à l'idée que, loin de n'être qu'une domestique ou une petite main, j'étais devenue le centre de notre famille et de notre foyer. Alors que papa faiblissait, il ne restait plus que le verger et moi.

L'une des dernières choses que me dit mon père, quelques semaines plus tard, alors qu'il délirait de fièvre et peinait à respirer, était que je ressemblais à ma mère, avec mes cheveux longs retenus en chignon.

« C'était une beauté », dit-il avec une rare mélancolie, se remémorant son amour perdu, mais signifiant également qu'il me trouvait belle moi aussi.

Je lui tins la main tandis qu'il oscillait entre la veille et le sommeil, me délectant de nos doigts entrelacés, consignant dans ma mémoire chaque tache de rousseur, chaque sillon et chaque jointure noueuse.

16.

1949-1954

Mon père mourut un samedi, après la cueillette et la livraison de l'ultime récolte de la saison. Comme s'il avait tout soigneusement planifié, les journaliers ramassèrent ce qu'il restait de pêches le matin de la première gelée, et mon père ne se leva pas.

Je m'assis à son chevet, Trout roulé en boule à mes pieds, et le fixai d'un regard triste. Lorsque je touchai sa main une dernière fois, elle était glaciale.

Presque tous les habitants d'Iola vinrent au cimetière pour l'enterrement, sous un ciel automnal d'un bleu intense. Ensuite, quand les gens passèrent à la ferme prendre une collation et présenter leurs condoléances, j'appris par le shérif Lyle que mon père avait lui-même dénoncé Seth. Faute de preuves, le shérif n'avait pu l'arrêter, mais il avait conseillé à mon frère et à Forrest Davis de quitter la région s'ils voulaient s'éviter de gros soucis. Tous deux étaient partis vers la Californie dans le roadster de Seth, « pour aller faire leurs bêtises ailleurs », expliqua Lyle.

« C'était bien plus que des bêtises », dis-je, mâchoires serrées.

Lyle hocha la tête d'un air grave, le regard inquisiteur et contrit. Il voulait visiblement me poser des questions, mais les retenait par politesse.

« Tu dois savoir que ton père t'a cherchée tous les jours après ça. Il s'est rendu à Gunnison, à Sapinero et à Cebolla. Il est parti à cheval explorer les montagnes, ajouta-t-il, jouant avec la nourriture dans son assiette, sans manger. Il pensait sûrement que tu rentrerais à la maison si tu apprenais que Seth était parti. »

Je réfléchis à cette information et me demandai ce que savait papa. Était-ce en arpentant les montagnes qu'il avait attrapé cette toux fatale ? Mon père était-il mort à cause de moi, tout comme Wil ?

« Je l'aurais peut-être fait », dis-je d'un ton sinistre. Et peut-être alors n'aurais-je pas abandonné mon enfant telle une chose indésirable, songeai-je, la gorge aussi douloureuse que si j'avais avalé des guêpes. Je regrettais d'avoir douté de l'affection de mon père. Il était trop tard pour le remercier et encore plus pour ramener son petit-fils à la maison.

« Il m'a même chargé de déménager ton oncle, poursuivit Lyle.

— Comment ça ? » Je me remémorai ce que papa avait fini par me raconter à propos d'Ogden – que le « pique-assiette » avait en fait toujours eu de la famille.

« Apparemment, Ogden avait une mère, expliqua Lyle.

— Tout le monde en a une », répliquai-je de manière assez grossière. J'étais épuisée par cette éprouvante journée.

« Tout le monde n'a pas une mère qui vous recherche depuis presque huit ans, dit Lyle. Ton père a découvert une lettre. Il m'a demandé de venir chercher Og, de le conduire à Salida et de le mettre dans le premier train pour Denver. Le démon m'a injurié pendant tout le trajet.

— Que disait-elle dans la lettre ?

— Qu'elle ne croyait pas aux courriers officiels l'informant que ses deux fils étaient morts pendant les premiers mois de la guerre. Que Dieu ne ferait pas ça à une mère.

— Oh si, il le ferait, dis-je, songeant *Il le ferait si c'était sa volonté.*

— Mais pas dans ce cas-là, répondit-il. Et cette vieille femme l'avait senti. Elle a fini par retrouver son fils et l'a supplié de rentrer à la maison.

— L'instinct maternel, dis-je, envieuse, car je n'avais aucune idée du sort que Dieu réservait à mon fils ni aucun indice pour le retrouver.

— On a essayé de localiser la famille de ce garçon décédé, reprit Lyle, me scrutant pour évaluer si je savais quelque chose et si tout ça n'était pas trop pour moi. Lui aussi devait bien avoir une mère quelque part. »

J'étais au bord des larmes. « Il avait un nom, monsieur Lyle, dis-je.

— Ce jeune Moon, se corrigea-t-il. Mais ce n'est pas facile de remonter la piste d'un vagabond. La dernière trace qu'on a de lui, c'est dans un pensionnat indien d'Albuquerque, mais allez savoir de quelle réserve il venait. Il s'était enfui de cette école il y a quelques années. C'est tout ce qu'on a pu découvrir. »

J'étais incapable d'en entendre davantage. Je pris congé du shérif Lyle et de tout ce défilé de robes noires, de ragoûts et de gestes de compassion.

Je me retrouvai bientôt dans le verger, mon verger désormais, à déambuler au milieu des feuilles jaunies et des quelques fruits pourris refusant de lâcher leur arbre. Wil avait un foyer qu'il n'avait jamais pu retrouver, où il connaissait la terre et où la terre le connaissait, où sa famille l'attendait peut-être encore. J'avais entendu parler d'enfants indiens retirés de leurs réserves et placés dans des pensionnats spéciaux. Même si j'avais grandi avec la conviction que rien ne comptait autant que l'endroit d'où l'on venait, je n'avais jamais réfléchi à ce que chacun d'eux avait été obligé de laisser derrière lui. Wil ne m'avait pas raconté son passé, soit parce qu'il lui manquait trop, soit parce que ça n'avait plus d'importance. Je ne lui avais pas posé de questions, mais il m'avait semblé être un enfant de quelque part et de nulle part à la fois ; sa beauté particulière lui venait peut-être de sa terre natale, une beauté affûtée par le départ et par la résilience nécessaire pour poursuivre sa route. J'espérais que notre bébé possédait la même faculté d'adaptation.

Moins d'un mois après que la pneumonie eut emporté mon père, le dernier train traversa Iola, dans un concert de longs et stridents coups de sifflet. Plus aucune rame de voyageurs ne passait ici depuis dix ans et, en cet automne 1949, après soixante-dix ans d'activité, la compagnie Denver & Rio Grande Western avait décidé de cesser aussi le transport du bétail et du charbon, et de ne plus desservir la région de Western Slope. De l'avis de beaucoup, la ligne avait été une folie dès le départ : la construction des voies à travers le Black Canyon jusqu'à Cimarron avait coûté plus d'argent et de vies que les autorités de l'époque n'avaient osé l'admettre. Mais ces coups de sifflet de train avaient rythmé ma vie. Ils m'avaient même amené Wil. Un silence sinistre s'abattit sur Iola. « Comme si quelqu'un était mort », se lamentèrent certains. « Comme une nuit perpétuelle », dirent d'autres. Comment aurions-nous pu savoir qu'il s'agissait seulement du premier silence ? Qu'un jour, tout Iola serait submergé, que tous les bruits et toutes les constructions seraient noyés et disparaîtraient ?

Après le décès de papa, je continuai d'exploiter la ferme aussi bien que je le pus pendant plusieurs années. Les Mitchell m'aidèrent beaucoup au début, et j'embauchais des journaliers en cas de besoin. Je replantai le potager et réparai les clôtures cassées. J'entretins les fossés d'irrigation et je protégeai les arbres des chenilles, des cochenilles et des ratons laveurs. Je taillai, fertilisai, paillai, j'arrosai, éclaircis et je cueillis. Je greffai de nouvelles pousses comme papa me l'avait enseigné. Quand un groupe d'arbres devenait trop vieux pour produire, j'engageais des bras pour m'aider à les déraciner et laissais la parcelle en jachère, ainsi que ma famille le faisait depuis des générations. Pour un œil extérieur, tout devait paraître en ordre, mais je me réveillais tous les matins avec une vérité déchirante dans le cœur : mon amour pour cet endroit était une autre feuille flétrie sur mon arbre généalogique stérile.

Notre fidèle Trout était mort au milieu du lit de papa le jour même où j'avais rempli le dernier carton des affaires de mon père. Je creusai un trou profond à côté de l'étang et caressai une dernière fois la poitrine incroyablement douce du chien avant de l'envelopper dans une couverture et de le déposer en terre. L'hiver suivant, je découvris Abel couché sur le flanc sur une plaque de verglas à l'extérieur de la grange, peinant à respirer, son tibia sortant d'une déchirure ensanglantée dans sa belle robe alezane. Je n'eus pas le courage d'abréger ses souffrances d'un coup de fusil. À la place, je caressai son encolure, comme je l'avais fait à sa naissance, pendant que le vétérinaire lui faisait une piqûre pour arrêter son cœur. Puis je me retirai dans la grange pour pleurer, pendant que le véto et ses assistants l'embarquaient. En guise de famille, il ne me restait plus que quelques misérables poules.

J'avais beau essayer de le nier, mes journées me semblaient vides et mon travail à la ferme de plus en plus vain. Je passais de nombreux après-midi chez Ruby-Alice, dans le seul but de m'éloigner, et je l'aidais dans son jardin, son poulailler ou à la cuisine. Le fait d'être dans ce lieu où Wil avait habité m'apportait du réconfort, tout comme la présence étrange et silencieuse de la vieille dame et de ses petits chiens.

Chez moi, les souvenirs me hantaient. Le poids particulier d'un oreiller ou d'un paquet de riz m'évoquait soudain celui de mon Baby Blue et, tout en sachant que c'était de la folie, je ne pouvais m'empêcher de le bercer dans mes bras. Plusieurs fois, je me réveillai en pleine nuit, si certaine de l'avoir entendu pleurer dans la hutte que je dégringolais l'escalier et ne recouvrais mes esprits qu'en attrapant mes bottes. Certains soirs, assise à la longue table de la cuisine, je voyais le roadster de Seth passer devant la fenêtre aussi nettement que l'assiette devant moi, et j'entendais le grondement de son moteur démoniaque dévorer la longue allée.

Un soir de printemps, alors que le clair de lune coiffait les lointaines collines et projetait des ombres noires sous le porche, j'eus la certitude de voir Seth me surveiller derrière la vitre du salon. Je me levai d'un bond du fauteuil de maman et, j'ai honte de l'avouer, j'allai me cacher. Accroupie dans le placard à balais comme si un tel refuge pouvait me sauver, tremblant comme un lapin pathétique, je me rappelai soudain avoir fait une lessive plus tôt dans la journée et mis les édredons à sécher sous le porche au lieu de les étendre sur la corde à linge derrière la maison. Ce que j'avais pris pour le visage menaçant de mon frère n'était qu'un carré de patchwork. Je me relevai et tentai de retrouver un peu de dignité en sortant aussitôt récupérer et plier draps et couvertures.

Les années eurent beau passer, je continuais de les voir : Wil, m'attendant à la lisière du verger, la main tendue pour prendre la mienne ; papa, au milieu des arbres touffus, en train de cueillir une pêche d'une paume experte ; maman, qui travaillait au potager et en rapportait des légumes frais pour le dîner ; Cal, qui m'appelait de notre cabane dans l'arbre, comme si elle n'était pas tombée en ruine depuis très longtemps ; tante Viv et oncle Ogden, tous deux tellement vivants, qui se volaient des baisers sous le porche. Autrefois, cet endroit avait été plein d'amour et de promesses. Des espoirs anéantis un par un. J'imaginais comment mon fils aurait pu les faire renaître si j'avais eu le courage de le ramener à la maison. Je me le représentais jusqu'à ce que ces images me brûlent

– mon bébé faisant ses premiers pas dans la cuisine, m'appelant maman puis, le temps passant, un grand jeune homme mince traversant le verger de la démarche gracieuse de son père. Au lieu de tout cela, il ne restait qu'une seule bonne chose sur notre terre : c'étaient les pêches.

Lorsque le représentant de l'État frappa à ma porte un chaud après-midi de juillet, en 1954, et me demanda s'il pouvait s'entretenir avec moi un moment, je nous servis deux grands verres de thé glacé et le rejoignis sous le porche. J'avais entendu les rumeurs à propos de la construction d'un barrage en aval de la rivière et de possibles offres d'achat des terres de la vallée. La colère grondait dans Iola à l'idée de tout perdre à cause de ce nouveau réservoir. Un tollé prévisible et justifié : non seulement notre ville serait engloutie, mais le cours de la belle et sauvage Gunnison serait entravé. L'initiative était au mieux fâcheuse, au pire tragique, comme tant d'autres projets menés au nom du progrès dans l'Ouest américain. C'était épouvantable, je le savais bien, mais en écoutant le fonctionnaire me présenter son offre, je me rendis compte non sans honte que je me réjouissais en secret du projet. Je désirais faire table rase. Je lui répondis que j'allais réfléchir et lui donnai congé.

À Iola, je fus la première à vendre. Ce mois de septembre, l'État me paya généreusement mes terres, même si le prix fut loin de compenser l'opprobre dont me couvrirent mes compatriotes une fois connue la nouvelle de ma trahison. Dire que je me sentis haïe serait un euphémisme. Des gens du coin que j'avais connus ma vie entière cessèrent d'acheter nos pêches et détournaient la tête lorsqu'ils me croisaient dans la Grand-Rue. Même les Mitchell coupèrent les ponts, soit par colère, soit par peur d'être eux-mêmes ostracisés par association. Contre l'avis de son père, et manifestement plus par obligation que par plaisir, Cora continua de tenir le stand jusqu'à la fin de la saison, mais son attitude enjouée laissa place à une politesse froide avec les clients de passage et glaciale avec moi.

Une fois montée dans son camion, après la vente de notre dernier sac de pêches, elle m'examina par sa vitre ouverte comme si elle ne me reconnaissait pas.

« Tu te rends compte que ton père se retourne dans sa tombe, Torie, me dit-elle. Un tour complet pour chaque dollar que tu as accepté de ces types du gouvernement. »

Je la remerciai pour ses longues années de loyaux services et lui rappelai que je ne répondais plus au nom de Torie.

Le soleil de l'après-midi traversa la poussière soulevée par les roues de son camion qui s'éloignait, conférant à la route une étrange beauté.

J'avais aimé Cora Mitchell, comme j'avais aimé des centaines d'autres aspects de ma vie à Iola. Mais la tragédie et la douleur avaient eu raison de ce que je savais être vrai à propos de cet endroit. Je clouai la dernière planche pour fermer définitivement le stand et murmurai des paroles d'excuses à mon grand-père. Je n'adressai pas les mêmes regrets à mon père, non, car n'en déplaise à Cora, j'étais sûre qu'il reposait en paix dans sa tombe. Contrairement à ce que Cora ou quiconque en disait, j'avais la conviction que papa m'aurait encouragée à saisir cette chance de fuir la ville et tous ses fantômes. Tant que je faisais ce qu'il fallait pour le verger, ce qui était bien mon intention.

Mon grand-père, Hollis Henry Nash, avait été fou de vouloir adapter les pêches de Géorgie aux hautes terres arides de l'Ouest, mais ça ne l'avait pas empêché d'essayer. Après de nombreux tâtonnements, il avait fini par réussir dans l'endroit le plus improbable, à savoir l'air froid et clair d'Iola. Du moins cette légende avait-elle bercé mon enfance, et c'était la seule explication que je connaissais. J'avais souvent entendu papa défendre notre verger contre les sceptiques, ceux qui doutaient de son existence tout en tenant au creux de la paume une de nos pêches à la rondeur parfaite. Apparemment, la qualité et la fécondité du verger avaient été dès le départ une sorte de miracle biologique. Que nos pêches soient célèbres ou pas, maman nous avait enseigné que l'orgueil était un péché : notre ferme était un bon foyer, pas une source de vantardise. Sauf que, à présent, je devais décider de ce qui survivrait et de ce qui serait noyé. Tant de choses avaient disparu de ma vie sans pouvoir être sauvées. Je n'avais jamais connu mon grand-père Hollis, mais pour lui, et pour papa, j'étais déterminée à sauver le verger.

Hélas, je n'avais aucune idée de la façon d'y parvenir, et j'étais complètement seule maintenant que la ville m'avait tourné le dos. Ruby-Alice n'était pas en mesure de m'aider, hormis en prêtant une oreille attentive au récit de mes soucis, et pourtant, d'une certaine façon, c'est grâce à elle que je trouvai un guide.

Depuis que je m'étais liée d'amitié avec Ruby-Alice – ou plutôt, depuis qu'elle m'avait si généreusement offert la sienne –, je l'avais vue s'étioler d'année en année. La vieille dame de mon enfance était jeune comparée à celle qu'elle était devenue. Son vélo abandonné rouillait depuis longtemps dans la cour, où les poules en avaient fait un de leurs perchoirs favoris. Chapman lui livrait des courses d'épicerie et de la nourriture pour animaux ; moi exceptée, elle n'avait de contact avec personne d'autre. Sa colonne vertébrale était aussi courbée que le vieux peuplier de Virginie à côté duquel Wil et moi nous retrouvions, et son regard le plus souvent orienté vers le sol – un œil toujours perçant et fou, l'autre chassieux et enfoncé. Ses maigres membres tremblaient. J'étais sûre qu'elle appréciait mes visites, même si j'en avais peu de preuves, à part une occasionnelle petite tape sur la main et parfois un repas préparé pour deux.

Durant l'un de ces dîners, quelques semaines après la fermeture du stand de pêches, Ruby-Alice laissa échapper un petit cri aigu semblable à un grincement de roue rouillée et tomba tête la première dans son assiette. Je me précipitai et la portai jusqu'au canapé, aussi légère et molle qu'un sac de plumes. Je cherchai des yeux un téléphone, mais évidemment, elle n'en avait pas. Malgré l'urgence d'aller chez moi pour appeler les secours, je ne pouvais décemment pas la laisser avec le visage barbouillé de nourriture. Si elle devait mourir pendant mon absence, elle ne mourrait pas dans cet état. Je mouillai un torchon et nettoyai sa peau fine et ridée, lui rendant un peu de dignité, comme elle l'avait jadis fait pour moi. Puis je partis en courant sur le sentier, répétant à en perdre haleine la prière de mon enfance *MonDieuAidezRuby-AliceAkers-Amen.*

À mon retour dix minutes plus tard, une fois le docteur Bernette prévenu, elle n'avait pas bougé. Je palpai son minuscule poignet pour sentir son pouls, aussi doux et irrégulier que les premières gouttes de pluie. Sa respiration soulevait à peine son torse osseux. Je me souviens de ces longues minutes silencieuses – avant l'arrivée du docteur Bernette, puis le chaos qui s'ensuivit, l'ambulance, les faisceaux de lumière rouge, les hommes affairés, les caquètements et aboiements de panique des poules et des chiens – comme enveloppées dans une bulle hors du temps. Contrairement aux autres morts que j'avais connues, celle-ci suivait la logique éternelle d'une longue vie arrivée à son terme naturel. « Tu es poussière et tu redeviendras poussière », aurait dit ma mère, confiante dans la divine sagesse de la mortalité. Je tins la main si incroyablement fragile et soyeuse de Ruby-Alice et lui dis adieu.

Cependant, en une ultime rébellion contre l'inéluctable, Ruby-Alice ne mourut pas. Je l'ignorais cette nuit-là que je passai chez elle après son départ en ambulance, calmant les animaux, puis m'allongeant une dernière fois sur son canapé, enveloppée dans ses édredons roses. Lorsque j'arrivai chez moi au lever du jour, le téléphone sonnait. Le docteur Bernette essayait de me joindre depuis des heures. Il me dit que Ruby-Alice s'était redressée d'un coup au milieu de la nuit et ne s'était pas rallongée depuis, et que l'hôpital lui avait demandé si elle avait de la famille pour s'exprimer à sa place, vu qu'elle ne prononçait pas un mot.

J'allai à Gunnison dans le camion de papa et déclarai à l'employée de l'hôpital que Ruby-Alice était ma grand-mère. Je remplis des papiers. Je la peignai. Je lui fis manger des cuillerées de gelée verte. Je dormis à son chevet dans un fauteuil dur. Elle se tournait légèrement dans ma direction quand une infirmière s'approchait d'elle avec une seringue ou levait par moments son visage vers moi, sans raison, avec une sorte d'acquiescement dans son œil fou, et, je crois, de la gratitude dans la fine fente de l'autre. En guise de remerciement, je n'en demandais pas davantage.

Lorsque Ruby-Alice dormait, je m'échappais de la blancheur stérile de l'hôpital pour me promener dans les larges rues de Gunnison. Au début, j'appréciai l'animation des cafés, des bars et des voitures colorées dans la Grand-Rue, mais toute cette agitation ne tarda pas à m'accabler. Le deuxième jour, je contournai le centre-ville pour aller déambuler sur le campus de l'université. Jamais je n'avais vu de pelouses aussi bien entretenues, encore vertes en octobre ; les feuilles jaunes avaient à peine le temps de tomber des peupliers de Virginie qu'une troupe de jardiniers les ratissaient. Des étudiants parcouraient les allées entre les hauts bâtiments en briques rouges – des garçons rasés de frais, vêtus de pulls élégants et de pantalons ceinturés, des filles en jupes serrées et chemisiers blancs repassés. Je n'avais jamais pensé que des femmes allaient à l'université. À Iola, rares étaient les filles à faire le trajet jusqu'à Gunnison pour fréquenter le lycée. De mon côté, je n'en avais pas vu l'intérêt. Les filles que je croisai sur le campus me semblèrent aussi curieuses que des animaux de zoo. Elles traînaient par petits groupes, en hauts talons ou derbys plats noir et blanc, martelant un rythme creux sur le trottoir. Bien que je ne sois qu'à cinquante kilomètres de la maison, je me sentais en pays étranger. Je n'avais pas encore décidé où je m'installerais quand la vente serait effective et que je quitterais Iola, mais je sus en cet instant que ce ne serait pas à Gunnison.

Devant un bâtiment de stuc blanc, mon œil fut attiré par un jardin sophistiqué où poussaient des dizaines de plantes inconnues. Je le traversai, admirant en particulier de magnifiques arbres, dont les noms imprononçables étaient gravés sur des plaques en métal fichées dans le sol. Le sentier du jardin menait à la porte vitrée de ce qui se révéla le pavillon des sciences de l'université. Je jetai un coup d'œil par la vitre et vis un long couloir où s'alignaient des portes numérotées, toutes fermées à l'exception de celle marquée *Bureau.*

J'inspirai un bon coup et entrai.

La blonde assise derrière le bureau tenait une tasse de café dans une main et remplissait un formulaire de l'autre. Avant même de lever les yeux pour m'accueillir, elle m'évoqua la femme que ma tante Viv aurait pu devenir si elle avait vécu. Elle avait de l'allure, de l'assurance et l'air capable d'assumer avec compétence plusieurs tâches à la fois. Le porte-nom dans son cadre argenté indiquait : *Louise Landon, secrétaire.*

« En quoi puis-je vous aider, chère mademoiselle ? demanda-t-elle, à la fois affairée et serviable.

— Je m'appelle Victoria Nash. » Je tendis la main. Elle lâcha son stylo pour la serrer. « Je ne suis pas étudiante ici. Mais j'ai besoin de conseils. » Je lui parlai des célèbres pêches de ma famille et du projet du gouvernement de noyer Iola. Elle avait entendu parler des deux. Elle m'écouta avec attention, sourcils froncés, oubliant son café en train de refroidir.

Lorsque j'eus fini d'expliquer mon dilemme, elle décrocha son téléphone. Tout en composant d'un geste rapide un numéro sur le cadran, elle me regarda et déclara : « Ce qu'il vous faut, mademoiselle Nash, c'est un botaniste avec un grain de folie. »

Mlle Landon m'escorta à l'étage jusqu'au bureau du professeur Seymour Greeley, après lui avoir succinctement expliqué ma situation au téléphone. Sur le chemin, elle me montra son laboratoire par une vitre – une jungle de plantes grimpantes, de feuilles et de racines dans un désordre de pots, de tubes, de seaux et d'aquariums. Mlle Landon pouffa et me dit de ne pas m'inquiéter.

« Faites-moi confiance, affirma-t-elle. C'est l'homme qu'il vous faut. »

Seymour Greeley nous attendait à la porte de son bureau. Je n'avais jamais rencontré un professeur, mais ses lunettes rondes à monture noire et sa silhouette mince sous une veste en tweed trop grande correspondaient au stéréotype. Il était plus jeune que je ne m'y étais attendue, et ses manières étaient timides et aimables. Il avait les cheveux roux en bataille, comme s'il jouait trop souvent avec ; un sourire un peu de travers, mais sincère. Il me plut tout de suite.

« Les pêches Nash, dit-il en me tendant la main.

— Victoria », répondis-je en tendant la mienne. Il la secoua avec enthousiasme, comme s'il rencontrait quelqu'un d'important.

« Seymour Greeley, dit-il. Les étudiants m'appellent Grizzly, parce que je m'intéresse aux arbres. Entrez dans mon bureau. » Il posa la main sur mon dos pour me guider. Mlle Landon afficha un sourire de satisfaction et prit congé.

Le bureau était un fouillis de livres, de papiers et de plantes. Greeley s'assit derrière sa table de travail et me désigna l'autre chaise. Je retirai une pile de papiers et pris place. Il se pencha vers moi, s'appuyant sur ses coudes, et m'écouta lui expliquer ce qui attendait mon verger. Quand je conclus mon discours en le suppliant de m'aider, il se passa la main dans les cheveux et fronça les sourcils.

« Je devine que vous ne voulez pas prélever des greffons et recommencer de zéro ? demanda-t-il.

— Non, répondis-je, ne sachant pas quel était mon plan avant de le formuler à voix haute. Je veux les sauver. Les transplanter jusqu'au dernier.

— Je vois, dit-il pensivement. Même les vieux ? Je crains qu'ils n'en vaillent pas la peine. »

Je savais qu'il avait raison. Les arbres de ma famille produisaient des fruits de qualité pendant vingt ou vingt-cinq ans avant de flétrir, soit plus longtemps que la plupart. Grand-père Hollis et papa respectaient un système de rotation précis : une parcelle en culture de couverture était toujours prête à recevoir un groupe de jeunes arbres fraîchement greffés, lorsqu'un lot plus ancien devait être arraché et broyé pour faire du paillis. Je connaissais parfaitement ce système de rotation, mais n'avais pas voulu admettre que je ne pouvais pas tous les sauver. Un lopin serait bientôt trop vieux : quatre longues rangées d'arbres noueux, plantés l'année de ma naissance. Je les adorais. Ce serait un crève-cœur de les abandonner.

« D'accord, répondis-je tristement. Mais ça ne concerne qu'une petite parcelle. Nous en avons des dizaines d'autres qui doivent vivre. »

Les rides de Greeley se creusèrent davantage sur son front. Le regard perdu vers sa bibliothèque, il semblait plongé dans ses réflexions.

« Je ne peux rien vous promettre », finit-il par dire, avant de m'exposer les difficultés de la transplantation. Je connaissais certains des termes qu'il employa, pour avoir passé ma vie au milieu des arbres, mais d'autres, comme le pH du sol, l'échaudure ou le système racinaire me parurent très scientifiques pour un verger qui depuis fort longtemps se contentait de pousser.

« Nous avons des racines robustes, lui dis-je.

— Ça, je n'en doute pas. Vos arbres sont légendaires. Mais ils sont robustes dans leur sol. Si on les déplace… eh bien… pour que les choses soient claires : on risque de les perdre tous.

— Je dois essayer », dis-je, et j'étais sincère.

J'avais conservé un ton calme, mais à l'intérieur, j'étais paniquée par son hésitation et ses mises en garde. Assise dans le bureau en désordre de cet inconnu, j'eus soudain la certitude que je n'aurais pas la force de continuer sans le verger. Je n'avais pas pu sauver Wil, ni les membres de ma famille, ni notre ferme. Je ne pourrais plus jamais tenir mon bébé dans mes bras. Mais je pouvais sauver nos arbres.

« Je vous en prie, monsieur », l'implorai-je.

Il hocha la tête, puis son front se dérida.

« Dans ce cas, j'essaierai, moi aussi, dit-il gentiment, et il lissa ses cheveux ébouriffés. Ce sera un défi et un honneur, mademoiselle Nash.

— Victoria », le corrigeai-je, tout sourire.

L'hôpital laissa sortir Ruby-Alice le lendemain matin. Son médecin, qui ressemblait davantage à un cow-boy avec ses bottes et son ceinturon, me dit que son cœur était une vieille horloge capricieuse. J'en déduisis qu'il battrait jusqu'à ce qu'il n'en soit plus capable, et qu'il n'y avait rien à faire.

Alors que j'aidais Ruby-Alice à monter dans le camion, un jeune couple sortit par les portes vitrées de l'hôpital. L'homme avait le bras passé autour des épaules de la femme, qui tenait trop mollement un bébé contre sa poitrine. La toute petite tête qui émergeait de la couverture de flanelle bleue avait une houppette de cheveux d'un noir de jais, comme Baby Blue. Je déglutis et les fixai, me retenant d'aller arracher le bébé des mains de la femme et de m'enfuir avec. Lorsqu'elle jeta un regard dans ma direction, avec les yeux écarquillés et inquiets des jeunes mamans, je voulus lui dire de le tenir plus serré.

Pendant tout le trajet du retour sur la route 50, qui épousait les méandres de la Gunnison, je ne pensai pas aux pêchers, ni aux risques que leur ferait courir la transplantation : l'image des yeux de cette femme ne me quitta pas. Je songeai à son bébé, à la vie qu'il aurait, me demandai si sa mère serait à la hauteur de la tâche et quel genre de maman j'aurais été si je nous avais donné une chance, à mon fils et à moi.

Des animaux affamés m'accueillirent au portail de Ruby-Alice. Je la laissai dormir dans le camion le temps de les nourrir, d'abord les cinq petits chiens, puis les pintades et les poules. Je soulevai ensuite l'un des chiens et le blottis contre ma poitrine, tenant sa tête noire dans ma paume. Bientôt, je les ramassais tous et les déposais dans la cabine du camion. Réveillée par les chiens qui lui piétinaient les pieds et sautaient sur ses genoux, Ruby-Alice tendit une main tremblante pour les caresser l'un après l'autre. Je réussis à faire entrer les volailles dans des cages et les hissai sur le plateau du camion, ainsi qu'un sac de nourriture. J'avais pris ma décision : la vieille dame et sa ménagerie rentraient avec moi.

Après avoir déniché un sac à provisions dans la cuisine, je pénétrai dans la chambre de Ruby-Alice pour prendre quelques affaires. La pièce était en ordre, peu meublée, et aussi rose que le reste de la maison. J'attrapai les deux pulls verts et le bonnet suspendus à un crochet au mur et je les fourrai dans le sac. Je me faisais l'effet d'être une rôdeuse en ouvrant les tiroirs de sa commode, cherchant ce qui pourrait lui être utile, peut-être des chemises de nuit, des sous-vêtements. À la place, je trouvai une drôle de collection d'objets disposés avec soin comme dans une vitrine de musée : un miroir à main en ivoire, un cercle à broder, une montre de gousset en argent, une pipe en acajou, un moulinet de pêche, un mouchoir d'homme orné d'un petit oiseau brun brodé, une poupée au visage en porcelaine peinte, vêtue d'une robe en mousseline, deux alliances en or nouées avec une ficelle. Tous les objets, vieux et usés, mais sans un grain de poussière dessus, dataient d'une autre époque – sans doute des reliques précieuses, ayant appartenu aux proches de Ruby-Alice décimés par la grippe. Je n'étais pas en mesure de déchiffrer l'histoire racontée par ces souvenirs – les alliances étaient-elles celles de ses parents ou les siennes ? La poupée appartenait-elle à Ruby-Alice, à une sœur ou à une fille ? Je comprenais seulement que c'était une histoire d'amour et de chagrin qui s'était révélée trop dure à supporter pour Ruby-Alice.

Je refermai le tiroir, me sentant coupable de transgression. Je pris deux édredons roses sur le lit, quelques figurines sur les étagères du salon, puis retournai au camion. La vieille dame s'était rendormie, un chien sur les genoux. Aucun des deux ne bougea quand je démarrai et nous ramenai à la maison.

Une fois installée dans l'ancienne chambre d'Ogden, entourée de ses affaires et de ses chiens, Ruby-Alice parut bien accepter le déménagement. Elle dormait paisiblement la plupart du temps et mangeait la nourriture que je portais à ses lèvres. Quant à moi, je trouvais agréable d'avoir des poules dans le jardin et de nouveau quelqu'un dont je devais m'occuper.

Greeley arriva deux semaines plus tard, accompagné de plusieurs étudiants. Ils déchargèrent tout un tas de matériel scientifique et se mirent aussitôt au travail. Pendant des semaines, ils collectèrent des données. Je les laissais tranquilles la plupart du temps, sauf pour répondre à leurs questions et leur proposer des pêches fraîchement mises en conserve, puis, les jours fraîchissant, leur apporter du café. Lorsque la neige de décembre commença à tomber, Greeley avait un plan. Nous trouverions des terres de l'autre côté des monts Elk, dans la vallée luxuriante de la North Fork, passerions l'hiver à y préparer le sol pour qu'il ressemble au riche terreau de notre ferme puis, le printemps venu, creuserions profondément le verger familial pour déraciner les arbres un par un afin de les transporter. Ce n'était pas plus impossible que le rêve originel de mon grand-père, comme se plaisait à me le rappeler Greeley, d'autant qu'il avait trouvé une subvention universitaire pour payer la facture.

« Depuis le début, ce sont des pêches miraculeuses », me disait-il pour me rassurer. Puis il fronçait les sourcils, en bon scientifique qui ne croyait pas du tout au miracle.

Je me préparai à passer mon dernier hiver à Iola. De calmes cascades de neige tombaient sur la ferme telle de la farine tamisée, faisant taire la création et incitant au repos. Le silence était le bienvenu, et je me coulai dans ces paisibles journées. Le changement arrivait. Après avoir téléphoné à un agent immobilier et fait une offre pour l'achat d'une propriété que je n'avais pas vue, mais que Greeley avait trouvée pour moi près de la petite ville de Paonia, je sus que j'avais besoin de rassembler mes forces en vue du printemps.

Ma tâche suivante fut de décider quelles parties de mon ancienne vie feraient le voyage avec moi. Je rapportai des paniers de cueillette de la grange et les posai dans un coin du salon, à côté d'une pile de torchons propres. Tous les soirs, après avoir fait dîner

Ruby-Alice et rentré les chiens pour la nuit, je m'asseyais sur le canapé doré, entourée des affaires de ma famille, et j'essayais de faire mes bagages.

Je me remémorais souvent le fonctionnaire qui s'était assis sur ce même sofa lors de sa deuxième visite, les jambes croisées, ses mains délicatement jointes sur un genou, et la désinvolture avec laquelle il m'avait informée que tout ce que je laisserais derrière moi serait vendu aux enchères, brûlé ou noyé. J'avais examiné le salon. Ma mère était encore présente dans chaque point des broderies encadrées et dans les coutures des coussins de mousseline ; sa collection de croix en porcelaine était toujours disposée sur la haute étagère blanche ; son vase préféré, bleu pâle, trônait sur le napperon blanc du bout de canapé. Je retrouvais papa dans la radio en châtaignier qu'il avait rapportée à la maison contre l'avis de maman, Cal dans le damier artisanal, Vivian dans son fauteuil favori. J'avais secoué la tête et assuré le visiteur que rien ne resterait.

Avec un sourire dubitatif, il m'avait tendu un énième document et désigné le trait noir en bas. « Si vous voulez bien signer ici, m'avait-il dit. Juste au cas où. »

J'avais levé les yeux au ciel et signé.

Cependant, alors que les paniers attendaient, j'étais incapable d'empaqueter quoi que ce soit. J'essayai. Mais le canapé sans les coussins de maman et la table sans le vase bleu semblaient trop incongrus, si bien que je remis tout en place. La radio ne marchait plus depuis des années. Le damier me rappelait autant Seth que Cal : impossible d'emmener l'un des garçons sans l'autre. Le fauteuil de Vivian était terriblement inconfortable. *Le bureau de maman, alors,* me dis-je, mais en ouvrant délicatement l'abattant et en retrouvant son contenu parfaitement organisé, je m'aperçus qu'il n'appartenait qu'à elle. Tous les soirs, j'alimentais le poêle à bois, puis je m'asseyais à côté de la fenêtre du salon pour regarder la neige tomber. Je me disais qu'il était trop tôt pour préparer le déménagement. Le printemps venu, je trouverais sûrement le courage de m'y atteler.

17.

1955

L'air était vif et clair en cette aube de février. Après le petit déjeuner, j'aidai Ruby-Alice à se lever et à passer aux toilettes, puis, la tenant par son bras squelettique, la guidai jusqu'à un fauteuil près de la fenêtre. Si les expressions de son visage étaient devenues indéchiffrables, je crois qu'elle appréciait de regarder la neige étinceler et le ciel d'un bleu profond. Je brossai ses cheveux fins. Elle leva une main tremblante vers moi et effleura mon poignet de ses doigts soyeux, reconnaissant que notre drôle d'amitié était la seule barrière entre nous et la solitude.

Plus tard, je lui donnai des flocons d'avoine au miel, puis la réinstallai sous les édredons pour sa sieste. J'enfilai mes bottes, mon manteau de laine bleu et je filai en ville. Je n'avais prévu que deux arrêts : chez Chapman pour faire quelques courses, et chez Jernigan pour acheter un nouveau manche de hache. Les bavardages amicaux ne risquaient pas de me retarder. Depuis quelques mois, c'était à peine si j'avais droit à des hochements de tête polis. Les gens étaient déjà furieux que j'aie vendu, mais j'étais devenue une paria depuis qu'une rumeur avait couru selon laquelle j'avais aussi forcé Ruby-Alice à vendre avant d'empocher les bénéfices. En réalité, je n'avais jamais parlé à Ruby-Alice du barrage ou des offres de l'État : la seule richesse dont elle avait besoin le jour de sa mort, c'était la tranquillité d'esprit.

Tandis que je descendais la longue allée, l'air hivernal, d'ordinaire cinglant, était adouci par le soleil. La neige scintillait. Des étourneaux pépiaient et filaient entre les peupliers de Virginie sans feuilles, signe infaillible de l'arrivée du printemps. En passant devant la propriété de Ruby-Alice, je me remémorai la consolation que m'avait offerte la petite maison au milieu des pins, où Wil m'avait enlacée la première fois, où Ruby-Alice avait pris soin de moi à mon retour de la Big Blue Wilderness. J'éprouvai un pincement de nostalgie pour tout ce que j'allais laisser derrière moi, pour le paysage sans méfiance voué à disparaître sous les eaux. Mais en approchant d'Iola, je me rappelai de quelle cruauté née de l'ignorance était capable cette ville, où certains prenaient une vieille femme solitaire pour le diable et traitaient un beau garçon à la peau bronzée de hors-la-loi. J'étais à présent la cible de cette même hostilité gratuite, et il aurait fallu bien plus que de la nostalgie pour me donner envie de rester. En montant les marches de chez Chapman, je rêvais du jour où je m'en irais.

Tandis que je déboutonnais mon manteau à l'entrée du magasin, M. Chapman m'adressa un regard froid par-dessus les têtes des clients assis au comptoir de charcuterie. Je m'en fichais. Même quand deux d'entre eux pivotèrent sur leurs tabourets et que je me retrouvai face à Millie et Matthew Dunlap, je me sentais assurée et immunisée contre tout ce qu'ils pourraient dire.

Je me retins de lever les yeux au ciel lorsque Millie prononça mon nom d'une voix chantante. « Tiens, Torrrrie Naaaash. »

Les Dunlap m'avaient envoyé quelques ouvriers logés à la pension cet automne, comme à chaque récolte depuis le décès de papa, mais depuis que la nouvelle de la vente de ma ferme s'était répandue, ils avaient cessé de me passer commande et de fréquenter le stand.

« Madame, répondis-je, puis je saluai Matthew d'un hochement de tête avant qu'il ne se retourne abruptement.

— Oh, pas de "madame" avec moi. C'est Millie, ma chérie, Millie tout court. » Elle se leva de son tabouret et vint vers moi comme un arbre tombant trop vite pour qu'on puisse l'esquiver. « Ça fait combien de temps ? » Elle me saisit les épaules – tout juste si elle ne me prit pas dans ses bras. « Regarde-toi ! Ça alors ! »

Son visage rond était aussi pâle et ridé qu'un chou, mais ses yeux en demi-lune avaient toujours cet air faussement inoffensif. J'avais appris depuis longtemps à me méfier de ces yeux-là et de son ton amical. Presque sept ans avaient passé depuis ce matin abominable, dans la cuisine de la pension, où elle avait qualifié d'« Indien crasseux » le garçon que je cherchais, mais pour moi, ç'aurait aussi bien pu être la veille. Son sourire trop affable dans l'entrée de chez Chapman me rappelait pourquoi, les simples nécessités du commerce mises à part, je gardais mes distances.

Elle me demanda si je m'en étais sortie avec la récolte, attendant manifestement des remerciements pour m'avoir envoyé des journaliers – remerciements que je lui adressai dûment. Puis elle continua de babiller, à propos du temps et autres banalités, tandis que je cherchais un prétexte pour fuir.

Avant que j'aie pu lui échapper, elle découvrit toutes ses dents et déclara : « Et tu dois être tellement contente de revoir ton frère. »

Je la regardai, interdite, comme si j'avais reçu une gifle.

« Quoi ? » J'avais entendu ses mots, mais ils avaient court-circuité mon cerveau pour me frapper directement à l'estomac.

« Revoir Seth, répéta-t-elle. Quelle joie pour vous deux. » Elle me tapota le bras à la façon d'un chat joueur.

Cela faisait des années que je n'avais pas entendu prononcer le nom de mon frère. J'avais supposé qu'il avait été effacé de la mémoire communale, de la même façon qu'à Iola nous ne parlions jamais d'une mauvaise récolte ou d'un bête accident de moissonneuse-batteuse, pour s'éviter la honte ou la poisse.

« Matty et moi, on n'en revenait pas que Seth ne soit pas au courant de la vente, vu que la moitié des bénéfices aurait dû lui revenir. » Ses yeux en forme de lune s'agrandirent encore plus.

« Seth..., dis-je d'une voix rauque, tant son nom me brûlait la gorge, est en Californie.

— Grands dieux, non. » Elle me tripota le bras de nouveau, comme si elle était sidérée par ma stupidité. « Il est resté là-bas un bout de temps... près de Fresno, d'après ce qu'il a raconté à Matty... mais il vit à Montrose depuis presque un an. À l'ouest de la ville. Il travaille dans le maïs. On l'a vu plusieurs fois aux ventes aux enchères, et pas plus tard qu'il y a quelques jours après la séance de cinéma. Bien sûr, il est pas très bavard. Tu connais Seth. »

Elle laissa sa remarque en suspens, examinant l'effet qu'elle produisait sur moi.

Oui, je connais Seth, eus-je envie de lui cracher à la figure.

« Je sais pas ce qui l'a le plus chamboulé, ce pauvre garçon, poursuivit Millie, sa fausse gentillesse tournant à l'aigreur. Apprendre que tu avais vendu, ou que tu avais recueilli cette vieille folle de Ruby-Alice Akers et l'avait convaincue de vendre elle aussi. » Elle s'interrompit et haussa les épaules. « Mais il a dit qu'il te rendrait visite, donc j'imagine que tout est arrangé entre vous. »

Seth. À Iola. J'étais ressortie du magasin et je courais déjà vers la maison avant que Millie Dunlap, son poison instillé, ait eu le temps de reprendre place sur son tabouret.

Je me précipitai dans la cuisine, le souffle court et le visage en feu. Sans m'arrêter pour reprendre ma respiration ou retirer mes bottes, je courus à la chambre de Ruby-Alice et j'ouvris sa porte à la volée. Je ne sais pas très bien ce que je m'attendais à découvrir – Seth penché au-dessus d'elle, l'arme à la main ou, pis, une scène sanglante après son passage –, mais je la retrouvai exactement telle que je l'avais laissée, profondément endormie, sa poitrine se soulevant au rythme lent de sa respiration. Deux des petits chiens couchés près d'elle me jetèrent un coup d'œil paresseux avant de se rendormir.

Mes mains tremblaient lorsque je me servis un verre d'eau dans la cuisine. Je le bus d'une traite et j'en pris aussitôt un deuxième. Le roadster de Seth hantait encore la fenêtre face à moi. Jamais je ne cesserais de me représenter la voiture dérapant en rugissant derrière ces vitres le premier soir où Seth était parti traquer Wil. À l'instant même, je m'attendais à y voir mon frère en train de répéter son sinistre salut. Mais il n'était pas là. Ni dans le salon, ni en haut, ni dans la grange ou caché dans les soues délabrées où il s'occupait jadis des cochons. La neige immaculée ne révélait aucune empreinte de pas allant vers le verger ou en revenant. Je passai la journée à le chercher dans tous les endroits possibles et impossibles. Et quand je ne le cherchais pas, je restais aux aguets ; tout mon être était en alerte, comme un chien menacé. Je tirai tous les rideaux, verrouillai toutes les fenêtres et les portes. Je ne dormis pas de la nuit.

Allongée dans mon lit, je gardai les yeux fixés sur la poignée de la porte comme je l'avais fait si souvent étant plus jeune. J'étais écœurée ; par Seth, bien sûr, mais aussi par moi-même. J'avais passé trop de temps dans ma vie à avoir peur de mon frère, à avoir peur de choses que j'étais incapable de nommer.

Je me rappelai alors les premières nuits interminables que j'avais passées dans la hutte de montagne, persuadée que le mal rôdait dehors, et le courage qui avait grandi en moi jour après jour. Je me rappelai la terreur et la joie de donner la vie, de mettre au monde un enfant, et la force qu'il m'avait fallu pour renoncer à lui et disparaître afin de le sauver. Je me rappelai être rentrée à la maison, avoir affronté papa, aimé papa et continué à gérer la ferme après son décès. Je me rappelai avoir décroché avec colère les édredons que j'avais pris pour le visage de Seth sous le porche, et m'être juré cette nuit-là de ne plus jamais le laisser me hanter.

Le jour se leva, gris et morne, le lendemain matin. L'aube pâle me trouva en train de boire un café dans la cuisine, le fusil de papa à portée de main. Je n'avais pas touché à cette arme depuis des années – depuis l'âge de treize ans, lorsque mon père m'avait emmenée tirer sur des bouteilles de Coca alignées sur la clôture du fond. Je l'avais suivi à contrecœur et m'étais d'abord révélée une gâchette imprécise. Mais papa était aussi insistant que j'étais obéissante, si bien que nous avions persévéré. Dès que j'avais réussi à atteindre les six bouteilles à la suite, je lui avais demandé si on pouvait arrêter. Je détestais sentir le poids du fusil dans mes bras, les détonations assourdissantes, l'impact du recul contre ma petite épaule, l'odeur âcre. Je détestais même toucher ma cible, tous ces éclats de verre évoquant la façon dont une balle détruisait une vie. Le fusil était adossé à ma chaise, mais je n'avais pas l'intention de m'en servir. Si Seth se montrait, je voulais seulement avoir l'arme dans les mains. Pour que mon frère voie tout de suite que je n'étais plus la gamine de ses souvenirs.

J'allai nourrir les poules et les chiens, je rapportai du bois pour le feu et préparai les flocons d'avoine de Ruby-Alice, bien déterminée à ne pas avoir peur, le fusil jamais loin de moi. Mon désir de quitter la ferme grandissait de minute en minute, et je commençai enfin à faire mes bagages, manière d'évacuer ma nervosité. Avant midi, j'avais déjà rempli quatre paniers, et je m'y remis après le déjeuner. Soudain, j'avais hâte de déménager.

J'allai chercher une échelle dans la grange pour atteindre les croix en porcelaine de maman sur l'étagère du haut dans le salon. La vieille échelle avait beau craquer et osciller sous mon poids, je pris le temps d'admirer la collection, me remémorant les matins de Noël où ma mère déballait la nouvelle croix offerte par papa, d'un air faussement surpris mais toujours ravi. D'un blanc brillant, à peu près de la taille de ma main, elles étaient ornées de fleurs, de rubans ou d'oiseaux en vol peints en bleu lapis-lazuli. Papa en choisissait une dans le catalogue Sears Roebuck et la commandait chez Jernigan tous les mois de décembre sans faute, et je sentis la tendresse liée à cette tradition alors que je les dépoussiérais et les enveloppais une par une. Je savais qu'il y avait une croix cassée au milieu du lot et la cherchai afin de la manipuler avec des précautions supplémentaires. En passant le bout du doigt sur le joint irrégulier, là où papa l'avait recollée, je fus replongée dans cet atroce matin de Noël où Seth, furieux d'avoir essuyé ce qu'il avait pris pour une moquerie ou une insulte, avait attrapé la première chose qui lui était tombée sous la main pour la jeter sur Cal. Le cadeau de maman avait heurté le mur du salon et était retombé en morceaux. Le silence s'était abattu sur la pièce ; nous attendions la réaction de maman. Elle avait serré les mâchoires et baissé les yeux vers ses mains jointes. En général les accès de colère de Seth l'excédaient, mais cette fois elle était seulement triste. Papa nous avait chassés tous les trois du salon, et j'avais passé le reste de cette matinée de Noël à pleurer dans la stalle d'Abel.

L'objet cassé dans la main, éprouvant encore la mélancolie de cette journée lointaine, je remarquai une croix en bois rudimentaire posée à plat sur l'étagère derrière les autres. Elle était faite de deux morceaux de bois de saule attachés par du bolduc rouge. Je l'avais depuis longtemps oubliée, mais la reconnus aussitôt. Seth l'avait fabriquée pour maman. Il l'avait placée dans une petite boîte grossièrement entourée d'un ruban et, la mine penaude, la lui avait tendue lorsque nous avions été autorisés à rentrer dans la maison pour déguster le jambon enrobé de sucre roux du déjeuner de Noël. Maman l'avait prise poliment mais sans effusion, puis l'avait mise de côté et avait servi le repas. Seth n'avait pas levé les yeux vers elle ni vers aucun d'entre nous avant qu'on commence à passer les assiettes. Malgré la profusion de mets délicieux que ma mère et ma tante préparaient uniquement ce jour-là, Seth n'avait pratiquement rien mangé.

Je redescendis de l'échelle, la croix en porcelaine craquelée dans une main, celle en bois dans l'autre. La paire recelait des vérités à propos de mon frère, de son impétuosité et de sa rage, mais aussi de cette partie de lui qui comprenait ce qu'était le bien et qui était capable de le faire, cette partie qui voulait plus d'amour qu'il ne savait comment s'en attirer. Sa brutalité et les souffrances qu'elle avait causées occupaient tant de place dans ma mémoire que je me rappelais à peine le petit garçon qui avait fabriqué avec soin une croix en saule, en guise d'offrande pour se faire pardonner. Maman avait gardé les deux croix : ce n'était pas anodin, je le sentais. Je les tins dans mes paumes et les contemplai longuement, avant d'aller les jeter dans la poubelle de la cuisine.

Quelques jours plus tard, j'essuyais la vaisselle du déjeuner quand j'entendis des pas lourds sous le porche, suivis de trois coups contre la porte. C'était lui, j'en étais sûre. Fébrile, je tournai en rond comme une folle dans la cuisine. Si j'avais imaginé de nombreuses versions de l'arrivée de Seth à la ferme, dans aucune il ne frappait poliment.

Je pris une profonde inspiration et j'attrapai le fusil de papa. En traversant le couloir, puis le salon, je passai en revue tous les autres moyens de s'introduire dans la maison. J'avais évidemment retiré la clé accrochée depuis des décennies à un clou dans une poutre du porche, mais peut-être avait-il conservé la sienne ; il pouvait aussi casser un carreau ou forcer la porte d'un coup d'épaule. Mais alors que je m'approchais, il se contenta de frapper de nouveau, plus fort, déclenchant un concert d'aboiements dans la chambre de Ruby-Alice.

Je rassemblai le courage de regarder par la fenêtre du salon et me retrouvai presque nez à nez avec mon frère, qui m'observait de l'autre côté de la vitre. Je fis un bond en arrière, mon cœur palpitant dans ma poitrine.

« Ouvre cette putain de porte, Torie », s'écria-t-il.

Mon bref coup d'œil m'avait seulement appris qu'il était plus maigre qu'avant et portait une barbe noire et broussailleuse qui lui donnait un air d'adulte que je n'avais pas anticipé.

« Allez, insista-t-il, d'une voix basse et enjôleuse. Je ne vais pas te faire de mal. »

Je pris le temps de démêler mes sentiments et m'aperçus que je n'avais pas peur pour ma propre sécurité. S'il préparait un mauvais coup contre moi, je serais capable d'y faire face. S'il s'en prenait à Ruby-Alice, j'en étais moins sûre. Quand les chiens se furent calmés, je me rapprochai de la fenêtre et lui ordonnai de s'asseoir sur une chaise du porche. Il gloussa, mais obéit.

Je m'enveloppai dans un pull, puis resserrai ma prise sur le fusil et sortis. Prenant soin de refermer derrière moi, je m'avançai vers l'extrémité du porche sans quitter Seth des yeux.

Il lâcha un rire rauque et dit : « Je croyais que tu détestais ce vieux fusil.

— C'est vrai », répondis-je, satisfaite que ce soit la première chose qu'il ait remarquée, et espérant avoir fait passer le message.

Il y eut un long silence pendant lequel nous nous dévisageâmes. J'avais une étrange impression : c'était Seth, et en même temps pas complètement lui. Je retrouvais son odeur, mélange de cigarette et de whiskey, mais l'adolescent de seize ans blond et râblé qui avait fui Iola s'était métamorphosé en un homme de vingt-deux, à la barbe et aux cheveux bruns, au visage ciselé par de nouveaux angles et de nouvelles courbes. Il avait des rides profondes entre les sourcils et la joue couturée par une longue cicatrice blanche. Ses yeux gris, vifs et nerveux, m'étaient familiers, mais son regard était plus doux, moins courroucé que celui du garçon que j'avais connu. Il était carré d'épaules, quoique maigre sous sa veste de toile beige. Ses mains crasseuses étaient aussi épaisses et noueuses que celles de papa, et elles tremblaient un peu alors qu'il les essuyait à intervalles réguliers sur son jean sale. À en juger par sa posture, il avait connu de nombreux déboires au cours des six dernières années, dont il était sûrement responsable.

Je ne pouvais pas deviner ce qu'il pensait des changements qu'il voyait en moi. Au-delà de mon aisance toute neuve à donner des ordres et tenir un fusil, je m'en fichais pas mal.

« J'ai croisé les Dunlap à Montrose et…

— Je sais. Millie m'a tout raconté, le coupai-je.

— Ah bon ? J'avais cru comprendre que vous étiez plus très copines, toutes les deux. »

Je haussai les épaules. « Elle m'a prévenue que tu viendrais ici, pour l'argent, repris-je.

— Donc, t'es pas surprise de me voir. » Il pouffa nerveusement.

« Seulement surprise qu'il t'ait fallu autant de temps pour te manifester. » Par là, je visais sa cupidité, mais il me répondit comme si nous bavardions de manière normale.

« Oui, c'est vrai que je savais pas quoi faire. Je m'étais toujours dit que je mettrais plus les pieds ici. »

Je songeai qu'il avait rompu sa promesse pour toucher un héritage, mais pas pour assister aux funérailles de notre père. Comme s'il avait lu dans mes pensées, il haussa les épaules en réponse à mon jugement muet.

« Je suis peut-être pas venu que pour l'argent, finit-il par dire.

— Pour quoi d'autre ?

— J'avais peut-être besoin de te dire des choses. » Il me regarda par en dessous, les yeux plissés, ressemblant beaucoup au petit garçon qui avait tendu à maman la croix qu'il avait fabriquée de ses mains, après avoir gâché notre Noël.

Mon frère et moi avions affronté les épreuves de manière si différente. Nous étions trop jeunes pour savoir comment faire face au deuil quand le deuil nous avait frappés. Privés de maman, de Cal et de tante Viv, mais avec un père accablé et un oncle mauvais comme une teigne, nous avions continué tant bien que mal, devenant des versions exacerbées de ce que nous avions toujours été : moi, la fille obéissante ; Seth, le garçon en colère. Aucun de nous deux ne savait faire autrement. Sauf que mon amour pour Wil m'avait débarrassée de mon armure de timidité, et que Baby Blue m'avait appris la force. Je doutais que Seth ait eu pareilles chances. Je m'armai de courage pour l'écouter.

« J'avais besoin de te dire, poursuivit-il en déglutissant, que c'était pas moi qui avais tué ce sauvage. »

Je m'efforçai de respirer calmement. J'avais envie de lui répondre que Wil n'était pas un « sauvage », mais un homme doté d'un nom et d'une beauté dont il n'avait pas idée. Mais à quoi bon ?

« Je pensais que tu dirais ça, répliquai-je. Puisque tu reviens ici dans l'espoir de me soutirer de l'argent. Tu serais prêt à me sortir n'importe quoi.

— Non, Torie, c'est la vérité. » Il secoua la tête vigoureusement. « C'était ce type, là, Forrest Davis. C'est lui qui… a attaché… qui a fait ça au gamin. J'y étais et j'aurais pas dû, mais c'est pas moi qui l'ai fait. »

Pour toute réponse, je raffermis ma prise sur le fusil. La violence m'était aussi étrangère que la planète Mars, mais en cet instant, je compris la vengeance, compris comment elle pouvait exploser en une tentative désespérée d'éradiquer la douleur en en infligeant autant que possible à quelqu'un d'autre. Je me remémorai cette nuit abominable où Seth était rentré à la maison, ivre et triomphant, sans doute avec du sang sur les mains, et où je n'avais su que battre en retraite.

« Si tu étais présent, dis-je, quand j'eus recouvré l'usage de ma voix, pourquoi tu ne l'as pas empêché ? » Je tremblais, me rendant compte que j'avais toujours soupçonné Forrest Davis, mais que j'avais aussi toujours su que Seth était trop faible, trop dévoyé et trop aveuglé par les préjugés pour faire autre chose que regarder Wil mourir. « Pourquoi ? répétai-je, luttant pour ne pas le hurler et pour retenir mes larmes. Pourquoi tu n'es pas allé à son secours ? »

Seth contempla les lattes usées du plancher pendant une longue minute. « J'étais un sale con à l'époque. Un type stupide et en colère. »

On n'entendit plus que le frottement de ses paumes rugueuses sur ses cuisses. Puis il prit un paquet de Lucky Strike dans la poche de sa veste, en fit tomber une dans sa main et l'alluma. À chaque longue inhalation, le bruit du tabac craquelait le silence.

Des nuages pareils à des serpents glissèrent dans le ciel et projetèrent de longues ombres sur la neige. L'air, à l'odeur âcre de fumée, se rafraîchit.

« Mais j'étais pas assez bouché pour pas avoir compris une chose, reprit-il en agitant sa cigarette vers moi. Pas assez bête pour pas savoir pourquoi tu t'étais enfuie. »

Je me mordis la lèvre et j'attendis qu'il dise être au courant pour le bébé, dise que papa, Og, Lyle et toute la ville étaient au courant.

« Tu avais peur qu'on s'en prenne à toi aussi, dit-il, l'air sombre, tirant sur sa cigarette et faisant tomber sa cendre par terre. Mais jamais je ne t'aurais fait de mal, Torie. Toi et moi… on… » Il s'interrompit et baissa la tête. « Quand je t'ai suivie et que je t'ai vue embrasser ce métèque, ça m'a pas plu du tout. Ça c'est vrai. Mais c'est pas à toi que j'en voulais. Tu ne savais rien de ces gens-là, de leurs ruses, de leurs sortilèges et tout ça. »

Ce métèque, pensai-je avec dégoût. *Ces gens-là. Leurs ruses et leurs sortilèges.*

Je me souvins de l'explication donnée par Cal à la fureur de Seth lorsque nous lui avions interdit l'accès à notre cabane perchée. *Il est jaloux, c'est tout*, avait dit Cal. *Jaloux de toi et moi.*

« Quand Lyle a commencé à nous surveiller de près et que Davis a estimé qu'on ferait mieux de quitter la ville, je t'ai cherchée, dit Seth. J'ai parcouru ce maudit coin dans tous les sens. Je voulais que tu saches que Davis parti, le sauvage parti, tu pouvais rentrer en toute sécurité à la maison. Tu me crois, hein ? »

Non. Peut-être. Ça n'avait plus d'importance.

« Qu'est-ce que tu veux, Seth ? » demandai-je, impassible. Je désirais seulement que cet entretien se termine. « Pourquoi tu es venu ?

— Je ne sais pas. » Il jeta sa cigarette et l'écrasa sous sa botte. « Pour récupérer mon argent. Mais maintenant que je suis là, je... » Il fit une pause et parut réfléchir. « Est-ce que cette folle de Ruby-Alice Akers est à l'intérieur ? demanda-t-il en montrant la porte.

— Non. Elle est morte. Il y a longtemps.

— C'est pas ce que j'ai entendu dire », répliqua-t-il, sarcastique.

Je haussai les épaules et répétai ma question : « Qu'est-ce que tu veux, Seth ?

— Eh ben, je commence à me demander. Qui va vivre ici quand tu seras partie ? Qui va travailler la terre ? »

Les poissons, eus-je envie de répondre. *Les algues et la pourriture.*

« Il paraît que le réservoir se fera pas, reprit-il. Qu'il est impossible de construire ce barrage. Que c'est idiot de vendre. »

Qu'il ait raison ou tort, je m'en fichais. J'avais un plan et une issue de secours.

« Si tu veux pas de la ferme, peut-être que moi, elle m'intéresse. J'en ai ma claque de vagabonder. J'ai envie de me poser. Et personne saura s'occuper mieux que moi du verger.

— Bien, dis-je, saisissant ce que j'espérais être une opportunité. Livre Davis à Lyle, témoigne de ce que tu as vu cette nuit-là, et la terre est à toi.

— Je ne peux pas pour deux raisons, répondit-il. D'abord, personne se soucie assez d'un jeune Indien mort depuis des lustres pour constituer un jury. »

Il s'interrompit le temps de sonder mon regard, qui lui confirma, hélas, que c'était vrai.

« Ensuite, poursuivit-il, ça servirait plus à rien. Davis s'est fait tuer dans une bagarre à Fresno. » Il montra la cicatrice blanche en travers de sa joue. « Le type a bien failli m'avoir aussi. » Il fit une nouvelle pause, puis ajouta : « Pour la justice, il faudra s'en contenter. »

Mes yeux me brûlaient. Il fallait qu'il s'en aille.

« Je serai partie avant l'été, dis-je. Je me fiche de ce que tu fais, tant que tu gardes tes distances. Si tu t'avises encore de t'approcher de moi, j'aspergerai d'essence chaque centimètre carré de cette ferme et j'y mettrai le feu. »

Il lâcha un rire moqueur. « Pas le verger.

— Le verger en premier », mentis-je, le fixant droit dans les yeux.

Son regard peiné m'apprit qu'une chose au moins comptait pour lui dans ce monde brutal – les pêches.

« Je suis sérieuse, Seth, insistai-je en me rapprochant. Ne remets plus les pieds ici avant mon départ. Ensuite, tu pourras récupérer la terre si ça te chante. Et si Lyle te trouve ou que les fonctionnaires viennent revendiquer la ferme, ce ne sera pas mon problème. Tu seras là dans l'illégalité, et ce sera à toi d'en payer les conséquences. »

Il parut surpris de me voir si accommodante. Mais je ne lui cédais rien qui n'ait déjà été promis à la crue. Ce qu'il adviendrait de la ferme, une fois les arbres sauvés et ma nouvelle vie entamée, ne m'intéressait pas. Seth, me dis-je, ne m'intéressait pas. S'il décidait de revenir, le verger ne serait plus là, la maison serait vide. Seuls resteraient les fantômes de ses regrets – ce serait ma vengeance, et la seule justice que recevrait jamais Wil, jusqu'au jour où la Gunnison monterait pour tout engloutir.

Je levai le fusil et le pointai vers son torse.

« Maintenant, dégage de mon porche », dis-je.

Seth se leva, me présentant un visage si usé et tourmenté qu'on lui aurait plus volontiers donné quatre-vingts ans que vingt-deux. Il paraissait si triste que, l'espace d'une seconde, je redevins la petite fille qui aimait son frère, voulait le sauver de lui-même et contrebalancer par son comportement irréprochable tout le mal qu'il y avait en lui et dans le monde entier. J'eus envie de lui dire que je m'étais découvert plus de ressources intérieures que je ne l'aurais cru possible, que lui aussi, peut-être, avait ces ressources en lui.

Pourtant, je gardai fermement le fusil dans mes mains tandis que Seth redescendait les marches du porche, s'éloignait dans la longue allée et disparaissait derrière les peupliers de Virginie. Je ne baissai pas le canon et ne repris une respiration normale qu'après avoir entendu un moteur rugir et une voiture s'éloigner.

Presque comme si Seth avait emporté l'hiver avec lui, le dégel commença pour de bon le lendemain. Pendant les deux semaines suivantes la terre réapparut, d'abord par plaques boueuses, puis d'un coup, prête à reverdir. Pendant que Greeley et ses étudiants finissaient de préparer le sol dans la nouvelle propriété de l'autre côté des monts Elk, je taillai les branches nues de mes arbres, à l'exception des plus anciens que je devrais laisser derrière moi. Pour me rassurer, je me répétais tout haut que la transplantation réussirait, que mes pêchers et moi nous épanouirions ensemble en mai, à Paonia. En même temps, la possibilité d'un échec me tordait l'estomac. Assise sur le sol détrempé, adossée au large tronc noueux du vieil arbre qui me manquerait le plus, je joignis les mains en prière. Pendant que mes mots montaient vers le ciel, je compris que je ne m'adressais pas à Dieu mais à papa, celui qui connaissait le mieux et aimait le plus le verger. Je priai pour obtenir son aide et sa bénédiction, pour avoir de belles pêches et un temps clément, et je lui demandai aussi, au cas où les choses tourneraient mal, de me pardonner et de reconnaître qu'au moins, j'avais essayé.

Le 1er mars, je me trouvais aux côtés de Greeley et de quatre de ses étudiants, équipés de toiles de jute. Non sans appréhension, je regardai deux des jeunes gens creuser la terre autour du premier pêcher et ameublir le sol jusqu'à libérer les racines. Alors qu'ils soulevaient l'arbre, Greeley et moi nous mîmes à genoux pour admirer leur enchevêtrement dense et tasser autant de terre que possible autour d'elles. Les deux autres étudiants se dépêchèrent d'envelopper la grosse motte de racines dans une toile de jute, puis nous la déposâmes dans une brouette et l'emportâmes jusqu'à la remorque. J'eus l'impression de retenir mon souffle jusqu'à ce que Greeley lève les pouces et m'adresse un sourire encourageant. Je le lui rendis, même si j'avais le cœur au bord des lèvres.

Les jours suivants, nous continuâmes à déraciner les arbres l'un après l'autre. Dès que le plateau d'une remorque était plein, un camion l'emportait et une autre prenait sa place. Les trous géants creusés dans le verger ressemblaient à des plaies ouvertes. Je craignis que la terre ne souffre de l'extraction – une douleur silencieuse, sans effusion de sang –, comme elle souffrirait de suffocation à la montée des eaux. Mais si ces montagnes m'avaient enseigné une leçon, c'était la résilience de la terre, capable de surmonter la folie humaine quand elle le doit, de se régénérer quand elle le peut, et de survivre. Certains soirs, cependant, je m'asseyais dans le verger saccagé à la lueur bleue du crépuscule et m'excusais de ce que j'avais fait.

Ruby-Alice passait la plupart de ses journées à dormir, apparemment indifférente à mes projets et aux changements, mais après le départ de cette première remorque chargée, elle commença à détourner la tête chaque fois que je lui présentais de la nourriture ou à boire. Elle était chez elle à Iola, et je devinais qu'elle refusait d'être transplantée comme les arbres. Plusieurs jours s'écoulèrent sans qu'elle s'alimente ou qu'elle bouge. Lorsque je sentis que son heure approchait, je portai son corps chétif au camion de papa, j'y fis monter ses petits chiens, et je la ramenai dans sa maison au milieu des pins. Je l'installai sur le canapé où elle aimait dormir et la couvris d'un édredon. Au bout de quelques heures, sa respiration se fit plus courte et faible, entrecoupée de longs intervalles. Elle mourut aussi paisiblement qu'on peut l'espérer, ses mains bleutées croisées sur sa poitrine, quatre chiens endormis à côté d'elle et un autre roulé en boule sur son épaule. Je déposai un baiser sur son front, heureuse qu'elle ait vécu – une vie bizarre et singulière, si intimement liée à la mienne – et heureuse de cette mort digne et juste.

« Va où la rivière te porte », murmurai-je, ainsi que Wil aurait pu le faire. Et, je le jure, je sentis son esprit s'élever.

Je m'attendais à ce que les funérailles de Ruby-Alice au cimetière d'Iola ressemblent à ce que nos vies avaient été dernièrement : nous deux, seules, et la Big Blue Wilderness en surplomb. Il me semblait qu'elle serait à sa place dans cette terre où fleurissaient des pâquerettes tout l'été, et où sa famille, la mienne et des générations d'habitants de la ville reposaient sous d'humbles pierres. Si le barrage était construit, leurs dépouilles seraient immergées avec le reste ou, selon la promesse du fonctionnaire, déplacées en haut d'une colline, en hommage à ce qui avait été et à ceux qui avaient vécu. Je déposai dans une boîte les vieux souvenirs découverts dans la commode de Ruby-Alice et la confiai au pasteur Whitt pour qu'il la place à l'intérieur du cercueil avant qu'il soit scellé. Il me demanda s'il pouvait dire quelques mots le matin de l'enterrement, et j'acceptai.

Des hirondelles bavardes et un soleil doré m'accompagnèrent sur le chemin du cimetière. Je comptais me recueillir devant la tombe, écouter le vieux pasteur réciter une prière, puis faire mes adieux. Une nouvelle vie s'ouvrait devant moi. Je n'ai jamais cessé de m'interroger sur mes choix passés, mais en ce monde, chaque pas entraîne le suivant et nous devons marcher dans cet espace ouvert, sans carte ni invitation. C'est là une leçon que Wil, la Gunnison et les strates de vie et de mort dans les forêts de la Big Blue Wilderness continuaient de m'enseigner. Bon ou mauvais, mon prochain pas se profilait et je fis de mon mieux pour l'aborder avec confiance. Cet enterrement dénouerait mon dernier lien avec Iola, et je poursuivrais bientôt ma route.

En voyant une foule converger vers le petit cimetière, j'eus du mal à en croire mes yeux. Mais je ne rêvais pas : plus d'une vingtaine de personnes entraient par la grille en fer forgé, tout de noir vêtues, certaines portant des bouquets d'armoise noués par des rubans, puisqu'il était encore trop tôt dans la saison pour les fleurs. En prenant place parmi eux, je me dis que la tradition avait prévalu sur tout le reste. Le pasteur récita des psaumes. Les sommets blancs étincelèrent. Nous joignîmes les mains et chantâmes ensemble le chant funèbre de notre communauté, « In the Sweet By-and-By ». Je regardai les visages graves et burinés qui m'entouraient – la famille Mitchell, les trois fils du pasteur, le docteur et Mme Bernette, M. Jernigan, des camarades de classe que j'eus du mal à reconnaître, des propriétaires de ranchs pour qui papa avait travaillé et d'autres têtes familières, à l'exception prévisible des Dunlap et des Martindell. Il n'y avait pas la moindre pomme pourrie parmi eux. C'étaient là les gens honnêtes et travailleurs au milieu desquels j'avais vécu toute ma vie, les gens qui assistaient aux obsèques et protégeaient farouchement leurs concitoyens, parfois jusqu'à l'aveuglement. Je ne pouvais pas imaginer où ils iraient, qui ils deviendraient et ce qu'ils défendraient une fois que la crue aurait tout changé, comment ils rafistoleraient leurs cœurs et leurs vies pour continuer.

Je remerciai chacun d'être venu alors qu'ils ressortaient par la grille. La plupart me serrèrent la main, oubliant leurs anciens griefs, du moins pour un instant. Je me demandai lesquels d'entre eux auraient assisté aux funérailles de Wil s'ils en avaient eu l'occasion. Pas tous, non, mais probablement la plupart. À cette pensée, de grosses larmes coulèrent sur mes joues pour tout ce que j'avais perdu et tous les malentendus.

Le pasteur et ses fils comblèrent la tombe, chargèrent leur matériel dans leur camion et s'en allèrent. Je m'attardai devant le monticule de terre fraîche au milieu des huit petites pierres tombales de la famille Akers, ressentant un certain soulagement à l'idée que Ruby-Alice reposait enfin parmi les siens.

Mes proches étaient enterrés un peu plus haut, sur une butte herbeuse. Je déambulai sur notre parcelle et touchai leurs stèles en bois en prononçant leurs noms à voix haute. À l'enterrement de chacun d'eux, les personnes présentes avaient chanté en se tenant les mains. J'avais toujours supposé que, le jour où la mort viendrait me chercher, mes propres obsèques seraient exactement pareilles. Comme c'était étrange, me dis-je en redescendant la colline après un dernier adieu, de ne pouvoir imaginer à quoi ressemblerait désormais ma vie, encore moins ma mort.

En milieu de mois, Greeley et moi avions supervisé le déracinement et le départ de chaque précieux pêcher. Je quittai Iola avec le dernier chargement.

Les poules attendaient dans leurs cages sur le canapé doré, à côté de paniers remplis d'objets ménagers, de caisses de pêches en conserve, des outils dont mon père se servait au verger et de tout ce que les étudiants réussirent à caser sur le plateau du vieux camion. Greeley et les garçons montèrent ensuite dans leurs véhicules et se mirent en route. Je m'apprêtai à aller faire un dernier tour dans la maison, puis m'arrêtai. J'avais déjà parcouru longuement les pièces silencieuses, fait la paix avec mes souvenirs et avec tout ce que je laissais derrière moi. À la place, je chargeai l'ultime panier sur le siège passager. Un ruban bleu le distinguait des autres : il contenait les croix en porcelaine, les broderies encadrées et la bible de ma mère ; les chemises en flanelle de mon père ; deux des édredons de Ruby-Alice et celles de ses figurines que je préférais. J'appelai les petits chiens, restés dans la maison ou dans le jardin, et je les fis monter sur la banquette arrière. Puis je fermai la porte de la cuisine en la tirant d'un coup sec.

Je m'engageai dans la longue allée en m'efforçant de ne pas regarder en arrière. Impossible. Je garai le camion et descendis pour jeter un dernier regard à l'endroit qui m'avait faite. Puis je remontai dans le véhicule et redémarrai. Je laisserais mon passé derrière moi et tenterais de rebâtir ma vie, espérant non pas des miracles, mais un terreau fertile. Je me disais que si mes arbres réussissaient à survivre, envers et contre tout, après avoir été déracinés, alors, au diable la mauvaise fortune, je le pourrais aussi.

PARTIE III

1955-1970

18.

1955

En descendant pour la première fois la grande avenue de Paonia, je trouvai la ville beaucoup trop chic pour moi.

Penchée sur mon volant, j'examinai les trottoirs bien entretenus, la façade colorée du cinéma Paradise ornée d'une affiche de film encadrée et le magasin de nouveautés installé dans un haut bâtiment en briques jaunes sur lequel était écrit *Hays Variety* en lettres cursives rouges. Le café avait un auvent vert et des portes vitrées immaculées ; une ardoise noire annonçait le plat du jour – de la truite. Quelques personnes jetèrent des regards curieux sur mon passage, et j'en voulus au moteur grognon de mon camion de perturber leur tranquille après-midi de printemps.

Mais après avoir tourné dans la 2ᵉ Rue, puis traversé la voie ferrée en direction de la rivière Minnesota, je vis des vergers, des pâturages et des terres vierges s'étendre devant moi. Au loin, une forêt de pins montait jusqu'à une arête incurvée reliant deux sommets enneigés, l'un découpé et hostile, l'autre aussi doux et lisse qu'un dos de baleine. J'attrapai sur le tableau de bord la note griffonnée par Greeley et je suivis ses indications : prendre à gauche à la grange rouge, puis à droite pour traverser un pont au-dessus d'un fossé de drainage, continuer sur la route de terre et tourner à gauche.

Ma nouvelle ferme était là, étrange et impatiente de me rencontrer, telle une parente éloignée que je n'aurais jamais vue. La maison bleu barbeau avait besoin d'un bon coup de peinture et d'un nouveau toit en métal, mais elle était carrée et charmante, avec sa large véranda et sa rangée de fenêtres blanches à meneaux à l'étage. Le petit jardin était tacheté du jaune des pissenlits et ombragé par des peupliers de Virginie. Des lilas bourgeonnants et d'autres arbustes dont j'ignorais encore le nom s'alignaient contre la clôture en fer forgé rouillée. En suivant l'allée de gravier qui contournait la maison, je découvris une terrasse en briques, un potager surélevé et des parterres de fleurs envahis par les mauvaises herbes, avant d'arriver à un vieux garage ouvert sur un intérieur vide. Je m'arrêtai un instant, avec l'impression d'être une intruse, mais comme l'allée continuait, je fis de même, passant devant deux saules pleureurs, une cabane de guingois bordée par des cannes de framboisiers, et une grande grange devenue grise avec les années, mais toujours robuste. Mon cœur s'accéléra quand le verger apparut.

Les arbres étaient là. Mes arbres. Quelques-uns attendaient encore d'être plantés et penchaient suivant des angles bizarres dans leurs sacs de jute, à côté de leurs trous, mais la plupart se dressaient en longues rangées bien droites, leurs troncs tuteurés et paillés, leurs branches nues tendues pour attraper un morceau de ciel. Ce serait idiot de dire que les arbres m'accueillirent, cependant j'aurais été ravie d'avoir confirmation qu'ils avaient bien supporté le déménagement et que je n'avais pas commis une terrible erreur. Tout ce que je pouvais conclure, à les voir dans leur sol de remplacement, c'est qu'un nouveau voyage commençait. Je n'avais aucune idée de ce qui se passerait à partir de là. J'étais seulement assez avisée pour savoir une chose : c'était la terre qui déciderait de mon sort.

En entendant le camion approcher, Greeley et quelques étudiants accoururent sur la route du verger. Ils agitèrent les bras et poussèrent des exclamations ravies, riant tels des enfants victorieux. J'écrasai le klaxon en réponse et éprouvai un regain de confiance. Un long sifflement retentit à proximité et, pour la première fois depuis plusieurs années, je souris en reconnaissant le bruit d'un train qui passait.

Ce jour-là, je parcourus le verger, comptai les arbres, les bénis et les encourageai à voix haute, comme je le fis deux fois par jour pendant des semaines. Je les taillai, les arrosai et les fertilisai, me fiant aux connaissances héritées de mon père, à mon instinct et aux recommandations de Greeley, jusqu'à réussir, par de patients efforts, à faire apparaître de subtils signes de vie.

Le soir, je poursuivais mon installation, avec l'étrange impression d'emménager chez quelqu'un d'autre. La maison avait cette odeur propre aux vieilles demeures – une odeur qui racontait des histoires, parlait de décennies de petits déjeuners cuisinés au beurre, de café noir et de robinets qui fuyaient, une odeur de famille, de vie et de bois vieilli. À certains égards, la ferme de Paonia ressemblait à celle d'Iola, sauf que ce n'étaient pas les histoires, le passé et les habitudes de ma famille qui imprégnaient les murs. Sans savoir parmi quels fantômes j'évoluais, je m'efforçai de prendre mes marques. Je plaçai le canapé doré de manière à profiter de la plus belle vue sur les montagnes et j'y dormis toutes les nuits. Je disposai les croix de maman sur le manteau de la cheminée. Rangeai ma vaisselle blanche dans les placards de la cuisine et une douzaine de bocaux de pêches de la saison passée dans le garde-manger. Les précédents propriétaires avaient laissé une longue table en pin, peut-être trop encombrante à déménager. À l'étage, deux grands lits pourvus de cadres en chêne et de commodes assorties semblaient attendre que je m'installe pour de bon et accepte l'hospitalité du véritable propriétaire.

Ces premières semaines, quand je n'étais pas dans le verger, je ne savais pas trop où était ma place. Heureusement, je trouvai à m'occuper au potager, où je plantai les graines que j'avais apportées, et j'allai promener les chiens de Ruby-Alice sur les routes de campagne et les sentiers bordés de fossés. Greeley ou l'un de ses étudiants passait tous les jeudis collecter des données ; je les invitais à déjeuner et nous faisions le point sur nos progrès, encore lents et incertains. Des voisins s'arrêtèrent pour m'apporter des ragoûts de bienvenue, des tartes tout juste sorties du four ou des confitures faites d'après la recette de leur grand-mère ; j'acceptais leurs offrandes avec reconnaissance et nous échangions nos numéros de téléphone. Leur bavardage, aussi amical soit-il, ne masquait pas ce que la plupart pensaient : qu'une femme vivant seule et gérant un verger était en soi une bizarrerie, et que mon entreprise était sûrement vouée à l'échec. La plupart avaient entendu parler de la production Nash, mais mes arbres et moi nous trouvions désormais dans l'authentique pays de la pêche, cette partie du Colorado où poussaient aussi les meilleures cerises, les meilleures poires et les meilleures pommes de l'État. Certains sous-entendirent et d'autres affirmèrent ouvertement que si mes arbres survivaient, ce qui était encore à voir, je ne devais pas m'attendre à sortir du lot. Je hochais la tête, leur serrais la main et répondais que ça m'allait. Je soupçonnais pourtant que, lorsqu'ils ouvriraient une pêche Nash, retireraient le noyau de son cœur rubis et mordraient dedans pour la première fois, ils risquaient fort de changer d'avis. Je priais pour qu'ils en aient l'occasion.

Un morne matin de la fin avril, assise sur le canapé, je sirotais un café en regardant la pluie tomber. Le monde était cotonneux et assourdi. Une couche de nuages couleur de plomb couvrait la vallée. J'avais déjà eu le temps de mémoriser la nouvelle vue de ma fenêtre – la forêt de pins au loin qui s'élevait jusqu'à des rochers abrupts, formant une paroi verticale en haut du mont Lamborn, et la pente douce et boisée du mont Landsend voisin –, mais ce matin-là, on ne voyait presque rien derrière la flanelle grise. Seuls les sommets des deux montagnes émergeaient au-dessus des nuages, une pointe déchiquetée et l'autre plus ronde, toutes deux dressées vers le ciel pour saisir les premiers signes d'une aurore violette. Le monde me parut inversé – la terre au-dessus des nuages, les nuages en dessous –, offrant un spectacle à la fois déconcertant et beau.

Quand la pluie cessa enfin, j'enfilai mes bottes et je partis au verger. Du sol détrempé montait une odeur riche et sucrée, quoique différente de celle de chez moi. Les oiseaux étaient silencieux, immobiles. Un train siffla au loin. Les épais nuages s'élevèrent lentement, effaçant les cimes des montagnes ainsi que tout espoir de soleil. Une ambiance tout à fait adaptée à la tâche sinistre qui m'attendait. Mes arbres avaient enfin donné des feuilles vertes et brillantes, et, en leur sein, des bourgeons de la taille de petits pois, promesses de vie, de fleurs et de fruits. Mais ce jour-là, armée d'un sécateur, je passai d'une branche à l'autre et les supprimai jusqu'au dernier. Chaque coup de lame contredisait tout ce que j'avais appris sur le caractère sacré d'un bourgeon de pêcher, dont il fallait prendre soin comme d'un joyau jusqu'à sa transformation en une délicate floraison rose. Les recherches menées par Greeley l'avaient convaincu qu'il ne pourrait pas y avoir de fruits la première année après la transplantation, voire la deuxième. L'élimination des bourgeons renverrait l'énergie de l'arbre vers ses racines, affirmait-il. Ce sacrifice assurerait une meilleure croissance l'année suivante. Je devais le croire sur parole. Mais chaque fois que j'actionnais le sécateur, chaque fois qu'un bourgeon tombait sur le sol, je souffrais dans ma chair et me demandais ce qu'en aurait dit mon père. Même quand il se remit à pleuvoir, puis que la fine bruine laissa place à un déluge de gouttes presque aussi dures que des cailloux, je continuai de couper, mes larmes se mêlant à la pluie sur mes joues. Je tournai le visage vers le ciel, les yeux fermés, les bras ouverts en un geste de reddition, et me laissai purifier par l'averse.

Cette nuit-là, je dormis encore sur le canapé, sous les édredons de Ruby-Alice. Deux de ses petits chiens étaient couchés près de mes pieds et deux autres roulés par terre à côté de moi dans un rayon de lune blanc. Le plus vieux avait disparu depuis des jours : soit il s'était perdu, soit il avait été attaqué par un coyote, à moins qu'il soit seulement parti pour mourir, selon l'habitude des vieux chiens. Je me demandai comment Ruby-Alice aurait réagi – sans doute avec le même stoïcisme silencieux que vis-à-vis de presque tout le reste – et m'efforçai de me mettre au diapason. Je me rappelai alors le chiot tacheté que Wil avait sauvé de ses mains enchantées. Qu'était-il devenu ? Et pourquoi ne m'étais-je jamais posé la question avant ? Soudain, je ressentis un chagrin absurde pour ce chien auquel je n'avais pas pensé depuis des années. Je serrai les édredons contre ma poitrine et pleurai pendant tout le temps que mit le clair de lune à recouvrir mon corps. Lorsqu'il atteignit mon visage, je fermai les yeux et me calmai, sachant que mes larmes ne concernaient pas vraiment le chien.

Je rêvai que je parcourais une longue et large route en portant un bébé emmailloté. Je soutenais son derrière du bras gauche, le droit enveloppait son dos, et ma paume tenait sa tête soyeuse contre mon épaule. Son souffle chatouillait mon cou comme une plume minuscule. Je savais que je devais emmener l'enfant quelque part, que sa vie en dépendait, mais tout en me hâtant j'ignorais ma destination. Je me précipitais vers nulle part avec le bébé. Soudain, je sentis mes pieds perdre leur adhérence. Je baissai la tête et m'aperçus que je marchais sur du vide. Sous mes pas, la terre qui aurait dû être solide et sûre était pareille à un abîme, dépourvue de lumière et de substance. Mon cœur battait à tout rompre. Je devais poursuivre ma route. Je sautillai sur la pointe des pieds, comme sur de la glace trop fine pour supporter mon poids, resserrant ma prise sur le bébé confiant. C'est alors que je glissai, et nous basculâmes ensemble dans des ténèbres sans fond. Pendant que nous plongions en tourbillonnant, je m'accrochai à lui autant que je pus. Mais la force centrifuge était trop puissante. À l'instant où il m'était arraché, je me réveillai en sursaut.

Je me levai du canapé, trempée de sueur et tremblante, et tournai nerveusement en rond dans le salon. J'avais déjà rêvé de Baby Blue, bien sûr, des dizaines de fois au fil des années, mais jamais je n'avais ressenti semblable terreur. La course vaine m'avait autant perturbée que la séparation brutale.

J'enfilai une veste par-dessus ma chemise de nuit et je sortis dans le jardin. Aussitôt, les créatures de la nuit se turent. L'air frais embaumait la terre mouillée. Une demi-lune étincelante poursuivait sa lente progression vers les montagnes à l'ouest. Je restai un moment à contempler le paysage plongé dans l'ombre. Lorsque j'avais rencontré Wil, je n'avais pas compris pourquoi il affirmait que tous les endroits se valaient. Je n'avais pas cru qu'il le pensait et ne le croyais toujours pas. Mais je saisissais maintenant le sens de ses propos : quand aucun lieu ne veut de vous, vous n'êtes chez vous nulle part et le sol est partout aussi dangereux que dans mon rêve effrayant.

Lorsque la pointe de la lune disparut derrière l'horizon et que le ciel devint noir et constellé d'étoiles, je m'agenouillai dans l'herbe humide et demandai la bénédiction de la terre. Je voulais que nous plantions nos racines ici, mes arbres et moi. En échange, je promis d'aimer et de soigner cette parcelle jusqu'à la fin de mes jours. En attendant de recevoir une quelconque réponse, j'ajoutai vite à ma requête ce que je désirais par-dessus tout, mais ne m'étais jamais autorisée à admettre : que si, par miracle ou par un coup du destin, mon enfant me revenait, cette terre et moi puissions le nourrir ensemble et lui apprendre que tous les lieux ne se valaient pas – que ce petit recoin du vaste monde mystérieux était là où nous formions une famille.

Tous les bruits qui s'étaient tus lorsque j'étais sortie dans la nuit reprirent à cet instant – le chant des criquets et la stridulation des sauterelles, le cri aigu des rainettes crucifères dans les roseaux, l'appel rauque d'un hibou au loin –, et j'interprétai ce chœur comme une acceptation de mon offre, ou du moins comme un peut-être.

Un coup sonore à la porte et l'aboiement des chiens me tirèrent d'un sommeil profond. Hagarde, j'eus besoin d'un moment pour me lever du canapé et localiser l'entrée. Même si je n'avais pas encore accroché de miroir, j'étais sûre d'avoir une tête de déterrée après ma nuit agitée. Je frottai mes yeux bouffis et m'attachai les cheveux avec une pince, puis, m'apercevant au dernier moment que j'étais toujours en chemise de nuit et que j'avais les genoux tachés d'herbe, j'enfilai en vitesse le pantalon et le pull que j'avais laissés par terre la veille au soir. Lorsque j'ouvris la porte, le vif soleil matinal me frappa comme un pétard. Je clignai des paupières et plissai les yeux vers la haute ombre noire sous le porche.

« Mademoiselle Nash ? » demanda une voix de baryton que je reconnus aussitôt. C'était celle de l'agent immobilier, que j'avais souvent eu au téléphone et qui m'avait envoyé par courrier les papiers à signer, mais que je n'avais jamais vu.

« Oui, répondis-je d'une voix enrouée.

— Ed Cooper. » Il s'approcha, la main tendue. « Votre agent immobilier. Je vous réveille ? J'en suis terriblement désolé. »

D'après ce que je savais, personne à la campagne ne se levait après 6 heures du matin, or d'après la position du soleil, il était bien 9 heures passées. Je voulus formuler des excuses pour ce réveil tardif et mon apparence négligée, mais ses yeux bleu pâle étaient si sympathiques que je décidai de simplement l'inviter à entrer prendre un café.

« Vous n'utilisez pas les lits que Mme Harding a laissés ? me demanda-t-il en passant devant le canapé où s'entassaient les édredons, des oreillers et ma chemise de nuit.

— Pas encore. »

Il pouffa, comme s'il ne comprenait pas ma réponse mais qu'il la trouvait tout de même drôle.

Je mis la bouilloire à chauffer et m'excusai de l'absence de chaises. Il haussa les épaules, s'adossa au mur de la cuisine et me demanda comment je m'en sortais. Il portait une chemise à col blanc, un pantalon noir et des chaussures noires pointues qui avaient perdu leur lustre. Ses cheveux presque entièrement gris contrastaient avec la jeunesse de son visage et son attitude. Sa montre et son alliance étaient du même doré brillant que les deux stylos-plume glissés dans sa poche de poitrine.

« Je m'en sors à peu près, répondis-je sans conviction.

— Rassurez-vous, ça prend du temps de s'installer dans un endroit nouveau. Y a-t-il des questions qui vous trottent dans la tête ?

— Oui, quelques-unes, dis-je en versant du café instantané dans deux tasses blanches. Je me suis interrogée sur les anciens propriétaires de la ferme. Pourquoi ont-ils vendu ?

— Ah, c'est vraiment une triste histoire, répondit-il en secouant la tête. Des gens gentils. Ils produisaient différentes variétés de pommes. Un peu de maïs. Mais ils ont subi une série d'épreuves, vous savez ce que c'est. Le fils est mort à la guerre, puis la fille s'est enfuie avec un ouvrier agricole mexicain. Et vous vous rappelez la sécheresse de 1949 ? M. Harding avait déjà commencé à boire. Ils ont tout perdu cette année-là ; les arbres se sont ratatinés et sont morts. » Après ça, m'apprit Ed, M. Harding avait travaillé dans les mines de charbon à Somerset, un peu plus loin dans la vallée. Il était mort d'une crise cardiaque dans un puits de mine. Mme Harding s'était fait embaucher comme serveuse au *diner* et avait tenu la caisse chez Hays pendant une période, mais elle n'arrivait plus à payer les factures.

« Elle s'appelle Lila, dit Ed. Une femme adorable. »

Je versai l'eau bouillante dans les tasses, remuai, puis lui en tendis une. Il la prit et me remercia d'un hochement de tête.

« Et la terre ? demandai-je.

— Oh, elle est restée en friche. Vous imaginez ? Dans cette région ? Elle aurait pourtant pu être sauvée, s'ils en avaient pris soin ou avaient demandé de l'aide. Votre ami scientifique, le professeur ? C'est ça le plus incroyable. Il m'a téléphoné le jour même où Lila Harding est entrée dans mon bureau en larmes, en disant qu'elle était obligée de vendre. »

Nous restâmes tous deux silencieux un long moment en sirotant nos cafés.

« C'est magnifique ce que vous avez fait ici, le professeur et vous », reprit-il, avec un geste en direction de la fenêtre.

Je lui souris poliment et répondis : « Je ferai de mon mieux pour être à la hauteur. Si la terre veut bien de moi.

— Les Harding n'étaient pas les premiers à être détruits par le chagrin et les caprices de la météo. Je vous souhaite d'avoir plus de chance, vos pêches et vous.

— Buvons à ça », dis-je.

Nous choquâmes nos tasses. Je me demandai quel jour et à quelle heure la chance des Harding avait tourné. La mienne, après tant de deuils et de luttes, avait-elle pris un cours inverse ? Je me revis, à genoux dans l'herbe mouillée au milieu de la nuit, suppliant qu'on m'accorde un nouveau départ.

Ed me donna ensuite des détails sur Paonia et ses environs. Certains n'avaient aucun intérêt – les ragots sur mes voisins, les endroits en ville où manger les meilleurs burgers et rencontrer les célibataires les plus convoités. Mais d'autres informations se révélèrent utiles : d'où venaient et où allaient les lignes de chemin de fer ; où trouver les meilleurs stands de fruits et légumes et le marché du mardi ; quel plombier serait en mesure de moderniser le système d'irrigation, quel mécanicien de réparer le vieux tracteur en train de rouiller derrière la grange, et qui appeler si le fossé de drainage se bouchait à cause des écoulements de printemps ou s'asséchait à l'automne.

« C'est bien la North Fork qui coule ici et alimente mes terres ? » demandai-je, remarquant que j'utilisais le pronom possessif pour la première fois.

Il hocha la tête.

« Pourquoi ce nom ?

— Parce qu'elle forme une fourche au nord de la Gunnison.

— La Gunnison ? » Je n'en crus pas mes oreilles.

« Bien sûr. Juste après que la Gunnison a traversé Black Canyon, la North Fork la rejoint à Roger's Mesa. » Il forma un V avec le plat de ses deux mains pour illustrer la confluence, puis montra la direction du sud. « À vingt-cinq kilomètres en aval. » Il rit. « Ces mêmes eaux de la Gunnison traversent d'abord Iola. Vous les connaissez bien.

— En effet. »

Ses mots visaient à me réconforter, et je lui en sus gré, mais mes sentiments à l'égard de la Gunnison étaient devenus aussi tourmentés que la rivière elle-même. Je me représentai son cours : sa naissance à Almont, à l'est, où papa et Seth descendaient jadis les troupeaux ; son passage à Gunnison puis à Iola et dans ma région natale ; sa confluence avec la Big Blue, où coulaient encore mes larmes pour mon bébé ; puis sa traversée de Black Canyon, la tombe tragique de Wil. Ce tronçon de la grande rivière racontait mon histoire. Son cheminement sinueux m'inspirait un mélange d'amour et d'angoisse, et j'étais sidérée qu'elle m'ait suivie jusqu'ici.

Ed finit son café, posa sa tasse sur le comptoir de la cuisine, et je le raccompagnai jusqu'à la porte. En sortant, il dit qu'il espérait qu'on se reverrait bientôt, ajoutant que sa femme se prénommait Zelda et qu'il aimerait beaucoup me la présenter.

« Il y a un vide-maison chez les Walker ce samedi, un peu plus loin sur la route de Dry Gulch, m'annonça-t-il en pointant le doigt dans cette direction. Achetez-vous quelques meubles et restez parmi nous, mademoiselle Nash. » Il m'adressa un clin d'œil amical avant de conclure : « Ne vous inquiétez pas pour les Walker. Leur histoire n'est pas triste. Ce sont d'anciens citadins qui veulent retourner en ville. Allez comprendre.

— Allez comprendre », répétai-je en écho et en souriant.

En repliant les édredons roses, je repensai à ce que m'avait révélé Ed sur les vies compliquées m'ayant précédée dans cette vieille maison. Je songeai au fils des Harding, qui avait quitté la tranquillité de la ferme pour l'enfer de la guerre, et à leur fille, qui s'était enfuie pour vivre un amour que je devinais interdit. J'étais sûre que le fils avait laissé le souvenir d'un héros et la fille celui d'une débauchée, même si une témérité identique les avait poussés à partir vers un ailleurs. Je songeai à M. Harding qui avait noyé son chagrin dans l'alcool, à Lila Harding dont le cœur s'était brisé un peu plus chaque jour. Je songeai aussi à l'agitation qui m'habitait depuis mon arrivée, et à quel point je ressemblais à Ruby-Alice, moi qui dormais toutes les nuits sur le canapé.

Une décision se cristallisa soudain devant moi. Après avoir rangé les édredons dans le placard du couloir de l'étage, je pris un bain, m'habillai convenablement, puis j'allai en ville chez Hays Variety où j'achetai du linge de lit neuf pour la première fois de ma vie.

À mon retour, je choisis la chambre dont les fenêtres donnaient sur le verger. Je fis le lit avec les draps amidonnés, la couverture en coton bleu ciel et le nouveau dessus-de-lit en chenille que j'avais passé une demi-heure à choisir. J'enfilai des taies blanches sur les quatre gros oreillers que j'avais achetés – une ultime folie – et je les adossai au montant de chêne. Puis je reculai pour admirer ma nouvelle chambre. Wil m'avait dit en plaisantant que j'avais un nom de reine. Je souris et lui montrai que j'avais à présent la chambre qui allait avec. Assise au bord du lit, je regardai par la fenêtre. Mes arbres poussaient en rangs serrés et parfaits. Derrière, par-delà la clôture barbelée et le portail en métal délimitant ma terre, par-delà le pré de fauche du voisin, je distinguais la North Fork, étincelante et gonflée par la fonte des neiges de la montagne.

J'achetai des meubles au vide-maison recommandé par Ed et je les disposai selon mon goût. Je choisis un tissu orné de rangées de petits tournesols jaunes chez Hays et cousis des rideaux pour la cuisine et la chambre. Je coupai les derniers bourgeons de mes arbres, les arrosai, les nourris, et fortifiai ma confiance dans le processus.

Au cours de cette période de lente installation, je pris l'habitude de me rendre une fois par semaine au confluent de la North Fork et de la Gunnison, à Roger's Mesa. Je suivais le sentier, au milieu de l'armoise, des fleurs sauvages et des saules, puis retirais mes chaussures, remontais le bas de mon pantalon et traversais les eaux vives et froides pour me placer à l'endroit même où les deux rivières se rejoignaient. Le grondement de leur fusion noyait tout ce qui n'était pas leur antique conversation. Les orteils agrippés aux cailloux glissants pour garder l'équilibre contre le courant, je fermais les yeux et j'écoutais. Je ne saurais dire exactement ce que me racontaient ces eaux transparentes. Je sais seulement que tout était vrai.

Un jour de la fin d'été, cette année-là, je m'assis au bord du confluent et j'offris mes jambes à la chaleur du soleil. Wil m'ayant souvent encouragée à m'allonger par terre, le corps entier en contact avec le sol et les yeux levés vers le ciel, c'est ce que je fis, pour le seul plaisir d'absorber le monde. J'éprouvai les vibrations des rivières, des cailloux, du ciel bleu immaculé et des insectes affairés, et lorsque je me redressai, j'étais fortifiée. Je repris le sentier pour retourner au camion. Avant d'en avoir conscience, je me retrouvai sur la route d'Iola. Je ne savais pas exactement quelle tâche inachevée m'entraînait dans cette direction, jusqu'à ce que les kilomètres de collines couvertes d'armoise s'ouvrent sur la vallée de la Gunnison. Je me rendis compte alors que je ne roulais pas vers la maison.

Je quittai la route 50 et pris à droite la piste gravillonnée qui longeait la Big Blue. Le camion protesta en gravissant la colline que j'avais autrefois descendue d'un pas chancelant, affamée et étourdie. Pour la première fois, je retournais à l'endroit exact où j'avais abandonné mon bébé. J'ignorais ce que je pensais y trouver. Rien du tout, probablement – le vide, là où j'aurais tant désiré qu'il soit en train de m'attendre.

J'aurais voulu lui dire que j'étais désormais prête pour lui. J'aurais voulu lui dire que je connaissais la douleur du déracinement et que j'étais désolée – tellement désolée qu'il n'y avait pas de mots pour l'exprimer – d'avoir renoncé à lui, de n'avoir pas trouvé d'autre moyen de le sauver.

La piste en gravier menait à un chemin de terre, tous deux plus longs et raides que dans mon souvenir. Le paysage d'armoise et de chênes de Gambel laissa place à une forêt dense. En reconnaissant la clairière, j'eus le souffle coupé. J'arrêtai le camion à l'endroit où était jadis garée la longue automobile noire, puis je posai le pied sur le sol où j'avais tenu mon bébé dans mes bras. Les mains croisées sur mon cœur comme pour le maintenir à sa place, je traversai la clairière jusqu'au rondin où je voyais encore si précisément la femme en train d'allaiter son enfant. Des étourneaux pépiaient sur le même rameau de pin ponderosa où les deux geais de Steller cacardaient au-dessus du mari et de sa fumée de cigarette. L'arbre projetait une ombre large là où leur pique-nique avait été disposé sur une couverture rouge. Je m'assis sur le rondin, à la place de l'autre mère, et je pleurai.

Je peux seulement comparer les émotions que je ressentis ce jour-là à celles de l'accouchement : une animalité débridée, l'impression d'être propulsée malgré moi dans une expérience tellement incompréhensible que mes sanglots se transformèrent en hurlements décousus. J'enroulai les bras autour de mon ventre et je me pliai en deux, tenant le poids innommable en moi qu'aucune quantité de larmes ne pourrait expulser, la cavité en moi que lui seul aurait pu remplir. J'avalai l'air frais de la montagne comme pour y retrouver son goût et son parfum et, mes larmes enfin taries, je fermai les yeux et tendis l'oreille comme si j'avais pu l'entendre dans la forêt silencieuse.

Le rocher sur lequel l'autre mère m'avait laissé la pêche se trouvait à la lisière de la clairière. Non pas rond et blond comme les autres, il était anguleux et de couleur bronze. Trois rayures noires semblables à des griffures ornaient sa face verticale. On aurait dit qu'il avait été fendu en deux, et que sa deuxième moitié avait été rabotée et emportée par les siècles. Comparé à tout ce dont ce rocher avait été témoin au fil du temps, mes visites étaient aussi dérisoires qu'une simple goutte de pluie. Mais pour moi, il représentait à la fois un monument et un ancrage, une preuve tangible que ce qui s'était passé ici durant l'été 1949 n'avait pas été qu'un rêve.

J'approchai timidement, sans savoir pourquoi. Sur sa surface plane, à hauteur de poitrine, il n'y avait que quelques aiguilles de pin cuivrées et un caillou rond et lisse. Je le pris et le serrai dans ma paume en me remémorant la pêche. M'adossant au rocher, je regardai autour de moi. Des épilobes magenta brillaient dans la lumière de l'après-midi. Des oiseaux chanteurs, que mes pleurs avaient effrayés, revinrent se poser sur les branches au-dessus de moi. Baissant les yeux, je remarquai un autre caillou, pareil à celui que je tenais, et le ramassai. Un troisième était posé sur la terre humide à proximité, que je pris aussi.

L'idée germa à ce moment-là : j'allais trouver six cailloux ronds et les placer sur le rocher, un pour chaque année depuis la naissance de mon enfant. Je reviendrais en ajouter un autre l'été suivant, et l'été d'après. Ainsi, je disposerais d'une sorte de monument, d'un lieu où sentir sa présence, d'un autel où déposer une simple offrande et prononcer une bénédiction pour l'anniversaire de mon fils.

Je priai pour que chacune de ces années lui aient été douces alors que je disposais les six cailloux en un cercle parfait.

19.

1955-1962

La lumière d'automne a une façon particulière de pénétrer par une fenêtre, qui la distingue de celle des autres saisons. C'était vrai dans ma ferme d'Iola et ça l'était aussi dans ma nouvelle maison. Quelles que soient la température ou la couleur des feuilles, l'automne commence toujours par le premier contact du soleil sur un rebord de fenêtre orienté au sud.

L'inclinaison de la lumière mise à part, cet automne 1955 fut différent de tous ceux que j'avais connus. Aucune pêche mûre n'attendait d'être cueillie. Il n'y avait aucun thermomètre à surveiller de près. Mes nuits ne furent pas troublées par la peur du gel ou de fruits talés pour cause de panier renversé, ni par la crainte de manquer de cueilleurs. Je m'occupais des arbres tous les matins et tous les soirs, mais ils n'avaient guère besoin d'autre chose que ma patience. Mes journées ne m'avaient pas paru si longues depuis ce début d'été dans la cabane de montagne, où j'avais appris à suivre les heures plutôt qu'à les remplir.

Ce premier automne à Paonia, je pris l'habitude, une fois mes quelques tâches à la ferme accomplies, d'aller me promener le long des berges de la North

Fork afin de me familiariser avec elle. Des rochers ronds et noirs émergeaient de l'eau peu profonde, telles des tortues endormies. Souvent, je sautais de l'un à l'autre pour aller m'asseoir au milieu de la rivière au cours ralenti et je regardais autour de moi la nature se préparer à l'hiver. Des truites arc-en-ciel gobaient les éphémères tout juste éclos dans des remous ensoleillés ; des massettes dodues s'étiraient au bout de leurs longues tiges dorées, prêtes à exploser ; les fleurs des champs répandaient des graines de tous les moyens possibles ; des buses à queue rouge et des crécerelles d'Amérique chassaient, et des bernaches du Canada migraient en longs V symétriques. Certains jours, je prenais le camion pour monter jusqu'à Lamborn Mesa et pénétrer dans la forêt, où je m'asseyais dans la lumière mouchetée et m'emplissais de tout ce qui m'entourait – les odeurs fétides, moussues et résineuses, les pépiements, bourdonnements et jacassements. Les jours passant, je me construisais une vie choisie, et c'était une vie agréable. Je savais ce qu'il y manquait, mais ça ne m'empêchait pas d'apprécier ce que j'avais.

L'automne laissa place à un hiver clément et ensoleillé, avec juste assez de neige pour procurer du plaisir, sans les désagréments. Je dénichai plusieurs chaises dépareillées pour la longue table en pin laissée par les Harding. Greeley et ses étudiants devinrent des hôtes réguliers à ma table, tout comme Ed Cooper et sa femme, Zelda, une blonde enjouée, aux bijoux colorés, qui arrivait toujours avec du pain de la boulangerie, des histoires à raconter, et un ou deux invités supplémentaires, dans une tentative grossière de me socialiser.

Cette année-là, je passai mon premier dîner de Noël chez Ed et Zelda. Tous leurs proches, venus des quatre coins de la vallée, s'étaient rassemblés en une bande pétulante dans leur maison victorienne du centre-ville, et je crois bien n'avoir jamais autant ri en une seule journée. En janvier, une nouvelle famille emménagea un peu plus loin sur la route. Ils envoyaient souvent leur fils m'emprunter des choses – du sucre, un outil ou une ampoule, comme ça se fait entre voisins. La mère était sans doute trop timide ou trop occupée pour venir elle-même, mais Carlos était un garçon gentil et curieux, exactement du même âge que mon Baby Blue. Je lui donnais un cookie en plus de ce qu'il était venu chercher, et nous papotions aussi longtemps que je réussissais à le retenir. En repartant, il s'arrêtait dans le jardin pour jouer avec les chiens ou ramasser une boule de neige, souriant, la morve au nez et les joues rouges, ses cheveux noirs et raides dépassant de son bonnet de laine, comme devaient le faire ceux de mon fils. Du porche où je le regardais, je ne pouvais m'empêcher d'imaginer que cet enfant emmitouflé était le mien. Carlos devint la toise me permettant d'évaluer la croissance de mon petit garçon.

Le printemps venu, les gens étaient trop occupés dans leurs fermes pour se rassembler. Je me coulai avec joie dans le rythme du travail quotidien, alors que ma terre se réveillait après l'hiver. Des bourgeons se formèrent, deux fois plus nombreux qu'au printemps précédent, comme autant de promesses charnues et brillantes qui ne demandaient qu'à s'accomplir. Mais Greeley me conseilla une année de repos supplémentaire, de sorte que je passai encore quelques semaines à les couper. La tâche me rebuta beaucoup moins que l'année précédente, car je constatais les premiers résultats de la méthode Greeley. Nous avions tous besoin de temps supplémentaire. Je fertilisai, taillai, sarclai et j'attendis. Je plantai mon potager, réparai les conduites d'eau, nettoyai les fossés et j'étudiai les nuances de ma nouvelle terre, apprenant à en connaître chaque hectare.

Cet été 1956, je retournai à la clairière, plaçai un septième caillou dans le cercle sur le rocher et dis une bénédiction pour mon fils. Cela aussi me tourmenta moins que l'année précédente. Je m'assis sur le rondin, sous les pins et les chants d'oiseaux, et je lui parlai. Je lui dis que je préparais un nouvel endroit pour nous deux, au cas où il en aurait besoin. Et je m'adressai aussi à elle, l'autre mère. Je la remerciai, et je me demandai à voix haute où mon fils et elle pouvaient bien être.

Ma mémoire n'a pas retenu les détails des années qui suivirent. J'eus mon lot de soucis, comme toujours dans la vie. Les petits chiens de Ruby-Alice moururent ou disparurent l'un après l'autre. La plus grande partie de mes deux premières récoltes de pêches finit en pâture pour les cochons. J'affrontai le gel, la sécheresse, les nuisibles, le matériel cassé, la solitude et quantité d'autres fléaux. Mais je n'avais pas à me plaindre. La nouvelle terre avait choisi de me garder, et je lui répondis avec toute la détermination et les soins que méritait cet honneur. Paonia et la vallée de la North Fork imprimaient sur moi leur rythme réconfortant et atténuaient ma peine. Avec l'automne venaient le temps des conserves et les longues heures d'entraide entre voisins ; les hivers tranquilles rimaient avec bonne nourriture, temps pour lire, chutes de neige et Noël chez les Cooper ; le printemps apportait du travail, de l'émerveillement et une abondance de fleurs sur les fruitiers de presque toutes les fermes. Je me souviens surtout des longs et chauds étés, où je m'occupais du verger, marchais le long de la rivière et retournais chaque mois d'août placer un caillou dans la clairière, et enfin, Dieu merci, après plusieurs années d'attente, de cette première et généreuse récolte de pêches Nash, prélude à tant d'autres.

Non que j'aie oublié Iola pendant ces années-là. Ed Cooper me rapportait les informations qu'il avait entendues à propos du réservoir, jusqu'à ce qu'il se désintéresse de ce projet lent et compliqué et cesse de le mentionner. Tous les étés, après avoir quitté la clairière, je m'arrêtais au croisement entre la piste gravillonnée et la route 50, sachant que je pouvais tourner à droite, longer la Gunnison et la vieille voie ferrée rouillée, ne serait-ce que pour passer à proximité de ce que j'avais laissé derrière moi à Iola. Chaque fois, je préférais pourtant tourner à gauche pour rentrer vers mon nouveau chez-moi. J'évitais de regarder le béton, les grues et les bulldozers qui dévoraient la vallée sur le site du futur barrage, mais je me réjouissais de voir la Gunnison continuer de couler librement.

Un jour frais et nuageux de juin 1962, une fois mon travail terminé, j'allai en ville faire quelques courses avant de retrouver Zelda Cooper au *diner* – même si je jugeais idiot de payer pour un café qui était meilleur à la maison. Les discussions avec Zelda étaient toujours instructives et plaisantes. Intelligente, cultivée et sûre d'elle, elle me faisait aussi beaucoup rire. Je la soupçonnais d'être à la source du défilé de célibataires qui se présentèrent à ma porte au fil des années ; si ces hommes ne m'intéressaient pas, j'étais reconnaissante à Zelda de sa sollicitude. À l'exception de Ruby-Alice Akers, à laquelle j'avais été liée par une curieuse relation, Zelda était ma première véritable amie.

Ce jour-là, elle portait un corsaire citron vert et un chemisier rayé orange et rose. Ses cheveux blonds décolorés bouffaient sous un bandeau vert et rebiquaient aux pointes pour révéler des boucles d'oreilles en strass orange. À côté d'elle, les autres clientes et moi – avec ma vieille robe en coton et ma triste natte brune – semblaient avoir raté le tournant des années 60. J'essayai de m'imaginer habillée comme Zelda Cooper, mais je n'y parvins pas. Je lui avais un jour raconté que même la modeste rue principale de Paonia m'avait paru trop chic pour moi au début : elle avait rejeté la tête en arrière pour hennir comme un poney.

La serveuse nous apporta nos cafés et deux tranches de streusel. Zelda me raconta les potins et j'écoutai. Puis elle agita ses doigts et me demanda si j'aimais la couleur de ses ongles.

« Ça s'appelle *Indigo innocent.* » Elle m'adressa un sourire faussement timide.

« Oh, c'est tout à fait toi », plaisantai-je, comme si le badinage amical me venait facilement. Elle pouffa telle une écolière. La décontraction de Zelda me rendait d'autant plus consciente que j'avais passé plus de temps parmi les arbres que les humains. S'il m'arrivait de commettre des bourdes, elle ne s'en plaignit heureusement jamais.

Alors que Zelda continuait de parler de son vernis à ongles, je jetai un coup d'œil à la table d'à côté. Le rancher avait déplié son *Delta County Independent* et il le rapprocha de son visage, sans doute pour se protéger de notre papotage. Le titre du journal s'étalait en lettres capitales noires : « ADIEU IOLA, SAPINERO, CEBOLLA – LES VILLES DU VERSANT OCCIDENTAL ÉVACUÉES POUR LAISSER PLACE AU RÉSERVOIR. »

Je sentis mon visage se décomposer. Inquiète, Zelda regarda autour de nous. Je lui montrai la manchette et m'efforçai de lui expliquer ce que cela signifiait pour moi.

« Enfin, mon chou, dit-elle sans méchanceté, tu le sais depuis des années. »

Elle avait raison, bien sûr. Mais avant cet instant, je n'avais pas vraiment cru que des villes pouvaient être rayées de la carte, de leur pays, que des gens pouvaient être expropriés, leurs maisons et leurs moyens de subsistance brûlés et noyés. Je m'étais installée ailleurs, mais les autres ? Je pensai même à Seth. S'il avait réussi à rester dans notre ferme jusqu'à maintenant, où pourrait-il aller ensuite, sans argent, sans faculté d'adaptation, sans aucun bon sens ? J'imaginai ceux avec qui j'avais grandi, en train de charger leurs possessions dans des camions, de conduire leurs troupeaux en terrain sûr à l'est de la Gunnison, d'embarquer leurs chevaux, leurs poules et leurs cochons dans des bétaillères. L'évacuation avait dû durer des mois, et je ne m'étais même pas donné la peine d'aller voir.

« C'est un crève-cœur, d'accord », dit Zelda. Elle prit une gorgée de café et une bouchée de gâteau, puis ajouta : « Mais il n'y a rien de nouveau sous le soleil. Pense à ce qu'ont subi les Utes. »

Sa franchise me prit de court. La plupart des gens avaient tendance à considérer les Utes avec mépris ou indifférence, quand ils leur accordaient ne serait-ce qu'une pensée.

« La seule raison pour laquelle on est assises ici en cet instant, c'est parce qu'ils ont été chassés de cette terre que nous appelons la nôtre. Le fait que les gens l'ignorent ne le rend pas moins vrai. »

Wil ne m'avait jamais dit à quelle tribu il appartenait, et j'étais trop timide et ignorante pour lui poser la question, mais j'avais envie de répondre à Zelda que oui, je pensais au traitement tragique infligé aux peuples autochtones, et bien plus qu'elle ne l'imaginait.

« Je ne dis pas que c'est la même chose, reprit-elle. Je dis seulement que ce foutu gouvernement peut faire exactement ce qu'il veut et que des gens souffrent. On ne retient aucune leçon de l'histoire. »

Elle enchaîna sur des affaires politiques que je ne comprenais pas vraiment, tout en sachant que j'aurais dû, même si elles étaient le cadet de mes soucis à ce moment-là.

« Regarde dans quoi s'embarque Kennedy au Vietnam, disait-elle. Crois-moi, ça va finir en un sacré bazar. »

Je n'écoutais plus. Une fois encore, je me demandais d'où venait Wil et comment il s'était retrouvé dans cette pension d'Albuquerque. Et pourquoi, après avoir réussi à s'enfuir, il n'était pas rentré chez lui.

Et je songeai à mon enfant, d'une manière nouvelle et troublante. À en juger d'après Carlos, mon fils était en train de devenir un adolescent dégingandé. Sans doute avait-il le beau teint mat de son père et des questions sur son peu de ressemblance avec sa famille. Se demandait-il s'il était à sa place ? L'autre mère lui avait-elle révélé qu'il avait été abandonné, ou la mémoire mystérieuse de l'arrachement était-elle gravée dans ses cellules ? Et ces blessures pourraient-elles être pansées un jour ou étaient-elles trop profondes ?

La serveuse vint nous resservir du café. Zelda s'interrompit pour la remercier, puis reprit son discours sur le Vietnam. À l'époque, j'aurais été incapable de situer ce pays sur une carte et je ne comprenais pas pourquoi il la préoccupait autant.

« Cette région a déjà perdu tant de précieux jeunes hommes pendant la guerre, dit-elle. C'est fou que les gens ne s'inquiètent pas davantage de ce qui risque d'arriver. »

Deux vieux fermiers assis près de la fenêtre lui jetèrent un regard désapprobateur, comme s'il ne lui appartenait pas de parler de la guerre.

« Et toi ? me demanda-t-elle dans un murmure en se penchant par-dessus la table. Tu as perdu quelqu'un à la guerre ? »

Elle disait « la guerre », comme s'il n'y en avait eu qu'une. Mais j'avais compris.

« Mon oncle, répondis-je, ce qui n'était pas faux. Et son frère. » Je passai sous silence la perte de Wil, et ensuite de mon bébé, victimes d'une guerre qui ne disait pas son nom.

« Moi aussi, j'ai perdu mon oncle. » Son regard se voila, puis elle chassa sa mélancolie d'un geste de la main. « Mais ça suffit. Eddie serait furieux de m'entendre parler politique. Il dit que je fais fuir les clients. » Elle leva les yeux au ciel et, changeant de sujet, se lança dans la critique de l'adaptation cinématographique de *Ne tirez pas sur l'oiseau moqueur.* Je ne devais surtout pas le rater tant qu'il passait au Paradise, insista-t-elle, se proposant même de m'accompagner pour pouvoir le revoir.

Je prétextai qu'ayant lu le livre, je ne voulais pas que le film m'en gâche le souvenir. La vérité, c'est qu'après notre discussion sur le déracinement, l'injustice et la guerre, et avec le titre du journal toujours face à moi, j'avais eu mon lot de tristesse.

En sortant, je pris un exemplaire du journal sur le présentoir et déposai une pièce de cinq *cents* dans la boîte à café. Zelda était du genre tactile, contrairement à moi, et je ne lui en voulus pas de me serrer dans ses bras plus longtemps que d'habitude.

Assise dans mon camion garé dans la grande avenue, je lus l'article de l'*Independent.* L'évacuation des villes concernées avait commencé depuis trois ans et non pas quelques mois. D'après l'article, la plupart des habitants avaient déménagé au cours de cette période, à contrecœur quoique sans trop de protestations. Seuls quelques-uns étaient restés jusqu'au dernier moment. L'un des irréductibles était cité – Matthew Dunlap, évidemment. Je secouai la tête, pas sûre d'avoir envie de lire ce qu'il avait à dire. L'ironie de ses mots me donna la nausée : « On est en Amérique, le pays de la liberté. Où les hommes ont des droits et méritent d'être respectés. » Mon sang ne fit qu'un tour lorsque je lus plus loin une autre de ses citations : « Un honnête citoyen ne peut pas être chassé comme un chien. Ce n'est pas juste. »

En traversant le verger ce soir-là, je me sentis accablée et d'humeur sinistre. Je touchai chacun de mes arbres et j'étudiai les progrès des jeunes fruits encore verts, me remémorant les dizaines de fois où j'avais vu papa le faire. J'imaginai Wil à la lisière de mon nouveau verger, notre fils à son côté. Je leur dis à tous trois à quel point je regrettais que le monde soit tel qu'il était.

Plus tard, je découpai l'article du journal et le glissai dans la bible de ma mère. Puisque Iola allait bientôt disparaître, je devais à ma famille de garder une preuve qu'elle avait existé.

Le lendemain, je fis les deux heures de route jusqu'à Iola pour la première fois depuis mon départ. Ou, pour être plus précise, je roulai aussi loin que je pus, jusqu'à ce qu'un adjoint du shérif m'arrête sur le pont. Il se pencha vers la vitre de mon camion et, sans retirer ses lunettes de soleil, me demanda ma destination.

« Lake City, mentis-je, sachant que la circulation vers des villes du sud devait être autorisée.

— Allez-y, mais pas de détour par Iola », précisa-t-il. Sa voiture de patrouille était garée sur le bas-côté, ses lumières rouges allumées comme s'il y avait eu un accident.

« Il paraît que les habitants sont expulsés, dis-je, uniquement pour entendre sa réponse.

— Déplacés, corrigea-t-il d'un ton monocorde. Pour laisser place au progrès, madame. »

Alors que l'adjoint reculait et me faisait signe de franchir le pont, je m'interrogeai sur les limites du progrès et me demandai si nous saurions nous arrêter avant de les franchir.

Je tournai au niveau de notre stand de pêches. À l'abandon, fermé par des planches et envahi par les mauvaises herbes, il semblait préfigurer la prochaine mort de la vallée. Je m'arrêtai sur le bord de la route. Plus loin, une autre voiture de police gardait une barrière blanche en bois. J'examinai l'agent, espérant voir le shérif Lyle en sachant qu'il me laisserait passer, mais l'homme était jeune et corpulent. Les bras sévèrement croisés, il me dévisagea comme si j'étais une intruse. Au-delà de la barrière, tout était immobile.

Je jetai un dernier regard à la route derrière lui, aux toits des bâtiments familiers et au mât de l'école au loin, aux corrals et aux granges vides, aux camions sans roues abandonnés çà et là et, même si je ne le distinguais pas vraiment, au carrefour fatidique de la rue North Laura et de la Grand-Rue. Puis mes yeux revinrent se poser sur notre stand. De sa construction aux visites des clients fidèles pendant des décennies, jusqu'à sa fermeture, son délabrement et sa disparition imminente, cette structure solitaire et décrépite racontait l'histoire de ma famille dans la vallée, une histoire à présent terminée. Je fis demi-tour et repartis.

Adossé à sa voiture sur le pont, l'adjoint du shérif m'accorda à peine un regard quand je repassai devant lui. Une fois de l'autre côté, je m'arrêtai et descendis du camion pour observer la Gunnison.

Ses eaux blanches, gonflées par le ruissellement estival, filaient et tourbillonnaient, si belles et inconscientes du sort qui les attendait. Baissant les yeux vers ma rivière qui serait bientôt un lac, je demeurai cependant confiante : après la construction du barrage, des vannes s'ouvriraient sur l'aval de la Gunnison et une partie du courant pourrait encore passer. Aussi lent et laborieux que soit son cours, je savais qu'elle trouverait un moyen de continuer à couler. Et moi, dans ma nouvelle vie en bordure de la North Fork, je serais de l'autre côté pour l'accueillir.

Iola et tout ce qui l'entourait rapetissèrent dans le rétroviseur à mesure que je roulais vers l'ouest. Je quittai la route 50 à la hauteur de la rivière Big Blue, et le vieux camion se lança en grondant à l'assaut de la piste gravillonnée. C'était tôt dans la saison pour ma visite annuelle à la clairière, mais j'avais envie d'entendre les cris d'oiseaux et de me reposer dans un endroit familier.

À mon arrivée, des plaques de neige subsistaient par endroits – sous les arbres, à l'ombre et en bordure de la clairière –, mais le rondin, en plein soleil, était dégagé et sec. Je m'y assis, comme chaque fois, à cette place qu'elle avait occupée. Et comme chaque fois je pensai à elle, l'autre mère. Je la remerciai à voix haute, selon ce qui était devenu mon rituel. Dérisoire, certes, mais il préservait un lien infime entre nous. De la même façon qu'elle avait senti mon besoin de cette pêche, peut-être sentait-elle aussi que je pensais à elle, que j'aurais voulu prendre sa main dans la mienne, la regarder dans les yeux et lui dire merci.

Avec le temps, il m'était devenu plus difficile de m'adresser à mon fils de cet endroit. Avant, assise sur ce rondin, je lui disais simplement que je l'aimais, qu'un jour peut-être je le retrouverais et lui parlerais de sa naissance et de son père, ne gardant que les meilleurs moments. Je m'étais imaginé l'inviter à venir vivre avec moi sur ma nouvelle terre et lui expliquer son arbre généalogique. Mais en juin 1962, il n'était plus un enfant qui aurait pu facilement être le mien ou croire naïvement à un épisode rose bonbon de l'histoire tragique de ses parents. Je ne voyais plus qu'une seule chose à lui dire. Trois mots inutiles, alors qu'un millier n'auraient pas suffi à exprimer ce qui devait l'être.

« Je suis désolée », dis-je à la clairière. Interdite d'accès à Iola, je ressentais un étrange vide, comme si moi aussi j'étais devenue orpheline ce jour-là.

De minuscules empreintes de belettes et d'écureuils décoraient la croûte de neige sous les arbres. Je scrutai la forêt et j'envisageai d'y pénétrer pour voir jusqu'où je pourrais aller. Une fois seulement, lors de mes visites, je m'étais aventurée hors de la clairière afin d'essayer de retrouver la hutte. Mais je n'avais pas réussi à me repérer dans ces bois où rien ne me semblait familier, et j'avais vite fait demi-tour de crainte de me perdre. Cette fois, l'empreinte de mes pas sur la fine couche de neige me guiderait si je m'égarais. Mais en imaginant la hutte, peut-être effondrée depuis le temps pour cause d'avalanche ou sous l'effet de la pourriture, ou utilisée par quelqu'un d'autre – berger, chasseur ou fugitif, qui faisait chauffer ses haricots dans ma casserole et s'éclairait la nuit avec mes bougies –, je me demandai : À quoi bon ? Quand nous en avions eu fini l'une avec l'autre, la cabane et moi, plus rien ne nous reliait. Comme je l'avais réappris à l'orée d'Iola ce jour-là – et comme le savait aussi sûrement Wil –, il est parfois impossible de revenir en arrière.

Je m'attardai encore un peu, m'emplissant les poumons d'air sec, puis j'examinai le sol à la recherche d'un caillou, le treizième de mon cercle. Lorsque j'en trouvai un – ovale, lisse et pâle, à l'instar de tous ceux que j'avais déjà choisis et posés avec soin –, je l'embrassai et, le tenant toujours contre mes lèvres, je me dirigeai vers le rocher.

Je remarquai d'abord les empreintes de pas dans la neige entourant le rocher et dans la boue alentour. Deux paires d'empreintes. En m'approchant, je vis que l'une avait la taille des miennes, et que l'autre était légèrement plus petite. Je regardai la forêt silencieuse, craignant d'être surveillée. Mais les empreintes, révélant que leurs propriétaires avaient marché dans plusieurs directions, étaient gelées, et sûrement vieilles de plusieurs jours. Depuis toutes ces années, c'était la première fois que je voyais des traces d'autres visiteurs. À mon retour, il était rare que je trouve un de mes cailloux déplacé, ou tombé à côté du rocher, poussé par un animal ou par les intempéries. Alors que j'examinais les empreintes, mon cœur s'accéléra. Je me précipitai vers le rocher. Mon cercle de douze cailloux était intact.

Au centre était posée une pierre. Je la tins dans ma paume, aussi émerveillée que s'il s'agissait d'une apparition. Lourde et ronde, je lui trouvai indéniablement la taille et la forme d'une pêche.

Je jetai des coups d'œil tout autour de la clairière, en quête d'une explication. Pas un oiseau, ni un écureuil, ni une branche ne bougea. Même les longs rubans de nuages interrompirent leur avancée vers le soleil. Je demeurai dans cette immobilité pendant je ne sais combien de temps, aux aguets. La pierre ronde serrée contre mon ventre, je fouillai toute la clairière à la recherche d'indices.

N'en trouvant aucun, je fis ce pour quoi j'étais venue : j'ajoutai le treizième caillou à mon cercle et je dis une bénédiction pour mon fils. Les nuages prirent possession du ciel et l'après-midi devint trop frais pour mes bras nus, mais je m'attardai tout de même.

Je savais qu'une pierre ronde laissée sur un rocher n'avait peut-être pas de signification particulière, que les empreintes appartenaient peut-être à des inconnus curieux qui, ayant vu dans mon cercle de cailloux une drôle d'œuvre d'art, y avaient ajouté leur patte. Mais je ne pouvais m'empêcher d'envisager une hypothèse différente : et si, après toutes ces années, l'autre mère et mon fils avaient été attirés par cet endroit, de la même façon qu'il m'attirait moi aussi ? Et si le cercle de cailloux les avait fait penser à moi, comme je pensais à eux, et qu'ils avaient laissé à mon intention un message en forme de pêche ?

20.

1970

Le temps passant, je tombai de plus en plus amoureuse des levers de soleil d'été sur mon verger. Chaque matin où je respirais l'air doux et humide de rosée, embaumant les pêches mûres, l'humus et la pluie de la nuit, présageait une bonne journée. Tel fut ce matin doré de la mi-août 1970. J'ouvris les robinets pour répandre l'eau d'irrigation dans les sillons, puis j'attrapai un panier et je commençai la cueillette. Tous les fruits étaient rebondis, sans taches et merveilleusement sucrés.

La terre et les années s'étaient révélées généreuses. Il nous avait fallu presque une décennie, à Greeley et moi, pour ramener les arbres transplantés à leur plus haut niveau de rendement et de qualité, et autant pour nourrir les greffons jusqu'à ce qu'ils forment de nouvelles parcelles productives, mais grand-père Hollis et papa auraient été fiers de nous. Cet été-là, tous les éventaires de la région proposaient des pêches Nash, et de fidèles clients venaient de loin pour s'approvisionner. Greeley publia des articles, gagna des prix et de l'avancement pour le rôle qu'il avait joué dans ce succès ; quant à moi, je me levai à l'aurore pendant toute la fin de l'été et le début de l'automne pour cueillir mes pêches, comme autrefois.

Si j'avais continué mon pèlerinage annuel à la clairière, je n'avais jamais résolu l'énigme de la pierre ronde. Après l'avoir trouvée, en même temps que les empreintes de pas dans la neige, ce jour de printemps 1962, j'y étais retournée presque toutes les semaines pendant des mois, cherchant des preuves que les visiteurs étaient revenus ou des indices sur leur identité, sans succès. À chacune de mes visites les années suivantes, j'avais examiné les abords de la clairière, en quête du moindre signe de leur présence. Un jour, j'avais même laissé un message, griffonné à la hâte sur un bout de papier, trop bref, trop vague, et sans doute pas assez bien arrimé pour résister au vent. J'avais seulement écrit : « Dites-moi. » Aucune réponse cependant.

Pour finir, je cessai de chercher des indices et j'abandonnai la folle idée que la pierre avait été laissée pour moi. Je me forçai à croire que m'asseoir sur le rondin dans ce paisible sanctuaire et ajouter un caillou supplémentaire pour mon fils suffisait. La pierre ronde trônait chez moi sur une étagère, non plus pour symboliser l'espoir de retrouvailles avec mon enfant perdu, mais pour me mettre en garde contre les vœux pieux et les tours que peut nous jouer notre imagination lorsqu'on désire trop fort quelque chose d'inaccessible.

À chaque récolte, j'embauchais des journaliers pour travailler à mon côté – des hommes du coin avec leurs fils et des ouvriers itinérants qui frappaient à ma porte –, afin que toutes les pêches soient cueillies et livrées à parfaite maturité. Ce matin d'août 1970, lorsque les travailleurs arrivèrent, je les laissai au verger et me dirigeai vers le poulailler. Les pintades s'égaillèrent et criaillèrent à mes pieds pendant que je leur lançais des graines et ramassais un panier d'œufs beiges et tachetés. Zelda venait prendre le petit déjeuner. Elle avait passé commande et j'étais ravie de la satisfaire : œufs brouillés à l'ail et aux épinards du jardin, muffins pêche-framboise, accompagnés de tranches de pêches fraîchement cueillies et saupoudrées de cannelle.

Ed et Zelda étaient les seules personnes de ma connaissance, dans la vallée, à ne pas avoir de potager. Ils étaient faits pour acheter et vendre la terre, pas pour la travailler, aimait à dire Zelda, sans plaisanter. Jamais les Cooper ne se salissaient les mains, ce qui rendait notre amitié presque inexplicable. Pourtant, mon affection pour eux n'avait fait que croître au fil des années, et Zelda était une des plus grandes bénédictions de ma vie. Nous ne nous voyions pas souvent. J'étais très occupée à la ferme et j'appréciais de me promener seule en forêt, sur les berges de la rivière et où bon me semblait. Zelda aidait Ed à son agence immobilière, passait du temps avec sa nombreuse famille dans la ville voisine d'Hotchkiss et faisait une virée shopping hebdomadaire à Grand Junction. C'était aussi une lectrice insatiable qui, à chacune de nos rencontres, avait des choses intéressantes à raconter. En général, elle apportait le *Reader's Digest* ou *Time*, me lisait les gros titres et résumait des articles, me rappelant qu'il existait un monde en pleine ébullition en dehors de la vallée de la North Fork.

Ce matin-là, Zelda parla à toute vitesse alors que nous prenions place à ma longue table en pin. Elle me montra des articles à propos des droits civiques, des défilés de hippies pour ce qu'ils appelaient la Journée de la Terre, et du dernier épisode calamiteux de ce qui, dans sa bouche, était toujours le « foutu Vietnam ». J'aimais bien apprendre de Zelda. Ce que je n'aimais pas, c'était son autre sujet préféré : les hommes.

« Est-ce que le bel apiculteur t'a téléphoné ? » me demanda-t-elle. Son carré blond scintillait, pareil à une auréole dans le soleil de la fin de matinée, mais les espoirs qu'elle entretenait pour moi et ledit apiculteur n'étaient pas franchement angéliques.

« Oh, Zel ! On est toujours obligées de parler de ça ? »

Elle s'était depuis longtemps donné pour mission de corriger mon désintérêt pour les hommes.

« Oui, absolument. » Elle hocha la tête, l'air buté, en prenant un muffin chaud dans la corbeille. « Il t'a appelée ?

— Je n'ai pas envie d'aller dîner avec lui.

— Qui te parle d'aller dîner ? » Elle me fit un clin d'œil, puis mordit dans le muffin et ronronna de plaisir. « Bon sang, V. J'ai compris. Le mariage ne t'intéresse pas. D'accord. Mais tout le monde a besoin d'un peu de… de miel… de temps en temps. »

Elle rit, et je levai les yeux au ciel.

« Qu'est-ce que tu attends ? reprit-elle. Que Warren Beatty frappe à ta porte ?

— Sûrement pas. » Je lui adressai un petit sourire narquois et secouai la tête.

« Alors, quoi ? » Elle soupira et voûta les épaules de manière ostentatoire pour signifier sa défaite. Puis ses grands yeux se firent sérieux et, oubliant nos plaisanteries habituelles sur le sujet, elle m'implora du regard de m'expliquer. Sauf que j'en étais incapable.

J'avais très souvent été tentée de raconter à Zelda l'histoire de Wilson Moon.

« Rien, répondis-je. Je te l'ai dit. Je n'attends rien. Ni personne. Et surtout pas le *miel* d'un quelconque apiculteur. »

Je souris, mais Zelda, d'ordinaire si prompte à rire, surtout d'une remarque scabreuse, ne me lâcha pas du regard. Elle posa sa fourchette sur la table et se pencha vers moi.

« Qu'est-ce qu'il y a, V ? Allez, insista-t-elle. Qu'est-ce que tu ne me dis pas à propos de ton refus de sortir avec des hommes ? »

Comment lui expliquer pourquoi un premier amour tragique, à l'âge de dix-sept ans, m'empêchait d'aimer de nouveau ?

« Il est grand temps qu'on ait cette conversation », disait-elle.

Mais je pensais seulement à la façon dont j'avais abandonné Wil, ainsi que notre fils, et au fait qu'une vie de solitude me garantirait de ne jamais plus les trahir, ni eux ni personne d'autre. Je me contenterais de chérir ce que je savais comment aimer, à savoir la terre, les arbres et les pêches.

« Est-ce qu'un salaud t'a fait du mal ? C'est ça ? demanda Zelda, fronçant ses sourcils bien épilés.

— Non, non, me hâtai-je de répondre. Ce n'est pas ça. C'est… » J'avais tellement envie de tout lui dire.

Mais mon secret était enfoui au fond d'un coffre-fort, et je ne trouvais pas la clé du cadenas. Je ne craignais pas le mépris de Zelda. Pourtant, j'étais incapable de prononcer les mots. J'avais déjà du mal à m'expliquer mon passé. Tout ce que je savais, c'est qu'un beau jeune homme était mort pour moi, et que notre bébé se trouvait quelque part dans la nature, ignorant qui il était et d'où il venait.

« C'est… quoi ?

— C'est… rien, répondis-je, laissant une fois encore la vérité filer comme un akène dans le vent.

— Tu es lesbienne ? me demanda-t-elle, sans jugement.

— Non.

— Tu es amoureuse de ton ami, le brillant scientifique ?

— Greeley ? Sûrement pas ! »

Greeley avait été un précieux conseiller au fil des années, et ses visites demeuraient les bienvenues. Mais sa vie privée ne me regardait pas, et lui-même ne la partageait pas. Nous parlions racines, sol et champignons, et goûtions des pêches ensemble avec une précision méthodique.

« Tu es mariée à ton verger, comme une espèce de bonne sœur des arbres ? demanda-t-elle sans ironie.

— Non. » Je souris, pince-sans-rire, en songeant à l'élément de vérité contenu dans ses mots.

Elle soupira encore et termina ses œufs pendant que j'allais dans la cuisine couper davantage de pêches.

« Donc, pas d'hommes et pas de bébés », dit-elle à mon retour.

Mon cœur se serra. Les hommes, je pouvais au moins en parler. Les bébés, pas moyen.

Mon cercle comptait à présent vingt cailloux : pour les contenir tous, il s'enroulait sur lui-même comme une coquille d'escargot et occupait toute la surface plate du rocher.

La pierre grise en forme de pêche, que j'avais découverte en son centre des années plus tôt, était posée sur l'étagère juste derrière la tête de Zelda.

« Et toi ? demandai-je pour faire diversion. Tu ne m'as jamais dit pourquoi Ed et toi n'aviez pas d'enfants. Je me suis posé la question, bien sûr, mais je ne voulais pas être indiscrète.

— Oh, ma chérie, rien de ce que tu pourrais me demander n'est indiscret, dit-elle, balayant mes préventions absurdes d'un geste de sa main manucurée. C'est malheureux. Ce corps a peut-être l'air fantastique… » Elle glissa les mains le long de sa minirobe orange sans manches, comme on présente la récompense d'un jeu télévisé. « … mais il n'est pas capable de faire des bébés. »

Six fois, dit-elle. Six grossesses. Six bébés perdus. La sixième fois, expliqua-t-elle, se tassant sur elle-même d'un mouvement pitoyable, la fausse couche était survenue si tard qu'elle avait tenu dans ses mains le minuscule bébé à la peau toute bleue.

« Oh, Zelda ! » Je me rappelais ma propre angoisse lorsque j'avais tenu mon nouveau-né inanimé, et le miracle de sa première inspiration rauque. Les larmes me montèrent aux yeux, autant au souvenir de mon soulagement que par compassion pour mon amie.

« Un garçon, dit-elle d'un ton grave. Nous lui avons donné un prénom. Joseph. » Elle s'interrompit un instant. « Je le porte – je les porte tous – ici. » Elle posa la main sur son cœur. « Eddie et moi avons réussi à nous construire une belle vie. Mais il y a toujours eu des pièces manquantes, tu comprends ? »

Je comprenais. Je m'essuyai les yeux et l'écoutai.

« Tu vas me prendre pour une folle, poursuivit-elle, mais il m'est souvent arrivé de regarder notre salon, ou le jardin, ou le sapin le matin de Noël, et de les imaginer, tous mes enfants, en train de faire les idiots et de se bagarrer comme des chiots. » Elle esquissa un maigre sourire, puis agita les mains devant son visage pour chasser ces images. « Peut-être que je suis folle », conclut-elle en riant.

Je n'avais jamais cessé de voir Wil et mon fils dans mon verger, me souriant depuis la lisière ou même travaillant à mes côtés. Si elle était folle, alors je l'étais également.

« Tu sais à quoi je pense aussi ? reprit-elle. Mon Joseph aurait exactement l'âge d'être appelé et envoyé à ce foutu Vietnam. Arraché à la vallée. Je te garantis une chose : s'il était encore là, je le ferais passer dare-dare au Canada. Je risquerais la prison ou l'enfer pour m'assurer qu'il n'ait pas à y aller. » Elle jeta un regard mélancolique vers la fenêtre, voyant peut-être son fils parmi les peupliers de Virginie. « Oh, j'aurais été une farouche maman ourse, si j'avais eu cette chance. »

J'enviais beaucoup de choses à Zelda – son don pour la conversation, sa clairvoyance politique, sa famille unie, son sens de la mode, son rire débridé, et même, pour être honnête, ses grands yeux bleu-vert ourlés de longs cils noirs. De son côté, elle mentionnait souvent ce qu'elle admirait chez moi, disant qu'elle serait incapable de vivre seule ou de se promener en solitaire dans les bois comme je le faisais, et qu'elle ne pourrait même pas rêver d'égaler mes compétences au verger, au jardin ou en cuisine. Je n'y connaissais pas grand-chose en amitié, mais je suppose qu'à cet égard, nous étions comme la plupart des amies intimes : impressionnées par nos qualités respectives, mais sans convoitise. Ce jour-là, cependant, quand Zelda me parla avec la franchise d'une femme parfaitement à l'aise avec son douloureux passé, j'eus certes le cœur brisé pour mon amie, mais je fus surtout jalouse de son honnêteté et de son absence totale de culpabilité.

Peut-être aurais-je fini par lui parler à ce moment-là, par tout lui dire, si nous n'avions pas été interrompues par des coups frappés à la porte.

J'y trouvai Carlos, sa boîte à outils à la main. Grand et large d'épaules, c'était un beau jeune homme de vingt et un ans et un habile charpentier. Il passait chaque fois qu'il avait besoin d'argent, sachant que j'aurais toujours du travail à lui fournir.

Je l'invitai à entrer, ce qu'il fit à sa manière polie et tranquille, et il s'assit un moment avec nous. Zelda papota pendant qu'il dévorait trois muffins à la pêche, répondant à ses questions par des sourires et des hochements de tête. Je me contentai de l'observer, d'observer sa façon de manger, de sourire, d'écarter sa frange de son front avec sa grande main calleuse.

« Que feras-tu si tu es appelé sous les drapeaux ? » lui demanda Zelda. Je mis une seconde à me rendre compte qu'elle reparlait du Vietnam.

« J'irai me cacher dans l'arrière-pays, répondit Carlos sans hésiter, désignant par la fenêtre le vaste et sauvage massif d'Elk. Ces montagnes, là-haut. Je les connais. »

Zelda hocha la tête et lui agrippa l'épaule, comme si elle voulait l'enraciner là où il était assis.

« C'est bien », dit-elle.

Il était jeune, naïf et audacieux dans ses projets, comme je l'avais été à son âge.

Une fois que j'eus accompagné Carlos à la grange pour lui montrer la poutre maîtresse qui avait besoin d'être consolidée, il se pencha sur sa caisse à outils et se mit tout de suite au travail. Incapable de m'en aller, je restai à la porte et l'observai un trop long moment.

« Carlos ? dis-je finalement. Au cas où tu devrais partir, tu passeras me dire au revoir ? Je te donnerai des bocaux de pêches. »

S'il trouva ma requête étrange, il était trop bien élevé pour le montrer.

« J'essaierai. » Il hocha la tête poliment, une manière de dire qu'il ne le ferait sans doute pas.

J'eus un pincement au cœur en refermant la porte de la grange derrière moi.

Je la rouvris.

« Carlos ? »

De nouveau, il leva vers moi son regard doux et sombre.

« Ce que je veux dire, c'est que je te conduirai là-bas. Enfin, si tu en as besoin. Moi aussi, je connais ces montagnes. »

Il sourit et me remercia, et je me forçai à m'en aller, un horrible vide à l'estomac.

À mon retour dans la maison, Zelda faisait la vaisselle du petit déjeuner. Elle m'annonça qu'elle devait filer aider Ed à finaliser une transaction. Ça sonnait faux. Elle semblait plutôt vouloir me fuir. J'eus l'impression de devoir m'excuser pour quelque chose, mais j'étais seulement coupable de mensonges par omission, vis-à-vis d'elle autant que de moi-même. Je n'avais rien à retirer.

« Je suis désolée, dis-je malgré tout.

— Désolée de quoi, V ? » demanda-t-elle, m'offrant une dernière chance d'être honnête.

Je ne sus pas quoi répondre. « Je suis désolée de t'avoir fait parler de… tes bébés. »

Dans son regard, je lus autant d'incrédulité que de pitié.

« Pourquoi ne voudrais-je pas en parler ? Ce sont mes bébés. En plus, tu ne m'as forcée à rien. J'ai toujours voulu t'en parler. Simplement je n'étais pas sûre que ça t'intéressait. Évidemment, si ç'avaient été des jeunes arbres… » Elle avait voulu plaisanter, mais son rire était trop faible et ses mots trop vrais.

« Si tu veux garder tes secrets, poursuivit-elle, c'est ton choix. Mais laisse-moi te dire deux choses. Un : je sais que tu es solide. Il suffit de voir comment tu as sauvé ces arbres, comment tu gères cette ferme, tout le travail que tu abats, tous les endroits où tu vas et tous les autres trucs que tu réussis à faire par toi-même.

Mais porter toute seule ton chagrin, ce n'est pas de la force, V. C'est une punition, purement et simplement. Quoi qu'il te soit arrivé, tu dois arrêter de te culpabiliser. »

J'avais l'impression d'être une enfant qu'on sermonnait ; je voulais juste qu'elle s'en aille.

« Deux : j'étais assise à ta table et je t'ai vue observer ce garçon avec les yeux les plus tristes du monde. Quand tu seras prête à m'en parler, je serai là pour t'écouter. »

Je détournai la tête pour qu'elle ne voie pas mon regard.

Elle m'embrassa sur la joue et me remercia pour le petit déjeuner. Avant d'arriver à la porte, elle lança : « Et j'arrête de t'envoyer des hommes. Promis. »

Quand j'entendis sa voiture descendre l'allée, je me réfugiai dans le verger pour une cueillette. D'innombrables rangées de pêches parfaites m'entouraient. Les ouvriers sifflaient des airs du haut des échelles et déposaient des paniers pleins au bord de la route, dans l'attente du camion de livraison. L'eau coulait dans les sillons d'irrigation, le chaud soleil d'août étincelait. Ma ferme et mon commerce prospéraient. Une file de clients attendaient mes fruits devant tous les étals de la région. Comme l'avait dit Zelda, j'avais été assez solide pour travailler cette terre, et la terre avait été assez généreuse pour m'accepter. Et pourtant… Dans mes moments les plus lucides, je reconnaissais qu'une tristesse demeurait dans chaque feuille, chaque racine, et dans le noyau de chaque pêche. La réalité était simple : Wil et notre fils ne me souriaient pas de la lisière du verger, ils ne travaillaient pas à mes côtés, et aucun effort d'imagination n'y changerait quoi que ce soit.

Je n'avais pas encore fait ma visite annuelle à la clairière, au prétexte que j'étais trop occupée. Pour être sincère, lorsque j'avais placé le vingtième caillou et contemplé le cercle l'année précédente, un sentiment d'achèvement m'avait étreint le cœur. J'avais fait des yeux le tour de la clairière et je m'étais demandé : le cercle étant fini, mon fils étant désormais un homme, cet endroit en avait-il lui aussi terminé avec moi ? Ébranlée par ma matinée avec Zelda et Carlos, je sentis que la clairière m'enjoignait d'y retourner pour poser cette question encore une fois.

Un nouveau pick-up Ford bleu était garé à côté du vieux camion de papa dans le garage. Bien que la relique rouillée soit devenue capricieuse, je la pris tout de même. Si ce devait être ma dernière confrontation avec la clairière, il semblait juste que le vieux camion m'y emmène.

Le long trajet jusqu'à la Big Blue Wilderness était en grande partie méconnaissable. De nouvelles routes gravillonnées et des campements bâtis à la hâte pour les ouvriers défiguraient les collines où l'on ne voyait jadis que de l'armoise et du bétail. Des pelleteuses et des bulldozers à l'arrêt ponctuaient le paysage, pareils à des dragons endormis une fois leurs méfaits accomplis. Je suivis le nouveau tracé de la route 50 qui montait, descendait et tournait, jusqu'à ce que l'imposante masse de béton et de pierre du barrage de Blue Mesa apparaisse, telle une large cicatrice. J'avais vu l'avancée de sa construction, bloc par bloc, au fil des étés où je m'étais rendue à la clairière. Pourtant, la réalité du barrage ne manqua pas de me stupéfier. Je me préparai mentalement à ce qui m'attendait inévitablement de l'autre côté : la Gunnison obstruée, débordant de presque deux kilomètres de son lit, et l'immense réservoir bleu où se trouvaient jadis Cebolla, Sapinero et Iola.

Des pêcheurs lançaient leurs lignes et quelques familles pique-niquaient sur la bande de sable de la rive sud du réservoir, s'imaginant être en pleine nature. Sans doute trouvaient-ils le nouveau lac pittoresque. Et j'aurais peut-être pu le croire moi aussi, si je n'avais pas eu de passé ici, si je n'avais pas connu son caractère artificiel, ni les ruines qui habitaient ses profondeurs. Je m'efforçai de ne pas regarder le réservoir en le longeant, soulagée de tourner sur la piste familière menant à la clairière.

Le vieux camion renâcla en montant la colline et en traversant le bois. Une fois garée, je donnai une petite tape reconnaissante au tableau de bord. Une brise chaude entra par la vitre ouverte, tandis que j'examinais la clairière. L'impitoyable soleil de l'après-midi et les ombres déchiquetées jetées par le vieux pin ponderosa lui donnaient un air austère et inhospitalier. Aussi sûrement qu'en découvrant la neige d'été qui avait scellé le sort de mon bébé ou le fonctionnaire devant ma porte me proposant d'acheter ma terre, je sus qu'il était temps de m'en aller.

Mais à l'instant de la décision, je le vis : là, sur le rocher, au centre du cercle, à l'endroit même où j'avais un jour trouvé une pêche et, plus tard, une pierre en forme de pêche, il y avait un sac en plastique, posé sous une pierre plate, ses extrémités battant dans la brise comme les ailes d'un oiseau prisonnier.

Je descendis lentement du camion, me forçant à calmer mon cœur aussi agité qu'un ruisseau en été. En m'approchant, je distinguai une épaisse liasse de feuilles bleu pâle à l'intérieur du sac. Je tendis une main tremblante, du même geste timide que la première fois où j'avais frappé à la porte rose de Ruby-Alice, persuadée que Wil allait ouvrir – et à raison. Je pris le sac, sachant que son ouverture aussi changerait tout.

De la poussière et du pollen de pin se dispersèrent dans la brise. Impossible de savoir si la fine couche s'était déposée en un jour ou en un an. Peu importait. Le sac était là, et moi aussi.

À travers le plastique, je vis une écriture irrégulière, comme sur une lettre écrite à la hâte. En lisant la première ligne, ma gorge se contracta et des larmes me brouillèrent la vue. Ce n'était pas tant une lettre que ce qui ressemblait à des pages d'un journal intime. Les premiers mots me suffirent à comprendre que cette offrande m'était bel et bien destinée, et qu'elle avait été laissée non pas par lui, mon fils, mais par elle, l'autre mère.

Je m'essuyai les yeux avec le bas de mon tee-shirt et relus cette première ligne à travers le plastique :

Le bébé à mon sein, j'entendis un cri d'oiseau.

Je désirais et redoutais chaque mot qui suivrait. J'emportai le sac jusqu'au rondin et attendis un instant à cette place où je m'asseyais toujours – sa place – avant de l'ouvrir et de poser les pages sur mes genoux.

Une demi-feuille tomba par terre. Je la dépliai. Le message, écrit de cette même main pressée, disait seulement :

Mère de la forêt,

Voici mon histoire. Du moins une tentative de la raconter. Je croyais écrire pour moi-même, afin de comprendre, et de me souvenir. Mais il y a toujours eu un vide dans cette histoire : vous.

Dans ces pages, je vous dis enfin tout ce que vous avez besoin de savoir.

Le message était signé d'un nom – Inga Tate –, suivi d'un numéro de téléphone et d'une adresse à Durango.

En lisant les premières pages, j'eus l'impression de revivre cette journée du mois d'août 1949 à travers une boule de cristal – le pique-nique sur la couverture rouge, les geais bruyants, le mari et sa cigarette, le nouveau-né qui s'agitait dans les bras de la femme.

Elle avait trouvé mon bébé, écrivait-elle, comme je l'avais imaginé – entendant ses pleurs par-dessus les chants d'oiseaux, elle s'était précipitée à la voiture, où elle l'avait découvert. Je me mis à pleurer en lisant qu'elle l'avait aussitôt, d'instinct, porté à son sein pour le nourrir. Je pleurai de plus belle en apprenant enfin le nom de mon enfant.

« Lukas », murmurai-je dans un souffle, à l'intention de la forêt, et je serrai les feuilles contre mon cœur.

Inspirant profondément pour calmer le tremblement de mes mains et mon esprit agité, je repris la première page et lus.

PARTIE IV

1949-1970

21.

LES OISEAUX

Le bébé à mon sein, j'entendis un cri d'oiseau.

Deux geais étaient perchés au-dessus de nous et cacardaient comme des fous, enveloppés dans les volutes de fumée de la cigarette de mon mari. Ils fixaient de leurs yeux noirs et avides le pique-nique hâtivement déballé sur la couverture rouge : des pêches achetées à une femme obèse sur un stand en bord de route, des tranches de pain et de jambon préparées par un épicier maigrichon dans cette ville perdue où nous nous étions arrêtés en rentrant de l'hôpital de Denver.

Le rondin offrait une assise inconfortable pour une novice de l'allaitement et un nouveau-né affamé. Je faillis tomber, puis déboutonnai maladroitement mon chemisier d'un geste que je voulais pudique. Paul se détourna. Le bébé gigota et donna des coups de poing jusqu'à ce que, enfin, il saisisse mon sein gonflé et se mette à téter. J'avais très envie de manger ne serait-ce qu'une bouchée de pêche, mais Maxwell n'avait pas cessé de brailler depuis que nous avions quitté Iola, bien avant que Paul décide de s'arrêter dans cette clairière. J'avais essayé de disposer le pique-nique à sa convenance, mais depuis la naissance de Max, quatre jours plus tôt, j'avais appris une vérité incontestable : le bébé passait en premier.

Les cris d'oiseaux remplacèrent les pleurs de Max pendant qu'il tétait. À la cime des pins, dans la forêt entière, le chœur des piaillements, pépiements et gazouillements paraissait frénétique et joyeux, beau et triste à la fois.

Et puis, un cri qui n'était pas celui d'un oiseau.

Je tendis l'oreille, incertaine. Mais tous mes instincts maternels s'éveillèrent sans doute possible : le fragile vagissement d'un nouveau-né.

Je détachai Max de mon sein et fourrai le bébé mécontent dans les bras de son père qui l'était tout autant. L'oreille tendue dans la brise, je refermai mon chemisier et me précipitai vers la voiture et l'inexplicable bruit.

J'approchai comme dans un rêve, tant il semblait impossible de trouver ce que je croyais trouver. Mais lorsque je regardai par la fenêtre de la voiture, il était là. Un nouveau-né, pleurant faiblement.

Le bébé se tut quand j'ouvris la portière. Il était emmailloté dans une couverture jaune en tricot. Une couche mouillée enveloppait son maigre derrière. Je le pris dans mes bras et le tins près de mon cou, sentant son souffle de plume, son poids de plume et son corps minuscule, deux fois moins grand que celui de Max, semblable à un chef-d'œuvre en brindilles.

Je m'assis sur la chaude banquette en cuir et, sans réfléchir, le levai vers mon lait. Il hoqueta, crachouilla, manquant s'étrangler, jusqu'à ce que sa succion s'adapte à mon flux et qu'il tète à grandes goulées avides.

Paul s'approcha d'un pas furieux, ne tenant Maxwell que d'un bras. Son visage refléta l'horreur, la confusion et le dégoût : avant que j'aie associé une seule émotion à mon incroyable découverte, mon mari lui en avait assigné trois.

Il regarda de droite à gauche vers l'immense forêt, colla Max dans mon bras libre, fit volte-face et partit d'un pas décidé la chercher, la mère folle de cet enfant abandonné et affamé.

Maxwell se mit à hurler. J'avais mal aux seins. Des larmes plein les yeux. J'étais couverte de bébés.

LA PÊCHE

Elle me donna son bébé, et je lui laissai une pêche – une bien modeste récompense. Mais moins d'un an plus tôt, j'avais les bras chargés de livres et non pas de bébés, et je ne voulais pas d'un enfant, sans parler de deux.

Les garçons enfin endormis, je les couchai sur la banquette arrière et j'allai ramasser les restes de notre pique-nique. Puis je posai une pêche ronde sur le sommet plat d'un rocher accidenté – espérant en dire plus que « Je sais que vous avez faim », espérant lui dire « Il est avec moi et je veillerai à ce qu'il soit en sécurité ». Après quoi j'attendis que Paul revienne et prononce son verdict.

Il réapparut une demi-heure plus tard, en sueur, bredouille.

« Monte dans la voiture », ordonna-t-il.

Un bébé endormi dans chaque bras, je jetai un dernier coup d'œil à la pêche pendant que Paul faisait demi-tour pour s'engager sur la route de terre, prenait un tournant brutal et filait par où nous étions arrivés. Au croisement avec la route 50, il s'arrêta et réfléchit. Durango à gauche, Iola à droite.

Sans un mot, il prit à gauche vers la maison.

Nous garderions le bébé. Avant même que Paul ait tourné, je le savais. La naissance de Maxwell ne s'était pas bien passée. Quand du sang s'était écoulé de mon utérus, le médecin avait chargé Paul de m'emmener à l'hôpital à Denver bien avant le terme. J'y étais restée alitée pendant presque trois semaines, attendant, perdant du sang. Après la naissance, j'étais devenue stérile. Ligature des trompes, m'avait-on informée, ce qui au moins m'assurait de ne plus devoir revivre de telles souffrances.

« On dira que tu portais des jumeaux », déclara alors Paul, et je me gardai d'argumenter. Le jour de notre mariage, il avait décrété que nous aurions deux enfants, des fils de préférence, sans égard pour ce que je souhaitais. Il refusait d'avoir un enfant unique, comme il l'avait été, et trois coûteraient trop cher.

Comme d'habitude, Paul obtiendrait ce qu'il désirait. Nous n'avions pas encore annoncé la naissance de Max : le moment venu, nous annoncerions la venue de jumeaux. L'un né de la forêt, deux fois plus menu et plus brun que l'autre. Mais des jumeaux quand même.

Des kilomètres de silence plus tard, je demandai timidement : « Si on le prénommait Lukas ? »

Maxwell était le choix de Paul, en hommage à un physicien qu'il admirait – un nom qu'il pouvait exhiber devant ses collègues du département de mathématiques de l'université. Mon père s'appelait Lukas, un prénom gravé dans mon cœur.

Paul grommela, désapprobateur, mais à ma surprise, il accepta, précisant cependant : « Mais on l'appellera Luke. » Il attrapa la dernière pêche dans le sac en papier entre nous et, tout en conduisant, mordit dedans.

À partir de ce moment, je ne l'appelai jamais autrement que Lukas ; Paul, lui, ne s'adressa presque jamais à lui.

LA MARCHE

Une fois à la maison, Maxwell passa ses nuits à pleurer. Je le prenais dans mes bras et j'arpentais le couloir de long en large, hébétée, comme un animal en cage, pendant que Lukas dormait. Paul faisait de brèves tentatives pour me soulager, puis me repassait Max, vexé de ne pas réussir à calmer les cris du bébé.

Je ne savais pas grand-chose de Paul avant de l'épouser, sinon qu'il était étudiant en troisième cycle, d'une beauté stupéfiante avec ses cheveux et ses sourcils bruns, et qu'il avait bien voulu me parler alors que j'assistais, seule, à ma première soirée à l'université d'Ohio. Il avait été facile de prendre son attention pour de l'affection, son arrogance pour de l'érudition et l'incarnation de mes rêves d'étudiante. De son côté, il était sans doute plus séduit par mon adoration naïve que par l'idiote de première année que j'étais. J'aurais dû m'éloigner ce premier soir, lorsqu'il m'avait taquinée parce que j'étudiais les lettres et que je voulais devenir écrivain. Au lieu de quoi j'avais bu du punch alcoolisé avec lui et fini dans ses bras. Ensuite, je l'avais souvent trouvé en train de soupirer après moi sous la fenêtre de ma résidence universitaire et, poussée par mes camarades de chambre écervelées et mon propre béguin malencontreux, j'abandonnais mes livres pour le rejoindre. Le jour où il m'avait demandé ma main, j'en avais été étourdie, au point de confondre ma réaction avec de l'amour. Ainsi, Inga Sabrina Zimmerman – un nom qui fleurait bon l'Allemagne de mes parents et que j'espérais voir un jour sur des couvertures de livres – était platement devenue Mme Paul Ray Tate. À peine remise du choc d'être une épouse, j'avais appris que j'allais bientôt être mère – un double coup d'arrêt à mes projets et à mes rêves.

Le Colorado n'existait alors pas pour moi ; tout juste savais-je repérer sa forme carrée sur une carte. Lorsque Paul m'annonça qu'il avait accepté un poste d'enseignant là-bas et que nous allions quitter l'Ohio pour Durango, le nom de la ville m'avait évoqué un endroit atrocement vieillot et isolé.

« Mais enfin, Paul, le Colorado… c'est…, avais-je tenté de répliquer.

— C'est là où nous allons, un point c'est tout », me coupa-t-il, ses yeux lançant des éclairs.

Je réalisai – trop tard – ce qui m'attendait, et le genre de mari et de père qu'il serait.

Mais cette histoire ne concerne pas Paul. C'est la mienne et celle de mes fils. Un trio contraint et forcé peut-être, mais un trio tout de même. Chaque moment était occupé par l'un ou l'autre de mes bébés, quand ce n'étaient pas les deux. Les craintes que j'avais conçues en renonçant à mes études pour la maternité se révélèrent fondées, et doublement.

Seule la marche me fournissait un répit. La femme du pasteur de l'église où Paul insistait pour nous exhiber tous les dimanches ressortit un vieux landau de son abri de jardin et me l'offrit. Bien plus que tout sermon, ce landau fut mon salut. Pendant la première année d'une maternité déroutante, je ne trouvais la paix qu'en arpentant les trottoirs de Durango, les deux bébés – un gros et un petit – couchés côte à côte dans la nacelle. Pendant que nous traversions notre quartier ou le centre-ville, parcourions le grand parc, montions et descendions la colline de la 7e Rue, Lukas dormait ou étudiait les nuages, et même Max se tenait tranquille.

Les meilleurs jours, les bébés me laissaient marcher jusqu'à la rivière Animas – la rivière des Âmes. Elle était rapide et turbulente, comparée à celles de l'Ohio que je connaissais. Je garais le landau, sortais un cahier et un stylo du sac à langer et m'asseyais sur la berge pour regarder l'eau blanche se briser sur les cailloux en mille éclaboussures. Je songeais au mariage, aux couches, à la lessive et à toutes les occasions perdues. Je songeais à la vraie mère de Lukas et me demandais quel désespoir avait bien pu la contraindre à l'abandonner. Me rappelant les gros titres des journaux aperçus dans une vitrine en passant, je pensais à ces années d'après-guerre si folles et agitées, et au monde qui attendait mes fils. Mais dès que je posais la pointe du stylo sur la feuille pour tenter de consigner mes réflexions, un bébé se mettait à pleurer : je refermais le cahier, me levais et me remettais en marche.

LES MAINS

Lukas demeura plus petit, plus mat de peau et plus calme que Max. Pourtant, ces premières années, personne ne remit en cause leur gémellité. Même moi, j'oubliais que Lukas n'était pas de ma chair et de mon sang, jusqu'au moment où un certain cri d'oiseau ou l'inclinaison d'un rayon de soleil d'été me renvoyait au jour de sa découverte.

Les mois passant, je renonçai aux cahiers et aux romans que je transportais inutilement dans le sac à langer, et je cessai de regretter la vie que j'aurais pu avoir. À la place, je m'abandonnai à la maternité. C'était ça ou devenir folle.

Dans cette acceptation, j'appris à aimer mes fils. Max – versatile, grincheux et trop semblable à son père, mais aussi plein de vie, curieux et drôle. Lukas – doux et sage dès le début, comme s'il avait été offert à notre famille pour contrebalancer l'ardeur de Max. Quelle que soit la source de son calme, Lukas remplissait ma vie d'un bonheur inattendu. Paul allait et venait à sa guise, et je m'efforçais de ne pas m'en soucier. Son seul acte de bonté envers moi avait été de s'arrêter dans cette clairière où bébé Lukas avait besoin de moi.

Ce n'était pas le fruit de mon imagination : Lukas possédait un toucher magique – appelez ça de l'électricité, une chaleur ou seulement un cœur tendre. Il sauvait les araignées de la bonde des éviers, libérait les abeilles coincées dans les moustiquaires des fenêtres, et quand un animal ou une plante était malade, une caresse de lui semblait le guérir. Plus important, il était capable de calmer Maxwell lorsque rien d'autre n'y parvenait. Même quand Max était en pleine fulmination, il suffisait que son frère pose les mains sur lui pour que sa fureur retombe, le laissant sans force ou en larmes. Puis Lukas retournait à son jeu comme s'il n'avait pas été interrompu.

L'ARBRE

Les garçons grandirent en même temps que le peuplier de Virginie du jardin. Ses branches, aussi délicates que de la dentelle l'année de leur naissance, étaient solides et prêtes quand ils eurent l'âge d'y grimper – ils l'escaladaient comme des écureuils, s'y perchaient comme des oiseaux, beaux comme des bourgeons. Jusqu'à cet après-midi où, en jetant un coup d'œil par la fenêtre de la cuisine, je vis Maxwell gisant sous l'arbre, immobile, Lukas accroupi à côté de lui. En entendant claquer la moustiquaire, Lukas leva les mains vers moi en silence pour me montrer le sang de son frère.

Je découvris un bras mutilé, et non un crâne fracturé ou une colonne vertébrale brisée – un garçon blessé, mais pas perdu. Un os pointu ressortait telle une baguette cassée au-dessus du coude de Max. Lukas reposa sa main pleine de sang sur la blessure, tremblant, tout en sachant que même lui ne pouvait pas réparer ça.

Je soulevai le corps inerte de Max pendant que Lukas tenait le membre disloqué, et nous nous ruâmes dans la maison. En décrochant le téléphone, je devais choisir : un voisin, l'hôpital ou Paul ? Quelques minutes plus tard, le professeur à la retraite qui vivait trois maisons plus loin arrêtait sa berline bleue devant chez nous.

Tout le temps que durèrent l'opération, la convalescence, puis la longue et incertaine rééducation qui devait permettre à Max de recouvrer l'usage de sa main droite, Paul m'accabla de reproches. J'avais été négligente et je n'avais pas porté l'enfant blessé comme il aurait fallu, disait-il ; j'avais été idiote de téléphoner au voisin, un vieillard lent et empoté. Paul se déchaîna surtout contre les garçons : il reprocha à Max d'avoir grimpé trop haut, d'être trop étourdi et trop fragile, et à Lukas – ce cher et innocent Lukas – d'avoir poussé Max de l'arbre, une accusation ridicule, hélas corroborée par ce dernier pour satisfaire son père. Il fallut que Paul, une hache à la main, menace d'abattre l'arbre bien-aimé si Lukas n'admettait pas son crime pour que l'enfant fasse de faux aveux. De grosses larmes roulaient sur ses joues, alors qu'il me jetait des coups d'œil malheureux. Nous savions l'un et l'autre que Max avait sauté.

Avec le temps, Max guérit. La fable selon laquelle Lukas l'avait poussé de l'arbre devint un autre mythe familial, mais chaque fois que l'accusation revenait sur le tapis, Lukas semblait attraper le mensonge et le mettre de côté, pareil à un animal trop malade pour mordre.

LE MÉLANGE

J'étendais le linge au soleil de septembre, guettant les bruits en provenance de l'allée, où Max étrennait l'un des nouveaux vélos bleus que j'avais persuadé Paul d'offrir aux garçons pour leur douzième anniversaire. Il s'élançait, encore et encore, vers l'obstacle qu'ils avaient bricolé avec des tas de cailloux et du contreplaqué. J'attendais l'inévitable chute et les pleurs qui suivraient.

Agenouillé près de moi, Lukas nettoyait les rayons de son vélo identique. Ses cheveux noirs prenaient des reflets bleutés au soleil de l'après-midi.

« Maman, c'est quoi, un sang-mêlé ? me demanda-t-il.

— Un quoi ? Où as-tu entendu ça, Lukas ? » Je pris des vêtements dans le panier et les accrochai à la corde : deux petits caleçons à côté de ceux de Paul.

« Jimmy, répondit Lukas, astiquant le garde-boue avant.

— Mais encore ? insistai-je, habituée à sa concision.

— Tu te souviens quand il a pêché la truite géante ? »

J'acquiesçai, et il me raconta la visite qu'il avait faite avec Jimmy et son père chez un taxidermiste. Le vieil homme les avait arrêtés sur son porche et les avait examinés, bras croisés. Puis il avait grommelé un truc grossier au père de Jimmy, avait attrapé la glacière contenant le poisson et l'avait emportée dans son cabanon, les laissant à la porte.

« De toute façon, je n'avais pas envie d'entrer, dit Lukas en essuyant la selle. Ça sentait mauvais. Une odeur d'animaux morts. Et de choses tristes. »

Je m'interrompis dans ma tâche pour regarder mon fils, m'étonnant de sa clairvoyance singulière. Un fracas retentit dans l'allée. Au lieu du cri prévu, j'entendis Max jurer, donner un coup de pied dans son vélo, puis se remettre en selle et repartir pour un tour.

« On a attendu, assis sur un vieux pneu dans le jardin », poursuivit Lukas. C'était là que Jimmy lui avait répété les mots du taxidermiste. « Jimmy m'a dit que le vieux monsieur ne voulait pas qu'on entre parce qu'on est des sang-mêlé. »

Je tressaillis. Une partie de moi avait toujours su que la couleur de peau de Lukas n'aurait pas pu venir de deux parents blancs, mais je supposais que les cheveux noirs et les lointains ancêtres italiens de Paul suffisaient à accréditer notre version de l'histoire de sa naissance.

Lukas levait vers moi des yeux pleins de désarroi.

« Ce n'est pas un mot gentil », commençai-je. Puis je décidai de mentir. « Ton père a du sang italien, et ma famille est allemande. Donc, tu as un peu des deux en toi.

— Papa dit que les Allemands sont des Boches.

— Pas très gentil non plus, Lukas. Ne parle jamais comme ça de ma famille. Ni de personne, tu m'entends ? »

Il hocha la tête, penaud. « Et Jimmy ? » demanda-t-il.

Jimmy, un blond aux yeux bleus, n'était sûrement pas la cible de l'intolérance du taxidermiste.

« Je ne sais pas, mais tout le monde vient de quelque part, ou est un mélange de plusieurs origines, moitié ceci et moitié cela. Ne t'inquiète pas, mon chéri. Ce n'était qu'un vieux ronchon. »

Lukas hocha de nouveau la tête et s'enquit : « Tu m'emmèneras à la rivière ? Là où on est allés avec Jimmy et son père. »

Je me demandai pourquoi je ne l'avais pas fait – j'avais si souvent promené les garçons le long de l'Animas quand ils étaient bébés.

« Mais on ne pêchera pas de poissons », ajouta-t-il.

Je souris. « D'accord, Lukas. Je t'emmènerai à la rivière. »

Satisfait, il reporta son attention sur son étincelant vélo bleu. Avant qu'il ait pu l'enfourcher, le bruit de la chute de Max nous parvint, suivi d'un hurlement. Nous nous précipitâmes pour l'aider à se relever et à rentrer nettoyer ses plaies, pendant qu'il reprochait à Lukas le manque de solidité de l'obstacle.

Le lendemain, les garçons et moi allâmes à vélo au bord de l'Animas. Lukas commença aussitôt à lancer des cailloux dans la rivière. Il retira ses chaussures pour entrer sur la pointe des pieds dans l'eau froide et rit lorsqu'elle lui arriva aux genoux. Sur la rive, Max boudait, désœuvré et mécontent de ne plus être en selle. Il demandait toutes les deux minutes quand on s'en irait. Plus Max râlait, plus Lukas lançait fort ses cailloux, qui ricochaient sur les grosses pierres de la rivière jusqu'à ce qu'il en brise un en deux.

LES CAILLOUX

Une fois que Lukas connut le chemin de l'Animas, il ne cessa de s'y rendre. À la lueur d'un parfait coucher de soleil ou de la pleine lune, quand Paul ou des camarades de classe étaient cruels, ou que Max se montrait égoïste et grossier, Lukas montait sur son vélo pour aller à la rivière. Il était rare qu'il m'invite à l'accompagner. Lorsqu'il le faisait, je l'examinais. Mon fils changeait. Une mélancolie silencieuse éclipsait lentement sa joie, comme s'il sentait quelque chose à propos de lui-même qu'il n'expliquait pas, et dont il espérait trouver les réponses à la rivière.

Un soir du début de l'hiver, nous faisions tous deux des ricochets dans les eaux basses au moment où le soleil disparaissait derrière les collines blanches. Il était silencieux et répondit évasivement à mes questions sur l'école et ses amis. Je respectai son silence. La tristesse qui avait commencé à s'emparer de lui m'était insupportable. Je décidai que, au mois de mai, je l'emmènerais à la clairière, au-delà des cols de montagnes, près de la Gunnison – là où, bébé, il m'avait attirée par ses pleurs – et je lui révélerais tout.

Ce printemps-là, au cours du long trajet vers le nord, qui nous fit traverser Dolores, Rico et le col de Lizard Head en direction d'Iola, je craignis de commettre une terrible erreur. Lukas faisait des bonds d'excitation sur le siège passager. Virée touristique, lui avais-je dit, après m'être arrangée pour que Max aille jouer chez un ami. Badge du mérite de scout, avais-je prétexté pour que Paul m'autorise à prendre sa voiture.

Les routes, étroites et sinueuses, traversaient des forêts et longeaient des à-pics. Je m'arrêtai à Telluride pour prendre de l'essence et me calmer les nerfs. Sorti de la voiture, Lukas s'émerveilla de l'air frais et vif, des sommets en dents de scie encore couronnés de neige, des torrents se jetant dans l'eau vive des rivières. Je le fis remonter en voiture et nous poursuivîmes notre chemin.

Les collines piquetées d'armoise. La Gunnison. Les rails à présent abandonnés et rouillés. En roulant dans la vallée, tout me revint. Une pancarte indiquait que les prochaines villes – Cebolla, Sapinero, Iola – étaient interdites d'accès, mais je pris à peine le temps de me demander pourquoi. J'examinai toutes les routes transversales en gravier et bifurquai dans celle que j'espérais être la bonne. Une pente raide, quelques tournants, un bois de pins, et elle apparut. La clairière où ma vie avait croisé celle d'une inconnue et de son bébé, ce qui avait tout changé pour nous trois. Je me garai.

« On est où ? » demanda Lukas en sautant de la voiture.

Je ne répondis pas, mais il n'y fit pas attention et partit en courant pour explorer, en évitant les plaques de neige et de boue.

La clairière était telle que dans mon souvenir. Le rondin au soleil. Le grand pin où cacardaient les geais. Le rocher inégal sur lequel j'avais laissé une pêche avant de repartir. Je me revis, jeune et effrayée, couverte de bébés et de larmes. Je ne pouvais alors pas savoir que cet endroit – ce point minuscule sur la planète, où le hasard nous avait placés à l'instant précis où Paul n'avait plus supporté les pleurs de Maxwell et s'était garé – que cet endroit serait crucial pour Lukas et moi. Je me demandais comment le lui expliquer, alors que j'avais du mal à le comprendre moi-même.

Nous pique-niquâmes sur une parcelle de terre sèche à côté du rondin, en ce qui me parut un étrange hommage. J'étais silencieuse, nerveuse, cherchant le bon moment pour lui révéler la raison de notre venue. Lukas, de son côté, n'arrêtait pas de parler et de sourire. Il se levait de la couverture rouge pour courir comme un chevreuil libéré d'une cage, puis revenait prendre une bouchée de sandwich avant de repartir.

Il le découvrit en premier et m'appela.

« Maman, c'est quoi ? » Dressé sur la pointe des pieds sur une plaque de neige à l'ombre, il montrait la surface plate du rocher accidenté.

Je m'approchai et vis une couronne parfaite de cailloux ronds et plats.

« Je ne sais pas », répondis-je. J'étais sincère. Jusqu'à ce que Lukas compte les cailloux en les touchant du bout du doigt.

« Douze, annonça-t-il avec un grand sourire. Comme moi. »

La mère de la forêt. La mère de Lukas, me corrigeai-je. Elle était revenue ici. Une fois ou douze, je l'ignorais, et elle avait posé un caillou pour chaque anniversaire de son fils disparu. C'était la seule explication à laquelle je croyais.

Sauf qu'il était mon fils, pas le sien, et qu'il n'avait pas disparu. Il était là, à côté de moi. J'attirai Lukas plus près, comme si un prédateur rôdait. Pendant longtemps, sa mère avait été pour moi une insaisissable créature des bois, plus qu'une femme réelle. En contemplant le cercle de cailloux, je fus pour la première fois frappée par l'idée terrifiante qu'elle voulait peut-être le récupérer, et qu'une fois qu'il le saurait, lui aussi désirerait sûrement retourner avec elle.

Mon instinct me poussa à repartir. Peu importait la longueur du trajet, le bonheur de Lukas ou la paix régnant dans la clairière sous le soleil de la fin mai. Et tant pis si j'avais fait ce voyage pour lui révéler la vérité.

« Je ne sais pas, répétai-je, mentant cette fois. Mais ne le défais pas.

— Pourquoi ?

— Au cas où il compterait pour quelqu'un.

— Qui ? » demanda-t-il.

C'était ma chance, l'opportunité attendue, mais je ne la saisis pas. Je fixais le cercle de cailloux, perdant le peu de courage que j'avais rassemblé. Puis je regardai dans les yeux noirs et curieux de mon fils et ne pus rien révéler.

Nous terminâmes le pique-nique. Je repliai la couverture pendant que Lukas me suppliait de rester. Je me demandai s'il se sentait connecté à cette terre d'une manière ou d'une autre, ou si c'était juste un enfant qui aimait bien jouer dans les bois. Il était indéniablement plus insouciant ici, moins accablé par ce qui semblait lui peser depuis quelque temps. Nous nous attardâmes jusqu'à ce que le soleil disparaisse et que le ciel pâlisse au crépuscule. Je passai le bras autour de ses épaules et le guidai vers la voiture.

Lorsqu'il fit soudain volte-face et courut vers le rocher, je craignis qu'il refuse de venir avec moi.

Il voulait seulement ajouter une pierre au cercle, me dit-il.

J'avais envie de l'en empêcher, de repartir sans laisser de trace. Mais j'avais déjà fait le choix de la lâcheté ce jour-là. Il me parut doublement cruel de refuser à Lukas et à sa mère biologique leur seule possibilité de communiquer. Avec ma permission, il fouilla la clairière de fond en comble pour trouver la pierre parfaite.

Grosse et ronde, celle qu'il choisit ne ressemblait pas du tout aux autres. Il la tint comme une balle de base-ball, courut jusqu'au rocher, se hissa sur la pointe des pieds et la plaça soigneusement au centre du cercle. De là où je me trouvais, près de la voiture, la pénombre du soir se mêla au souvenir pour faire de la pierre de Lukas la réplique de la pêche que j'avais autrefois laissée au même endroit.

LES FILLES

Jane fut la première. Jillian la deuxième. L'appétit de Max pour les filles commença tôt. Cara, Joan, Kelly, Marguerite, deux Kim très semblables. Un nœud papillon rouge pour son premier bal de collégien, puis, en un clin d'œil, des posters de femmes à moitié nues sur les murs de sa chambre de lycéen et des numéros de Playboy *cachés sous son lit. Grand, la mâchoire carrée, les yeux verts, Max séduisait toutes les filles.*

Mon fils ressemblait tant à Paul. Il se montrait drôle et flatteur avec ses petites amies, jusqu'au moment où il n'avait plus envie de l'être. Ses marques d'affection cessaient d'un coup, et la pauvre gamine se retrouvait face à un mur, ne sachant plus quoi faire pour plaire. J'avais vu Lukas intervenir plus d'une fois, proposant un soda, une partie de dames, une virée au cinéma, n'importe quoi pour secourir la fille délaissée pendant que Max faisait la tête. N'empêche que Lukas était ignoré et Max, adoré.

Lisa était une beauté aux cheveux auburn, aux grands yeux ronds et à la paire de seins assortie. Un après-midi de printemps – ils étaient en classe de première –, Max et elle firent irruption dans la maison, bruyants et excités. Je n'aurais su dire s'ils avaient bu, fumé, ou s'ils étaient simplement heureux. Max me lança le nom de la fille en passant puis, prétextant des devoirs à faire, la prit par la main et l'entraîna vers sa chambre au bout du couloir. La porte claqua. Une chanson des Byrds retentit.

Je me demandais comment réagir lorsque Lukas entra. Les épaules voûtées, la mine grave, il me salua d'une voix sinistre, laissa tomber son sac et pendit sa veste au crochet. En entendant la musique, il écarquilla les yeux. Il serra les mâchoires et voulut savoir si Max était seul.

« Non, répondis-je avec un soupir. Avec une certaine Lisa.

— Le salaud », rugit-il, avant de se ruer dans le couloir.

Une porte défoncée. Les cris de la fille. Une étagère renversée. Des coups de poing, des grognements et un crissement irritant sur le tourne-disque. Mes bébés transformés en monstres gigantesques, et moi qui paraissais toute petite. Je tirai, frappai et criai dans une vaine tentative de les séparer. Lisa colla un coussin contre sa poitrine et s'enfuit. Abandonnant derrière elle un soutien-gorge noir et deux frères couverts de bleus.

Les garçons finirent par se séparer, épuisés et haletants. Lukas était allongé par terre, en larmes. Max se remit debout en chancelant et sortit en trombe de la maison. Je me laissai glisser contre le mur, hébétée, et contemplai les dégâts.

« Je suis désolé, maman. » Lukas tendit la main et je la saisis.

Plus tard, pendant que lui et moi remettions de l'ordre dans la chambre, et alors que Max et Paul étaient Dieu sait où, j'appris que Lisa – comme Joan, Kelly, et l'une des deux Kim – était la petite amie de Lukas.

« Il faut que je sorte d'ici », dit-il. Je savais qu'il irait à la rivière. Là, il ferait ce qu'il avait toujours trouvé le moyen de faire – pour le meilleur ou pour le pire –, à savoir pardonner à son frère plutôt que de le perdre.

Cette nuit-là, je restai éveillée dans la maison vide jusqu'à ce que j'entende la porte d'entrée s'ouvrir et se refermer. L'ombre noire de Lukas apparut bientôt à côté de mon lit.

« On peut retourner à la forêt ? Là où il y a les cailloux disposés en cercle ? » demanda-t-il.

Je me remémorai son sourire pendant qu'il courait d'un arbre à l'autre, puis plaçait la pierre en forme de pêche, sans la moindre idée de la personne à laquelle elle était destinée. Cette fois, je me le promis, je lui dirais la vérité.

« Il doit encore y avoir de la neige, répondis-je. Mais oui, on ira dès qu'on pourra. »

J'étais sincère en le disant. Pourtant, je ne l'y ai jamais emmené, et il ne l'a jamais redemandé.

LES ANNIVERSAIRES

Batman, Bullwinkle, Green Arrow, les Pierrafeu. Pendant des années, le 31 août rima avec des assiettes en carton à thème et des gâteaux maison pour mes fils et les garçons du quartier. Puis les anniversaires rimèrent avec inquiétude. Mes adolescents dehors la nuit, ces mêmes garçons qui prenaient tous les fâcheux chemins vers l'âge adulte. Et moi qui épiais derrière le store après minuit, pour voir Lukas aider Max à remonter le chemin et Max incapable de mettre un pied devant l'autre.

Le 1er décembre 1969, les anniversaires rimèrent avec destin. Une date de naissance pouvait condamner un jeune à tuer ou se faire tuer, à fuir ou tomber, pouvait condamner une famille à la destruction.

Le tirage au sort pour la conscription nous rassembla tous les quatre pour la première fois depuis des mois. Les garçons avaient eu vingt ans cet été-là. Ils partageaient un appartement avec plusieurs amis à l'autre bout de la ville et n'avaient pas beaucoup de temps pour passer à la maison. Après avoir entamé des études sans conviction, Max avait abandonné l'université pour un job de vendeur de pneus, au grand dam de son père humilié. Lukas avait commencé un apprentissage d'électricien juste après le lycée. Aucun des deux n'était daltonien, n'avait les pieds plats, un souffle au cœur ou des allergies. Si leur date d'anniversaire était tirée au sort, ils partiraient au Vietnam.

Nous avions tous les yeux rivés à la télévision. Paul était assis, stoïque, dans son fauteuil. Avachi sur le canapé, Max piochait dans un paquet de chips comme s'il regardait le match de foot du dimanche. Lukas était assis par terre, pétrifié. Je marchais de long en large.

Sur l'écran, des politiciens cravatés, aux lunettes à verres épais, se serrèrent la main, solennels, devant un drapeau américain. Des capsules en plastique bleu attendaient dans un bac transparent : chacune contenait un bout de papier roulé marqué d'une date. Des jeunes gens proprets, en chemises blanches bien repassées – symboles supposés de l'adhésion de la jeunesse à cette guerre de vieux – piochaient et ouvraient les capsules. 14 septembre, 24 avril, 30 décembre, 14 février. Chaque date me faisait l'effet d'un coup de poing dans l'estomac, lorsqu'elle était énoncée à voix haute, puis collée sur un tableau numéroté. Chacune de ces dates condamnait non pas mes fils, mais ceux de quelqu'un d'autre. La litanie se poursuivit. 18 octobre, 6 septembre, 26 octobre, 7 septembre.

22 novembre. 6 décembre. 31 août. 31 août. 31 août. Le sang pulsa dans mes oreilles. Je n'entendis pas les autres dates. 31 août. Le jour où j'étais devenue mère. Le jour de tous ces goûters d'anniversaire dans le jardin, avec des petits garçons surexcités. Le jour qui, si mes prières avaient été exaucées, aurait dû être enroulé comme une limace en papier dans la dernière capsule tout au fond de cet horrible bac en verre.

Max se leva d'un bond en poussant une acclamation. Paul fronça les sourcils, mais ne dit rien. Lukas me dévisagea, de la panique dans les yeux, et je lui renvoyai un regard d'impuissance. Nous savions l'un et l'autre qu'il n'était pas taillé pour la guerre.

Je restai assise dans le canapé jusque tard dans la nuit, à boire du vin rouge en pleurant déjà mes fils. Le Vietnam était une sentence de mort – s'ils n'y perdaient pas la vie, du moins perdraient-ils leur innocence. Sous la façade de macho de Max, je savais qu'il était aussi effrayé que Lukas. Je remplis encore mon verre et pleurai tous les enfants déjà tombés, blessés ou brisés, tous les villages vietnamiens incendiés. Et je pleurai pour les mères.

Sous l'empire de l'alcool, je pris ma décision. Car Lukas, jusqu'à preuve du contraire, n'était pas né le 31 août. Je n'étais pas sa mère, Paul n'était pas son père et Max pas son frère. La date d'anniversaire de Lukas ne figurait dans aucun registre officiel. J'allais me présenter aux bureaux des armées et certifier que son acte de naissance était un faux. Mais d'abord, je devrais dire à Lukas que moi aussi, j'étais une fausse mère.

Je vidai les dernières gouttes de la bouteille, consciente que notre mensonge familial avait vécu.

LA VÉRITÉ

Je n'aurais jamais dû lui dire la vérité.

Deux semaines avant la date de leur visite médicale militaire, Lukas passa à la maison faire sa lessive. Paul n'appréciait pas que les garçons utilisent notre lave-linge plutôt que la laverie du centre-ville, si bien qu'ils venaient en milieu de matinée pour l'éviter. Je ne savais jamais quand l'un ou l'autre allait franchir le seuil, un sac de linge sale à la main, si beaux tous les deux, chacun dans son genre. Lukas avait des épaules larges et puissantes, les avant-bras musclés, une peau douce et brune. Et un sourire qui faisait gonfler mon cœur. Ce dernier jour où mon fils serait mien, il portait un jean et un tee-shirt blanc, et venait juste de se faire couper les cheveux très court, alors que la mode de l'époque était aux cheveux longs et hirsutes. Il était magnifique.

J'avais sorti leurs actes de naissance des dossiers de Paul en prévision de leur journée d'incorporation. Le prénom mis à part, l'acte de naissance de Lukas était identique à celui de Max – même date, même lieu et même empreinte de pied de nouveau-né. Je me rappelai le jour où Paul avait tiré le document falsifié de sa serviette en cuir, peu après notre retour à la maison avec les bébés, et m'avait ordonné de le ranger sans poser de questions. Son authenticité n'avait jamais été contestée depuis, pas plus qu'elle ne le serait aujourd'hui, je le savais.

Lorsque Lukas me le réclama ce jour-là, je le lui remis sans un mot. Il le plia distraitement et le glissa dans sa poche arrière. J'avais la bouche aussi sèche que des vieux os.

Je lui demandai de me donner un coup de main au jardin pendant que la machine tournait. Il accepta avec sa gentillesse habituelle, me suivit dehors et prit le râteau. Nous travaillâmes côte à côte, griffant le gazon mort sans parler de la guerre, en mentionnant seulement le léger soleil de printemps, le retour des cris d'oiseaux.

Les cris d'oiseaux qui avaient marqué le début de notre histoire et en accompagnèrent la fin.

Soudain, je lâchai mon râteau et lui racontai tout. Le hasard qui nous avait fait quitter la route pour nous arrêter dans la clairière. Le pique-nique, le bébé décharné sur la banquette arrière de la voiture, la décision de l'élever comme notre fils, le long trajet de retour à la maison. Ces circonstances stupéfiantes, notre bienheureuse rencontre, mon cœur qui s'était ouvert pour l'accueillir. Nous nous assîmes tous deux sur le banc sous le peuplier et je pris ses mains dans les miennes. Je lui dis que je l'aimais. Qu'il était mon fils. Mais à mesure que je me confessais, je vis la confusion et l'angoisse déformer son visage, jusqu'à ce que le jeune homme enjoué qui avait passé la porte un peu plus tôt ne soit plus que sa réplique en cire fondue. Il m'écouta intensément et ne posa aucune question.

« Tu n'es pas né le 31 août, Lukas. » Une information qui ressemblait à un lot de consolation dérisoire après une pluie de coups de poing.

Il m'adressa un regard d'incompréhension.

« Tu n'as pas à partir au Vietnam, expliquai-je. Tu n'es pas né le 31 août. »

Il dégagea ses mains et réfléchit avant de demander : « Quand, alors ?

— Je ne sais pas.

— Mais… » Il ressortit l'acte de naissance de sa poche, le déplia et le lissa sur sa cuisse.

« C'est un faux », dis-je, honteuse, alors que nous contemplions la feuille.

Perdu, il avait besoin que je comble son silence par des explications – sur sa date de naissance, l'endroit d'où il venait, la raison pour laquelle j'avais permis cette supercherie et la façon dont je comptais démêler tout ça pour le sauver de la guerre –, mais je me rendis compte que je ne détenais aucune des réponses que je lui devais.

Comme dans une tragédie parfaitement orchestrée, la porte moustiquaire s'ouvrit en grinçant et se referma dans un claquement. Paul était là, revenu déjeuner à l'improviste. Lukas bondit sur ses pieds et fourra le papier dans son jean.

Mes yeux croisèrent les siens, et je le suppliai sans prononcer un mot de ne pas parler à son père de ce que je venais de lui révéler. Ne recevant qu'un regard vide en réponse, je murmurai : « Je t'en prie, Lukas. »

Mais c'était trop pour mon adorable fils. Paul commença à s'en prendre à lui, comme toujours – l'accusant de se faire nourrir et blanchir à l'œil, de distraire sa mère de ses tâches –, et Lukas explosa. La rancœur accumulée pendant deux décennies d'autoritarisme de Paul se libéra comme d'un canon. Pour la première fois, Lukas rendit coup pour coup, insulte pour insulte, et formula à voix haute la vérité jusqu'ici indicible : Paul n'était pas son vrai père, et il s'en réjouissait sacrément.

« Bien, répliqua Paul, avec un sourire plus méchant qu'étonné. Ça me fera donc une charge en moins. »

Pareil à un cerf soudain conscient de la présence d'un prédateur, Lukas se figea une seconde dans une immobilité stupéfaite, puis partit en courant. Arrivé au bout du jardin, il s'arrêta et me regarda, le visage empourpré, les larmes aux yeux, et me cria : « Et Max ?

— Max ne sait rien…

— Non, coupa-t-il, pleurant à présent. Comment vas-tu sauver Max ? »

Il voulait dire du Vietnam. Il voulait dire : comment pouvais-je sauver un fils et pas l'autre ?

« Je ne peux pas sauver Max », répondis-je d'une voix étranglée.

Les mots demeurèrent en suspens dans l'air pendant un terrible instant ; puis Lukas sauta par-dessus la barrière et disparut.

Je tombai à genoux dans l'herbe printanière, pendant que Paul rentrait dans la maison.

Je voulus me persuader que mon fils était seulement parti à la rivière. Mais ce soir-là, Max téléphona pour me prévenir que les affaires de Lukas n'étaient plus dans leur appartement. La lame de la vérité avait causé tant de blessures ce jour-là que je mentis en affirmant que je ne l'avais pas vu. Je transférai ses affaires dans le sèche-linge et pleurai ensuite en pliant ses vêtements, veillant à lisser chaque pli pour qu'il trouve une pile impeccable à son retour.

Une semaine plus tard, nous reçûmes une carte postale montrant un groupe de gratte-ciel devant des montagnes aux sommets enneigés. La date était écrite de la main précise et familière de mon fils – 18 mars 1970 –, ainsi que le verdict : « Incorporé à Denver. Une charge en moins pour vous. Dites à Max que je suis désolé. Merci pour tout, Lukas. »

L'ATTENTE

J'attendais que Max pose des questions. Mais il ne semblait pas plus préoccupé par l'enrôlement subit de Lukas que par sa prochaine visite médicale et son incorporation.

« Plus que deux jours, m'man », claironna-t-il en prenant une part de ma tarte aux pommes. Il s'était laissé pousser les cheveux, qui auraient eu bien besoin d'un shampoing. Il avait les yeux injectés de sang et rêveurs. « Je serai bientôt là-bas comme les autres connards, en train de zigouiller des cocos avec Lukas. Ça va cogner. »

La guerre était pour lui une aventure de bandes dessinées, la jungle du Sud-Est asiatique une vulgaire cour de récréation.

« Désolé, pouffa-t-il devant mon air inquiet. J'ai trop hâte, c'est tout. »

Le jour de sa convocation, je restai assise à côté du téléphone. Je l'imaginais, faisant la queue avec d'autres jeunes impatients – puis viendraient l'appel de sa date de naissance, la visite médicale, la coupe de cheveux militaire, la remise du treillis vert avec, dessus, les plaques d'identité neuves et brillantes sur une chaîne en argent. Il était convenu qu'il m'appelle en sortant. Je lus des magazines et j'attendis. Je me préparai un toast au thon pour le déjeuner et j'attendis. Je posai le téléphone près d'une fenêtre ouverte, taillai des rosiers pour m'occuper les mains en me répétant qu'il avait simplement oublié de m'appeler. Quand Paul rentra du travail, je préparai le dîner et posai son assiette devant lui. Je lui dis que je n'avais pas eu de nouvelles de Max de la journée.

« Ce n'est plus un enfant qui doit faire un rapport à sa maman, railla Paul.

— Tu as raison », acquiesçai-je, comme j'avais appris à le faire. Mais quelque chose n'allait pas, j'en étais sûre. J'allais simplement devoir attendre pour savoir quoi.

LA GUERRE

Je luttai toute la nuit contre mes angoisses. Le lendemain matin, je montai dans le bus, passai devant des rangées de regards vides et m'approchai d'un siège vacant à côté d'un garçon en uniforme. Il garda les yeux fixés droit devant, comme s'il ne m'avait pas vue, mais déplaça son sac en toile vert pour libérer la place. Mon merci demeura sans réponse.

Le jeune homme dégageait une odeur de guerre. Un mélange de sueur, de cigarette, d'alcool et d'ailleurs qui me submergea.

« Vous rentrez chez vous ? demandai-je.

— Peut-être bien », répondit-il doucement, sans me regarder.

Je descendis à l'arrêt de la 12e Rue et marchai jusqu'à l'appartement de Max en me demandant si Lukas, qui sentait toujours bon le dentifrice et le déodorant, avait maintenant une odeur de guerre, lui aussi.

Avant même de monter l'escalier métallique, je vis, par la balustrade du balcon, que la porte de Max était ouverte, et j'entendis des hurlements de guitares en provenance de sa stéréo. N'obtenant pas de réponse après avoir frappé, j'entrai. L'appartement était un vrai capharnaüm – jonché de cartons de pizzas, de canettes de bière, de vêtements en boule et de vaisselle sale. Au milieu, immobile sur le canapé, se trouvait Max, torse nu, sous une grande fille maigre vêtue d'un jean coupé et d'un haut de bikini jaune. Je lançai un bonjour. Aucun d'eux ne bougea. En m'approchant, je remarquai la bouteille de whiskey et le shilom sur le tapis. Je me penchai sur eux et fus soulagée de voir leurs poitrines se soulever, comme du temps où mes bébés dormaient, complètement immobiles, les membres mêlés dans leur berceau partagé.

Même évanoui, même en portant une fille ivre en guise de couverture, je retrouvais mon bébé dans le visage endormi de Max. J'avais envie de le libérer de tout ça – de la fille, de la drogue, du désordre et de la guerre – et de le prendre dans mes bras. Mais je ne pus que tendre la main pour dégager délicatement ses cheveux longs de son front.

Je fouillai parmi le bazar sur la table de la cuisine, à la recherche d'un papier et d'un stylo pour griffonner un message. Sous une assiette en carton graisseuse, je découvris les papiers militaires de Max. Et le mot RÉFORMÉ tamponné en rouge en haut.

Je lus le document dans son intégralité, cherchant l'erreur. Tout semblait en ordre, jusqu'à la section « Examen médical ». Sur la page, une liste de classifications avec une case noire à côté de chacune. Une grosse croix rouge barrait la dernière : « IV-F, conscrit inapte au service militaire. » Le gribouillis à peine lisible d'un médecin précisait en dessous : « Déformation du bras droit. Inapte. »

Je criai le nom de Max et me précipitai vers le canapé en brandissant le papier. Il entrouvrit les paupières, et ses yeux injectés de sang ne montrèrent aucune surprise de me voir.

« Qu'est-ce qui s'est passé hier, à la caserne ? demandai-je par-dessus la musique.

— Bande de salauds », répondit-il d'une voix pâteuse. La fille parut se réveiller et se mit à l'embrasser dans le cou. « Il ne s'est rien passé, murmura-t-il, avant de refermer les yeux.

— Il s'est forcément passé quelque chose. Qu'a dit le médecin ?

— Il m'a bien baisé, celui-là », marmonna-t-il, alors que la fille ondulait paresseusement sur lui.

Elle lui chuchota qu'elle aussi voulait bien se faire baiser et ils s'absorbèrent l'un dans l'autre, bouches, mains et hanches mêlées.

J'allai reposer les papiers sur la table et je quittai l'appartement. Le soleil sur le balcon était trop chaud pour un mois d'avril. La musique qui s'échappait par la fenêtre trop forte. Mon fils, trop déroutant. Max ne rejoindrait pas Lukas au Vietnam. Curieusement, ce sursis inattendu ne m'apaisa pas. Je craignais que la guerre personnelle de Max ne soit tout aussi dangereuse pour lui.

LES INFOS

Dîner à 17 h 30, journal télévisé à 18 heures. Si Paul ne rentrait pas tous les soirs, sa routine, quand il le faisait, était aussi prévisible que le crépuscule.

Je préférais faire la vaisselle plutôt que de regarder les infos. Les séquences quotidiennes montrant les visages hagards de tous ces fils sacrifiés, au son des tirs d'artillerie, me rendaient malade. La seule nouvelle qui m'intéressait, c'était de savoir si Lukas était en sécurité et s'il rentrerait bientôt, mais cette nouvelle n'arriva jamais.

Pourtant, en avril dernier, je me retrouvai comme tout le monde collée à l'écran de télé, à regarder se dérouler le drame de la mission Apollo 13. *L'ironie ne m'échappait pas : le pays entier retenait son souffle pour seulement trois hommes, alors que des dizaines mouraient quotidiennement dans une guerre que personne ne comprenait. Je n'en restai pas moins captivée pendant huit longues journées, jusqu'à ce que l'équipage de la fusée revienne sain et sauf sur Terre. L'habitude était prise. Je regardai les reportages en provenance du Vietnam. Je regardai les troupes américaines envahir le Cambodge et, cinq jours plus tard, découvris, sonnée, les images des étudiants, face contre terre, abattus sur les pelouses de l'université de Kent, dans l'Ohio*[1]*. Les reportages se succédaient, chaque tragédie éclipsait la précédente : le monde que j'avais offert à mes fils se révélait encore plus fou et déroutant que je l'avais craint. Je ne pouvais plus détourner le regard.*

Max passait à la maison de temps en temps. Quand un incident à son magasin de pneus ou une information l'énervait, il se présentait à ma porte, les yeux ravagés. Je lui préparais à manger et écoutais fulminer contre les cocos, les mauviettes, les mouchards et les flics, saisissant seulement que sa colère visait large et se déployait tous azimuts. Il mentionnait rarement Lukas, mais je savais qu'il lui manquait

1. Le 4 mai 1970, quatre étudiants ont été tués et neuf blessés par la garde nationale de l'État d'Ohio, lors d'une manifestation pacifique contre l'intervention américaine au Cambodge.

à lui aussi ; nous désirions tous les deux qu'il revienne à la maison et nous aide à ordonner le chaos.

La dernière fois que je vis Max, il montait dans un van rempli de hippies en jeans frangés, pour se rendre à un festival de musique au Shea Stadium de New York, à trois mille kilomètres de là. Il ne serait pas passé à la maison s'il n'avait pas eu besoin d'emprunter une glacière, mais je m'estimerai toujours heureuse qu'il l'ait fait.

« Un festival pour la paix. Avec cette bombe. » Sourire jusqu'aux oreilles, il me montra la conductrice, une fille mince, aux seins libres sous son tee-shirt, une guirlande de marguerites fanées dans sa coupe afro. Elle sourit en m'adressant un signe de paix, et Max éclata de son merveilleux rire de gorge.

Je savais que mon fils ignorait s'il était pour ou contre la guerre, pour cette fille ou bien une autre.

« Joplin. Creedence. Steppenwolf. Comme un putain de Woodstock », dit Max. Puis il écarta les bras, m'offrant un câlin d'adieu.

J'y plongeai. Il empestait le haschich, le gin et la sueur, mais je m'emplis néanmoins de son odeur.

« Amuse-toi bien », dis-je contre son épaule. J'eus envie d'ajouter qu'il était un garçon d'une petite ville du Colorado qui risquait de se faire dévorer tout cru par New York, mais je me contentai d'un « Je t'aime ».

Il resserra son étreinte et murmura : « Pareil. »

Le van des beaux enfants égarés descendit la rue à vive allure, Hendrix hurlant par les vitres ouvertes. Ils tournèrent au coin de la rue et disparurent.

De retour dans la maison, j'allumai la télé, comme engourdie. Paul ne rentra pas dîner, aussi regardai-je des jeux idiots en attendant les informations.

LES MOTS

Quand des coups frappés à la porte vous réveillent en sursaut ; quand vous distinguez les silhouettes raides de deux hommes en uniforme attendant derrière la vitre ; quand votre cœur pèse déjà plus lourd qu'un boulet de canon mais qu'il vous faut tout de même aller ouvrir et recevoir la nouvelle – il n'y a pas de mots.

Quand vos mains tremblantes réussissent à tourner la poignée, que les deux visiteurs ne sont pas des militaires mais des policiers, et que votre soulagement le dispute à la montée d'une nouvelle peur – il n'y a pas de mots. Quand on vous annonce que votre fils, votre beau petit bébé, a été retrouvé à l'intérieur d'un van, dans le Queens, étouffé dans son vomi, une seringue à côté de lui – l'oxygène vous manque, sans parler des mots.

Alors, vous marmonnez poliment des paroles incohérentes à travers vos sanglots avant de refermer la porte, et vous prononcez le nom de votre fils, encore et encore, comme si l'incantation pouvait faire apparaître le disparu. Vous contemplez votre bras et n'en revenez pas d'être encore faite de chair : en toute logique, les mots des policiers auraient dû vous transformer en cendres. Tel un fantôme, vous retournez dans votre chambre pour découvrir votre mari endormi pendant ce cauchemar. Vous devez lui dire, vous le savez, mais il n'y a pas de mots. Alors, vous vous effondrez et pleurez, frénétiquement, viscéralement, parce qu'il n'y a rien d'autre à faire.

Max a été inhumé hier. Je n'ai pas pu parler. J'avais préparé des mots, une tentative de discours d'adieu parfaitement inadapté. Mais quand les gens se sont rassemblés dans l'église en pierre froide, quand j'ai vu les amis d'enfance de

Max prendre place sur les bancs, tellement adultes, tellement vivants, je suis devenue raide comme un pilier, hébétée par le chagrin, la colère et l'épuisement. Paul était assis à mon côté, aussi rigide et mutique que moi. J'avais besoin de Lukas.

J'avais besoin d'entendre Lukas rendre hommage à son frère avec des mots d'affection et de respect. Besoin qu'il m'appelle maman et m'aide à sentir la terre sous mes pieds. Besoin que son sourire illumine l'église sombre. Besoin qu'il me serre dans ses bras et réactive la circulation de mon sang.

Comme une apparition, Lukas s'est matérialisé et a remonté l'allée centrale, d'une stupéfiante beauté dans son uniforme de cérémonie. Six mois étaient passés depuis que ma confession l'avait poussé à s'enfuir. J'avais informé le bureau régional de l'armée de la mort de Max, honteuse d'admettre que j'ignorais où mon fils était stationné et que je disposais seulement d'une pile de lettres tamponnées d'un « Retour à l'envoyeur ». Quel choc, alors, de le voir marcher vers moi dans la nef, mon fils et en même temps celui d'une autre, les poings serrés le long du corps.

Lukas ne s'est pas arrêté à notre banc en avançant vers l'autel, mais il m'a adressé un coup d'œil bref et douloureux au passage. Ce n'étaient pas les retrouvailles que j'avais souhaitées, mais je m'y raccrochai tout de même.

Après une introduction et une prière du pasteur, Lukas s'est exprimé avec éloquence au nom de notre famille. Il a réussi à trouver les mots justes pour louer les meilleurs côtés de son frère en oubliant le reste. Il a parlé de l'intelligence de Max, de son courage, de son espièglerie et l'a appelé sa deuxième moitié ; il a partagé des souvenirs de leurs facéties qui ont déclenché des rires discrets dans l'assistance. J'aspirais de grandes bouffées de l'air confiné de l'église pour ne pas m'effondrer. Paul remuait, mal à l'aise. Je lui ai offert ma main et, pour la première fois depuis des années, il l'a prise.

LA FUITE

Alors que les derniers endeuillés quittaient le parking de l'église, je me suis assise sur un banc et j'ai regardé un merlebleu jouer sur la brise. L'office religieux n'était déjà plus qu'un brouillard confus de prières et de chants, de poignées de main, de condoléances et d'étreintes maladroites. Je me suis demandé si quiconque parlerait encore un jour de Max, ou si les funérailles n'étaient que des antichambres de l'oubli.

Je gardais les yeux fixés sur l'oiseau, attendant que Lukas sorte par la porte cintrée de l'église. Lorsqu'il est apparu, un camarade l'accompagnait, vêtu du même uniforme vert de cérémonie. Ils étaient d'une beauté si frappante que ma fierté a un instant dominé ma peine. Lukas s'est lentement approché de moi, pendant que l'autre jeune homme se dirigeait vers le bord du trottoir et allumait une cigarette.

« Inga. »

Le prénom m'a fait mal, mais après tout, j'avais renoncé au droit d'être appelée maman.

J'ai tapoté le banc en signe d'invitation, et il s'est assis en laissant un grand espace entre nous.

« Je suis désolé pour Max, m'a-t-il dit.

— Moi aussi, je suis désolée pour Max, ai-je réussi à répondre. Et pour tout le reste. »

Le silence s'est installé, long et déchirant. Nous regardions le merlebleu piquer puis s'élever et recommencer, avant de finir par disparaître dans les nuages gris et immobiles. Nous avions trop à dire tous les deux pour essayer d'exprimer quoi que ce soit.

Il a fini par se lancer : « Je... J'aurais dû... Peut-être qu'il... » Il s'est raclé la gorge, comme si elle était obstruée par une boule de chagrin, puis s'est tu.

« Non, mon chéri. » Je me suis tournée vers lui et, Dieu merci, il a accepté ma main tendue. « Tu n'aurais pas pu aider Max. Pas cette fois.

— J'aurais pu essayer », a-t-il dit d'une voix rauque, en fixant le béton. Il ne l'a pas formulé, mais je sais qu'il pensait que moi aussi j'aurais dû essayer davantage.

« Pas cette fois », ai-je répété sottement. Une myriade de scénarios s'est fait jour dans ma tête, les nombreuses directions qu'auraient pu prendre les vies de mes enfants si je n'avais pas révélé la vérité. Lukas avait peut-être raison. Peut-être aurait-il pu sauver son frère. Mais parfois, il est aussi absurde de dire pardon que d'espérer qu'une seule étoile suffise à expliquer l'univers. J'ai donc murmuré à la place : « S'il te plaît, reviens à la maison. »

J'aurais dû savoir que c'était trop demander. Il a lâché ma main et s'est levé.

« Je ne peux pas. » Il a jeté un coup d'œil à son camarade qui attendait. « Je n'ai plus ma place ici.

— Ta place n'est pas non plus à la guerre, Lukas, ai-je répliqué, à raison mais de manière maladroite.

— C'est vrai. » Il a fini par me regarder, ses beaux yeux noirs à la fois douloureux et accusateurs. « Mais c'est mieux que rien. Mieux que de n'avoir nulle part. »

Paul et le pasteur sont sortis de l'église et se sont arrêtés pour parler. Lukas a jeté un regard nerveux à Paul, puis à son ami qui, prenant la mesure de la scène, a crié : « Prêt, chef ?

— Il faut que j'y aille… maman. » Il s'est penché pour m'embrasser sur la joue. La paume posée contre son visage lisse, j'aurais voulu le garder pour toujours contre moi, mais je l'ai laissé aller quand il s'est écarté.

Parfois, une femme se divise en deux. Parfois, au moment où quelqu'un qu'elle aime profondément s'éloigne, elle offre au monde une image stoïque, pleine de dignité et d'abnégation, pendant que son moi intime hurle et court après cet être aimé et l'attrape et le plaque au sol en le suppliant de rester.

« Lukas ! » a crié la femme désespérée. Il s'est tourné. « Merci d'être venu », a dit la femme convenable.

Au moins, j'ai pu voir son sourire parfait une dernière fois avant qu'il monte dans la voiture de son ami et s'enfuie.

LA MÈRE

Hier soir, j'ai bu du vin dans le salon plongé dans l'obscurité, jusqu'à succomber au sommeil. Moins d'une heure plus tard, je me suis réveillée sur le canapé, courbaturée et désorientée. J'avais rêvé que je m'enfuyais vers le ciel avec le merlebleu après les obsèques et, dans les brumes de la somnolence, je me sentais encore aussi légère que pendant l'envol. Dans cet instant précieux avant que la cinglante réalité n'efface le rêve, j'étais libre. Puis les souvenirs sont revenus l'un après l'autre : Max, parti. Lukas, parti.

C'est là que j'ai décidé d'essayer de tout coucher par écrit. Je suis allée prendre un stylo et ce papier à lettres sur mon bureau, et me suis installée à la table de la cuisine. Les mots se sont déversés avec tant de hâte que ma plume avait du mal à suivre.

C'est seulement maintenant – alors que le soleil se lève et que j'en suis là dans mon récit – que je comprends : je ne l'ai pas écrit pour moi. Je l'ai écrit entièrement pour vous, mère de la forêt. J'ignore comment vous retrouver, mais j'ai depuis longtemps la certitude que vous êtes l'architecte du cercle de cailloux que nous avons découvert, Lukas et moi, quand il avait douze ans. Si j'avais eu le courage de lui apprendre la vérité ce jour-là, si nous vous avions laissé un message plutôt qu'une pierre ronde, Lukas aurait peut-être su depuis longtemps d'où il venait, et nous aurions peut-être toutes les deux notre fils. Dans mon égoïsme, je n'ai jamais imaginé pouvoir le perdre tout de même, jamais imaginé qu'un jour, mes deux garçons seraient partis.

Je vais placer ces feuillets sur le rocher où je vous ai jadis laissé une pêche en priant pour que vous les trouviez.

Je vous livre mon histoire, parce qu'il ne m'appartient pas de raconter celle de Lukas. Pendant toute sa vie, je lui ai dit qu'il était une chose, puis je lui ai brisé le cœur en admettant qu'il en était une autre. Mon précieux enfant croit désormais qu'il n'est rien et de nulle part. Vous seule possédez les réponses dont il a besoin.

Je vous en prie, aidez-nous.

PARTIE V

1970-1971

22.

Je posai les feuilles d'Inga Tate sur le sol sec à côté du rondin, plaçai une pierre dessus pour éviter qu'elles s'envolent et me levai. J'avais la tête trop pleine pour réfléchir clairement, le cœur trop gonflé et endolori. Il fallait que je bouge. Un coup d'œil par précaution au ciel bleu, encadré par la cime des arbres, et je m'engageai dans la forêt.

L'histoire d'Inga Tate était trop – trop surprenante, trop triste. Mais elle était également insuffisante.

Cette femme m'en avait beaucoup révélé, mais ne pouvait pas me dire où se trouvait mon fils. À présent, elle me demandait mon aide, et je ne savais pas du tout comment lui répondre.

L'écart entre mon désir de voir mon fils et la réalité de ce qu'il était m'accablait soudain. Il n'était plus une abstraction ni un souhait, mais un triste jeune homme nommé Lukas qui ignorait d'où il venait et se battait contre des ennemis qu'il n'avait aucun moyen de comprendre. Quant à Inga, elle n'était plus un souvenir flou, ni une espèce de figure salvatrice, mais une femme malheureuse, persuadée de pouvoir retrouver en moi une chose perdue.

J'arpentai la forêt, réfléchissant à tout ce que j'avais appris. De retour dans la clairière, je les imaginai là : Lukas, à douze ans, qui sautait entre les plaques de neige, découvrait le cercle et y plaçait sa pierre ronde ; Inga, des années plus tard, qui revenait seule après les funérailles de son autre fils et posait ses mots sur le rocher accidenté, avec l'espoir ténu que je les lirais.

Je posai mes deux paumes tremblantes sur le cercle, espérant que les années de désir contenues dans chacun des cailloux m'aideraient à savoir ce que je devais faire.

23.

Trois jours plus tard, je cueillais du lin de Lewis dans mon jardin quand Zelda remonta l'allée dans sa Buick blanche et agita la main par sa vitre ouverte. Pendant qu'elle se garait, je disposai les fleurs dans une bouteille, la remplis au robinet d'eau de pluie et la posai sur la table de la terrasse, entre deux verres de citronnade. L'ombre du peuplier et la cataire parfumée avaient beau adoucir l'air chaud du mois d'août, je transpirais tant j'étais nerveuse.

« Que me vaut cet honneur ? demanda Zelda en s'approchant, les bras ouverts.

— C'est juste de la citronnade », mentis-je en me laissant étreindre. J'étais aussi fébrile qu'un lièvre et ça se voyait.

Elle s'assit et prit une gorgée, m'examinant pardessus le bord du verre.

« Que se passe-t-il, V ? »

Je déglutis et la regardai droit dans les yeux.

« Eh bien... il est grand temps que je te raconte une histoire », réussis-je à dire.

Si Inga Tate avait été capable de me raconter la sienne et de demander de l'aide, je devais l'être aussi.

Elle me regarda avec soulagement. « Une histoire.

— Oui, acquiesçai-je en tripotant les fleurs.

— Bien. » Elle hocha la tête, une manière de dire qu'elle avait toujours su que j'avais des secrets. « Raconte. »

Je pris une grande inspiration. Elle attendit, dans l'expectative. Les nerfs à fleur de peau, je me levai.

« On peut marcher ? » demandai-je.

Nous baissâmes les yeux vers les chaussures de Zelda, qui auraient aussi bien pu être des talons aiguilles que des hautes bottes. Les sandales plates assorties à sa robe bain-de-soleil jaune semblaient convenir à la marche.

« Bien sûr », répondit-elle en se levant.

Nous nous mîmes en route sans un mot; sous le chaud soleil, longeant le verger pour rejoindre le sentier de gravier qui serpentait vers la limite de ma propriété. Je voulais me lancer, mais n'y parvenais toujours pas. J'attendis que Zelda remplisse le silence de son bavardage, à propos de quelque chose qu'elle aurait lu dans le journal, mais elle s'abstint. Arrivées à la clôture bordée de hauts tournesols, nous franchîmes le portail, puis le pont de bois au-dessus du marécage, et continuâmes sur le chemin ombragé le long du fossé qui apportait l'eau de la rivière aux fermes voisines. Je regrettais que mon histoire ne coule pas si facilement.

« Bon, dis-je enfin, sentant les frontières de mon univers connu se craqueler. J'aurais dû te raconter tout ça il y a bien longtemps. Pardonne-moi de ne pas l'avoir fait.

— Te pardonner ? » Zelda secoua la tête. « Ne sois pas ridicule. Tu essaies de gagner du temps, V.

— Tu crois ? » Je ris. « Comme aurait dit mon père : “Arrête de traînasser, Torie, et fais ce que tu as à faire.”

— Torie ? demanda-t-elle, surprise.

— Tout le monde m’appelait Torie quand j’étais jeune.

— Je ne le savais pas. Je me rappelle la fois où je t’ai demandé si je pouvais t’appeler Vicky, et où tu m’as répondu du tac au tac “Sûrement pas”. »

Nous éclatâmes de rire, et ça me fit du bien.

« J’étais contente que tu réagisses comme ça, ajouta-t-elle. Tu n’es pas une Vicky. Ni une Torie. Quand es-tu passée à Victoria ? »

Dans les massettes au bord du fossé, un chœur de carouges à épaulettes m’encouragea.

« Ça fait partie de l’histoire que je voudrais te raconter », répondis-je. Je m’interrompis, puis trouvai une manière de commencer en disant simplement : « J’ai rencontré un garçon.

— Aha, je le savais ! » Mais mon attitude lui apprit que ce n’était pas un garçon ordinaire dont on pouvait plaisanter.

« Oui, un garçon, soupirai-je. Tu seras la seule personne à qui j’aurai parlé de lui. De lui et de toute la suite. Mais je dois commencer au début. J’espère que tu voudras bien seulement m’écouter.

— Bien sûr.

— Il s’appelait Wilson Moon. »

Wilson Moon. Ce nom n’avait pas franchi mes lèvres depuis plus de vingt ans. Le simple fait de le prononcer me rappela que le bouillonnement grisant d’un premier amour coulait encore dans mes veines.

Le temps que je déroule mon histoire, nous avions parcouru presque deux kilomètres d'un côté à l'autre du fossé d'irrigation, gratté et coupé les légumes que j'avais cueillis dans le potager ce matin-là et commencé à préparer une soupe pour le déjeuner. Tout revivre en détail était plus difficile et épuisant que je ne l'avais anticipé, mais aussi, à de nombreux égards, plus agréable.

Zelda m'écouta attentivement. À voir son visage, elle avait du mal à croire que j'étais vraiment la fille de l'histoire – Torie –, et que tout était resté en moi, pareil à un journal intime cadenassé, pendant tant d'années. Elle posa plusieurs fois la main sur son cœur ou son ventre au cours du récit, et quand je ne pouvais plus retenir mes larmes, elle m'entourait de son bras. Elle aussi avait connu la perte, tout comme d'innombrables femmes avant nous. Elle savait que je la ressentais encore dans mon corps, comme elle dans le sien.

Finalement, étonnée d'en avoir révélé autant, je conclus : « J'ai parlé assez longtemps. Dis-moi ce que tu en penses. »

Les images épouvantables que j'avais fait apparaître tournaient dans ma tête – le corps ensanglanté de Wil précipité dans le canyon ; moi, sale, amaigrie et désorientée après mes épreuves dans la montagne, qui abandonnais mon bébé dans la voiture d'une inconnue avant de m'enfuir en titubant.

« Tu as fait ce que tu devais faire », dit-elle, avec la sincérité totale d'un cadeau choisi avec soin. Je n'aurais pu espérer réponse plus généreuse.

« Je n'ai jamais été capable d'en parler, dis-je.

— C'est pour ça que tu as gardé le secret, par une sorte de honte ?

— Probablement », avouai-je d'une petite voix.

Zelda m'attira vers elle et me serra dans ses bras. Elle me rassura en prononçant tous les mots que j'avais besoin d'entendre. Mais j'étais tellement habituée à cacher tout ce qui concernait Wil et mon fils, à ne partager ma douleur qu'avec la clairière, la rivière et le verger, qu'une partie de moi voulait échapper à ses bras et partir en courant, passer le portail et le marécage et continuer de courir.

Lorsqu'elle s'écarta, elle laissa une main sur mon bras et demanda : « Et Seth ? Est-ce qu'il a été arrêté ? Accusé ? »

La dernière fois que j'avais vu Seth, je pointais un fusil vers son dos, pendant qu'il s'éloignait, la tête basse, du foyer où nous avions autrefois formé une famille. Avait-il tenté d'occuper la ferme avant d'en être exproprié pour cause d'inondation ? S'était-il soûlé à en mourir, avait-il fini en prison ou au paradis ? Je me fichais de le savoir. Quinze ans plus tôt, quand j'étais arrivée sur cette terre au volant du camion de papa, ma vie s'était scindée en deux : avant Iola et après. Seth appartenait à l'avant. Il n'existait tout simplement plus pour moi. Même si parler de lui me dégoûtait, je devais répondre.

« À cette époque, aucun jury n'aurait condamné Davis ou Seth pour le meurtre de Wil, surtout après qu'il avait été décrit comme un voleur. » Le nom de Seth dans ma bouche était aussi aigre que celui de Wil était doux. Celui de Davis, un pur poison. « Lyle, le shérif… c'était quelqu'un de bien, réussis-je à poursuivre. Il savait que justice devait être rendue, même si très peu de gens estimaient que la mort de Wil… comptait. Mais il n'a pas porté l'affaire en justice. Il n'y avait pas de lois sur les droits civiques en ce temps-là, pas pour les Indiens. On ne se souciait pas de ce qu'ils avaient enduré. On s'en soucie à peine aujourd'hui. Tu le sais aussi bien que moi.

— C'est vrai. » Zelda hocha la tête et plaça les paumes sur son cœur. « Mais pour moi, c'était du domaine de l'histoire, une actualité lointaine. La réalité est tellement effroyable. Un tel déni de justice. Si seulement il était reparti chez lui quand tu le lui avais conseillé. »

Wil ne m'avait donné qu'un tout petit indice concernant l'endroit d'où il venait, le jour où il avait pointé le doigt vers le sud-ouest en disant : « Vous l'appelez Four Corners. » J'avais entendu parler de cette région – au carrefour entre le Colorado, le Nouveau-Mexique, l'Arizona et l'Utah, là où les touristes se tenaient sur la croix d'un marqueur en bronze, afin de toucher les quatre États à la fois –, mais j'étais trop naïve pour comprendre ce qu'il entendait par ce « vous ». Quand je lui avais demandé si le lieu lui manquait, il m'avait seulement répondu : « Aucune terre n'a de coins », comme si ça voulait tout dire.

« Il ne pouvait pas y retourner, déclarai-je à Zelda. J'ignore pourquoi. J'étais encore une toute jeune fille. Je n'y comprenais rien et ne savais pas du tout comment agir. »

Je continuai de remuer la soupe d'un geste machinal, encore stupéfaite par l'intolérance et l'horreur qui s'étaient déchaînées contre ce pauvre garçon innocent.

« Ensuite, tous les habitants d'Iola se sont dispersés pour entamer de nouvelles vies », dis-je. J'avais l'impression d'avoir une pierre dans la gorge. « Tout a été effacé. »

Je levai les yeux vers elle, l'implorant en silence de laisser tomber le sujet de Seth et du meurtre de Wil, et c'est ce qu'elle fit, par pure bonté d'âme, même si je la soupçonnais de penser à ce qu'elle savait d'Emmett Till[1], à ce qu'elle avait appris de Martin Luther King, et au fait que je n'avais pas dénoncé les meurtriers de Wil, alors qu'à ma place, elle se serait battue bec et ongles pour obtenir justice. Je coupai une autre carotte et l'ajoutai à la soupe, cherchant surtout à gagner du temps pour laisser à ma voix le temps de se raffermir.

Zelda respecta mon long silence avant de poser l'inévitable question que je redoutais tout en ayant besoin de l'entendre.

« Tu as essayé de retrouver ton fils ? »

Je secouai la tête. « Non. »

Elle accusa le coup. Forcément, ma réponse était pour elle inconcevable. « Je peux te demander pourquoi ?

— C'était une autre époque. Il aurait été impossible de remonter la piste. »

Elle hocha la tête.

---

1. Jeune Afro-Américain (1941-1955) torturé à mort par deux hommes blancs dans le delta du Mississippi. Les deux meurtriers ont été acquittés lors de leur procès.

« Et quand bien même je l'aurais retrouvé, poursuivis-je. Je n'allais pas l'enlever à sa nouvelle famille. J'ai fait des choix. Je devais me persuader que c'étaient les bons, que continuer à vivre, créer tout ça, suffisait… » Je montrai mes terres d'un geste.

« Est-ce que ça suffit ? » demanda-t-elle, doucement, mais sans craindre de me pousser dans mes retranchements.

Je ne répondis pas. J'avais tant voulu que ça suffise : m'occuper de papa, de Ruby-Alice, des arbres de ma famille, sauver tout ce qui pouvait l'être et replanter ma vie avec la bénédiction de la terre. Mais je pouvais enfin admettre que non, ça ne suffisait pas. Ce que j'avais sauvé ne compensait pas ce que j'avais perdu.

« C'est ton fils, dit Zelda. Et il est quelque part. Je suis sûre que tu te demandes toujours où il est, à quoi il ressemble. »

Je fis oui de la tête, car depuis vingt et un ans, pas un jour n'était passé sans que je m'interroge sur lui.

« V, il faut qu'on le retrouve », affirma-t-elle.

Je détournai les yeux. Une partie de moi voulait retirer tout ce que j'avais raconté, enfouir mon histoire très profond dans la terre, là où elle était restée, tel un fossile, pendant toutes ces années.

Mais le moment était venu d'affronter le passé, d'admettre que, tant que je serais séparée de mon fils, je ne trouverais jamais le repos et, comme le récit d'Inga Tate m'avait aidé à le comprendre, lui non plus. Je me remémorai le jour où j'avais sorti Abel de sa stalle pour partir dans les montagnes, sachant que je libérais des forces sur lesquelles je n'aurais plus de prise, et que les conséquences seraient irréversibles. J'avais la même impression face aux questions de Zelda, et au moment de décider que faire. Il me fallait seulement retrouver la même détermination qu'à l'époque.

J'allai chercher le récit d'Inga Tate, que j'avais laissé sur la table de la salle à manger, et je tendis les feuilles bleu pâle à Zelda.

« J'ai découvert ça, lui dis-je. Il y a quelques jours, après que tu es venue prendre le petit déjeuner. Je suis allée à la clairière ce jour-là. C'était posé sur mon cercle de cailloux. »

Elle prit les feuilles, bouche bée.

Je retournai m'occuper de la soupe pendant qu'elle commençait à lire. Soudain, l'odeur me souleva l'estomac.

« Ça vient de…

— D'elle, oui, confirmai-je.

— Oh, mon Dieu, souffla Zelda, parcourant frénétiquement les pages. Tu lui as parlé ?

— Non, avouai-je.

— Pourquoi ? »

Cette question, je me la posais depuis trois jours et trois nuits sans sommeil. Ni le verger ni la lune ascendante pendant mes promenades nocturnes ne m'avaient apporté de réponse. Chacune de mes décisions, depuis la première fois où j'avais senti mon bébé remuer dans mon ventre, avait exigé que je mobilise un courage inexploité. J'avais tant risqué, surmonté tant d'obstacles, mais l'histoire d'Inga Tate m'avait rappelé que même cette réserve de courage n'est pas inépuisable.

« Il est adulte, à présent, avançai-je. Je ne vois pas comment il accepterait qu'une femme sortie de nulle part se prétende sa mère. Je n'ai pas le droit.

— Tu as parfaitement le droit, répliqua Zelda.

— Je ne peux pas bouleverser sa vie. Ce ne serait pas juste. » Mes mots sonnaient faux, mais je devais les prononcer à voix haute pour voir leur effet sur le visage interloqué de mon amie.

« Ce qui n'est pas juste, c'est de le laisser poursuivre sa vie sans savoir pourquoi il a changé de mains, dit-elle, incapable de contenir son exaspération.

— Il n'a pas *changé de mains*, Zelda. Ce n'est pas un bestiau ! »

Indifférente à ma protestation, elle leva les bras pour marquer sa consternation. Je testais ma résolution sur elle – une personne capable d'encaisser une honnêteté totale et de répondre avec une même sincérité –, et elle le savait.

« Et tes besoins à toi, V ? Ils comptent autant que les siens. »

Je secouai la tête. « Non. Les femmes endurent. On est faites pour ça.

— C'est ridicule, répondit-elle plus sèchement que je ne m'y étais attendue. Une femme n'est pas qu'un simple réceptacle destiné à porter des bébés et du chagrin.

— Ce qui veut dire ?

— Ce qui veut dire que tu mérites d'avoir ton fils.

— Comme toi, tes enfants.

— Oui, c'est sûr que je mérite d'avoir mes enfants. Aucun doute là-dessus. Tous mes enfants. La perte n'a rien à voir avec ce qu'on mérite ou non, bon sang. »

Mais comment être certaine que je méritais mieux ? Je ne connaissais rien d'autre que l'endurance.

« Tu as peur, affirma-t-elle, et je me sentis prise à un piège que j'avais moi-même tendu.

— Bien sûr que j'ai peur, répondis-je, les larmes réprimées me piquant les yeux. Je ne sais pas comment faire autrement.

— Si tu crois ça, c'est que tu n'as pas écouté aussi bien que moi l'histoire que tu viens de me raconter », dit-elle.

Zelda partit, après m'avoir assuré qu'elle m'aiderait à faire le pas suivant quand je serais prête. J'avais besoin de m'allonger. J'emportai le récit d'Inga dans ma chambre, avec l'intention de le relire, pour finir par le mettre de côté et poser la tête sur les oreillers. Les fenêtres près du lit étaient grandes ouvertes, mais l'air était chaud et immobile. La chaleur, les décisions à prendre et à mettre en œuvre pesaient si lourd que je fermai les yeux et m'échappai dans le sommeil.

À mon réveil, des heures plus tard, une brise bienvenue agitait les rideaux et soufflait de l'air frais sur mon corps. Elle venait de l'est, avait franchi des montagnes et leurs contreforts, et charriait l'odeur des grands espaces, le parfum des pins, de l'armoise et de l'humus, ainsi qu'une infime suggestion de pluie. J'inhalai profondément et je me levai. Les pages d'Inga Tate étaient posées sur ma commode. J'ignorais toujours comment répondre. Tout ce que je savais avec certitude, c'est que la forêt m'appelait.

Je pris la direction du mont Lamborn au volant du nouveau camion. La route s'aplanit sur le large plateau de la *mesa*, passa devant une dizaine de maisons, de fermes et de prairies éparses, puis plongea avant d'attaquer une pente raide. Je me garai en haut, là où l'ombre des épicéas bleus et des pins Douglas enveloppait la route, et je sortis dans le silence. Je m'étirai, j'inspirai et j'expirai lentement, profondément, jusqu'à ce que mon esprit commence à s'éclaircir.

Je suivis un sentier familier, au milieu des chênes de Gambel et des buissons de bigelovie, pour rejoindre une prairie que j'affectionnais, luxuriante et bourdonnante de vie estivale. Des papillons blancs dansaient parmi les vératres de Californie et les hautes herbes. Des abeilles et des machaons fouillaient le cœur ensoleillé des asters à feuilles de tanaisie. Des sauterelles bondissaient sur mon passage. Je m'assis au bord du ruisseau qui coulait comme une veine au milieu de la prairie et j'admirai les petites trompettes des gentianes pourpres groupées dans l'humidité. Récoltant l'eau fraîche dans mes mains en coupe, je m'aspergeai le visage encore et encore. Je voulais éprouver ce lieu sur ma peau, me réveiller et écouter. Lorsque je me redressai pour poursuivre mon chemin, je me sentais plus légère, comme délestée d'un poids.

Je suivis le ruisseau jusqu'à l'endroit où il plongeait dans la forêt en une cascade moussue. Je descendis la colline, longeant la musique de l'eau et les rochers vaporeux, aussi rapide et assurée qu'un chevreuil. Je me demandai quand ça c'était produit – quand j'avais appris à me déplacer dans la nature comme une créature de la forêt et non plus un humain maladroit, quand le sol avait cessé d'être trop rocailleux, glissant ou raide, pour devenir l'essence même de la terre.

Je m'assis dans l'ombre fraîche des arbres et ramassai deux pleines poignées d'humus auquel se mêlaient des aiguilles de pin, des petits cailloux, des brindilles, des feuilles, une minuscule coquille d'escargot et une plume blanche et duveteuse. Je regardai autour de moi la végétation naître, croître et mourir, les ventres ouverts d'arbres abattus qui nourrissaient de nouvelles pousses, la vie qui émergeait de chaque creux et chaque fissure, qui exploitait chaque percée vers la lumière. C'était une intelligence immémoriale beaucoup trop riche et complexe pour que je la comprenne pleinement. Elle me rappelait cependant que c'était dans ces strates accumulées par le temps que chaque chose devient elle-même.

Oui, Zelda avait raison : à l'instar de mon verger, j'avais résisté dans une nouvelle terre – quoique déracinée par les circonstances, j'avais réussi à aller de l'avant. Mais j'avais aussi vacillé, chuté, cédé au découragement et à la peur un nombre incalculable de fois. La force, avais-je appris, était pareille au sol de cette forêt, fait de petits triomphes et d'erreurs innombrables, d'heures de soleil suivies de soudaines tempêtes qui ravageaient tout. Nous sommes tous semblables, ne serait-ce que parce que nous partageons cette même belle et douloureuse manière de croître, une étape après l'autre, en tombant, en repoussant les débris pour nous relever, sans jamais perdre espoir.

C'est ce que je répondrais à Inga Tate, décidai-je alors, et ce que je dirais à mon fils si j'avais un jour la chance de le connaître : que j'avais toujours accepté d'affronter ce que la vie me réservait, et toujours essayé de faire ce que je croyais juste. J'expliquerais que la plus grande leçon que j'avais apprise, c'est qu'il faut du temps pour devenir soi-même. Je dirais que je m'étais laissé porter par la rivière, ainsi que Wil me l'avait enseigné, mais qu'il m'avait fallu des années pour comprendre ce que ça signifiait. Mon histoire ne se résumait pourtant pas à surmonter des obstacles. Comme la rivière, j'avais aussi rassemblé en chemin tous les éléments minuscules me reliant à tout le reste, et ce faisant, j'étais arrivée ici, avec deux poignées d'humus dans mes paumes et un cœur encore en train d'apprendre à ne pas avoir peur de lui-même. J'avais été façonnée par mes proches – ma famille disparue et mon amour perdu, les amitiés trouvées, bien que peu nombreuses –, par mes pêchers qui avaient survécu et tous les arbres qui m'avaient offert un abri ; par les êtres rencontrés sur le parcours, par chaque goutte de pluie et chaque flocon de neige tombé sur mon épaule, chaque souffle de brise ; par tous les sentiers que j'avais foulés, tous les endroits où j'avais posé les mains et la tête, et tous les ruisseaux pareils à celui qui était devant moi, dévalant la colline, gagnant en force grâce à la gravité, tourbillonnant, puis négociant la courbe du méandre suivant, donnant autant qu'il prenait dans un accord silencieux avec toute chose vivante.

Voilà ce que j'avais à offrir à mon fils, leur dirais-je, tout ça et la terre qui me nourrit. S'il ressemblait à son père – et c'était mon espoir le plus cher –, il percevrait le fragile courage de celle que j'étais devenue, et il en trouverait assez dans son cœur effrayé pour m'offrir la chance de l'aimer.

24.

La chaleur montait de l'asphalte du parking quand Zelda et moi sortîmes du lobby de l'hôtel. J'eus envie de faire demi-tour pour retourner dans l'espace climatisé.

J'avais trouvé le courage d'envoyer un message à Inga Tate, dans lequel, après avoir d'abord tenté de tout lui expliquer, j'avais fini par écrire : « Je suis prête. » C'est Zelda qui m'avait poussée à venir si vite à Durango, quelques jours seulement après qu'Inga eut répondu par une invitation. En me glissant dans la Buick de Zelda pour aller la rencontrer, je me répétais *Je suis prête. Je suis prête.*

« Excitée ? demanda Zelda en mettant le contact.

— Nerveuse », répliquai-je, et je lui donnai une petite tape sur la jambe pour la remercier de m'accompagner.

De l'air frais dissipa lentement la chaleur tandis que nous roulions. Je collai le front à la vitre pour regarder filer le paysage aride de Durango. Je le trouvais beau, à sa manière obstinément austère. C'était une terre rude, où l'on n'aurait pas eu envie de se perdre : les à-pics en grès blond et les pins pignons noueux ressemblaient plus à des avertissements qu'à un appel à la balade. Je me demandai si mon fils, en grandissant, avait trouvé ce paysage inhospitalier, s'il l'enchantait et l'attirait, ou si c'était seulement la toile de fond de sa jeunesse et qu'il le remarquait à peine.

Nous traversâmes la rivière là où elle était large et rapide, se précipitant en cascades écumeuses et en tourbillons même en ce début septembre. Des rochers jaunes bordaient ses rives, ainsi que des saules et des bosquets de peupliers de Virginie dentelés. La pancarte sur le pont indiquait *Animas* et, en lettres plus petites, *Rio de las Animas.* La rivière des Âmes, là où mon fils venait chercher du réconfort, selon le récit d'Inga Tate.

« Zelda, arrête-toi », dis-je.

Dès qu'elle le put, elle quitta la route et se gara.

Je traversai le limon chaud jusqu'au bord de la rivière. Le grondement de l'eau noyait le bruit des oiseaux et de la circulation ; les hauts peupliers éclipsaient la terre aride tout autour. Il n'y avait plus que l'Animas et moi, et l'image mentale d'un jeune garçon lançant des cailloux dans le courant. Je n'avais jamais vu de rivière aussi semblable à celle que j'avais perdue, cette portion sauvage de la Gunnison qui avait nourri les champs d'Iola autant que mon enfance. Je retirai mes chaussures, roulai le bas de mon pantalon et j'entrai dans le flot froid, pour me tenir là où mon fils s'était peut-être tenu, captivé par les eaux transparentes. Avait-il écouté comme moi ce que ces eaux avaient à dire sur l'amour et le temps ? Si oui, mon apparition ne serait peut-être pas une si grande surprise pour lui.

Lorsque nous nous arrêtâmes devant la petite maison en briques, avec sa pelouse bien tondue, une femme brune aux cheveux courts était assise dans un fauteuil en osier sous la véranda. J'attrapai mon sac d'une main maladroite. Zelda se pencha et me caressa gentiment l'épaule.

« Prête ? demanda-t-elle.

— Prête », répondis-je. Et je le répétai dans ma tête pour me rappeler que c'était vrai.

Une vague de chaleur entra quand j'ouvris la portière. Zelda se hâta de faire le tour de la voiture pour m'aider à tenir debout.

Derrière elle, la femme s'était levée et descendait les marches du porche.

Je voulus dire quelque chose, mais la femme approchait et son visage remontait du brouillard de ma mémoire. Une minute après, Inga Tate nous ouvrait son portail, Zelda me poussait tendrement et j'avançais d'un pas chancelant.

Nos regards se croisèrent et Inga vacilla vers moi. Elle agrippa mes mains entre les siennes et les tint comme en prière. Les larmes qui perlaient à ses yeux m'apprirent qu'elle m'avait gardée dans son cœur pendant toutes ces années, comme je l'avais gardée dans le mien, d'une manière étrange mais essentielle – deux mères du même beau garçon. Je libérai une main pour entourer ses épaules de mon bras, et cette inconnue qui n'en était pas une s'abandonna à cette étreinte. Pendant un long moment, la douleur brutale de tout ce que nous avions donné et perdu nous engloutit, et nous nous raccrochâmes l'une à l'autre comme par peur d'être séparées par une soudaine bourrasque.

Je murmurai dans ses cheveux odorants les mots que j'attendais de prononcer depuis deux décennies : « Merci, merci, merci, merci. »

Elle secoua la tête et, lorsqu'elle finit par s'écarter, elle me regarda avec des yeux tristes et murmura les mots les plus inattendus :

« Je suis désolée.

— Inga, non », répondis-je.

Elle leva la paume pour faire taire mes protestations, et je compris qu'elle aussi avait retenu trop longtemps ce qu'elle avait besoin de dire.

« Je suis désolée de l'avoir privé de vous, dit-elle. Et d'autant plus désolée de l'avoir perdu. »

25.

Zelda repartie, Inga et moi passâmes plus d'une heure dans sa petite cuisine jaune. Nous nous dîmes tout ce que notre courage nous permit de nous dire, avec force détails et expressions de compassion, jusqu'au moment où Inga se leva pour aller se rafraîchir le visage, nous offrant à toutes deux un peu de silence après avoir partagé nos histoires et tant de larmes.

J'imaginai Lukas et son frère Max, assis à la table en formica, d'abord enfants et jusqu'à l'âge adulte. Lukas raffolait des spaghettis aux boulettes de viande, m'avait appris Inga, et de la tarte aux pommes dont elle tenait la recette de sa mère allemande. Je songeai que tous les repas qu'Inga avait servis à Lukas à cette table, elle les avait servis à ma place. Tous les bains donnés, les heures à superviser les devoirs, tous les câlins, toutes les lessives – elle avait fait tout ça à ma place. Lorsqu'elle avait perçu en Lukas un malaise intime, elle l'avait conduit à la clairière dans le but d'au moins essayer de lui révéler la vérité. Pour elle, pour lui, mais aussi pour moi. L'amour qu'elle lui avait témoigné chaque jour, elle le lui avait témoigné à ma place.

J'avais enfin pu tenir les mains de l'autre mère, lui dérouler mon histoire et lui dire merci. Mais jamais je ne serais en mesure d'exprimer la profondeur de ma gratitude. Des détails partagés par Inga, je déduisis que leur famille était semblable à tant d'autres ; leur vie commune faite tout à la fois de bonheur, de tristesse, de complexité, de douceur et de tragédie. Ils étaient loin d'être parfaits, cependant ils avaient été là pour mon fils, contrairement à moi.

En voyant par la fenêtre l'imposant peuplier à double tronc au milieu du jardin de derrière, je me rappelai l'histoire du bras cassé de Max et de la fausse accusation contre Lukas. J'observai le banc sous l'arbre, où Inga lui avait révélé l'horrible vérité, et j'imaginai Lukas qui se levait d'un bond et s'enfuyait en courant, sautant par-dessus la clôture avant de disparaître. C'était étrange de connaître autant de détails privés concernant leur famille. Et stupéfiant de découvrir à quel point leurs vies avaient été influencées par ce jour d'octobre où j'avais descendu la Grand-Rue d'Iola quand j'avais dix-sept ans. Cela avait même joué un rôle dans la décision d'Inga de divorcer d'un mari cruel – enhardie, m'avait-elle expliqué, par le courage qu'elle avait trouvé dans l'écriture de son histoire et sa résolution de me retrouver.

« Victoria ? » Inga se tenait sur le seuil de la cuisine. « Venez. »

Je la suivis dans le salon, où elle avait disposé des photos sur le plateau en verre de la table basse.

« J'ai pensé que vous aimeriez les voir. »

Mon cœur battait la chamade. Ma famille n'avait jamais possédé d'appareil photo. Je n'avais aucun cliché de ma jeunesse, des gens et de la terre que j'avais aimés et perdus. Là, juste devant moi, se trouvait pourtant un Kodachrome de Wil.

Je pris la photo d'une main tremblante. L'adolescent musclé, en jean et tee-shirt blanc, posait dans une roseraie, ses doux yeux marron foncé et son sourire généreux me projetant dans le passé. J'examinai l'image, incapable de m'en détacher.

« Lukas, le jour de ses dix-sept ans, m'apprit Inga.

— Il est… magnifique », dis-je, m'obligeant à respirer.

Inga me tendit une autre photo, en noir et blanc celle-là – deux bébés dans une poussette double, dont l'un était mon Baby Blue, au visage exactement pareil au souvenir que j'en gardais. Je me laissai tomber sur le canapé fleuri. Elle m'en montra d'autres : un bambin, portant encore une couche, le sourire édenté, à quatre pattes sur un tapis tressé ; un fier petit garçon sur un tricycle ; deux frères, les dents écartées, coiffés de chapeaux pointus d'anniversaire ; deux pré-ados maigres sur des vélos identiques. Je regrettais tout ce que j'avais manqué à n'être pas de l'autre côté de l'objectif – de ne pas avoir connu sa voix, ni l'avoir vu changer et grandir subtilement au fil des jours.

« J'ai pris celle-ci deux semaines avant qu'il s'en aille, dit Inga, me tendant un Polaroid de Lukas en train de rire, assis à la table où nous avions mis nos âmes à nu. Oh, ce sourire, dit-elle. Si naturel et si doux… » Sa voix se brisa et le silence s'installa.

« Victoria », dit-elle quand elle trouva la force de reprendre. Elle traça les contours de son visage du bout du doigt. « Regardez. L'arrondi de ses yeux, son nez, son menton. Il y a tant de vous en lui. »

Je ne voyais que Wil. « Peut-être, dis-je malgré tout. Sa peau… »

Inga sourit et hocha la tête. « Elle a foncé avec l'âge », dit-elle.

En contemplant la photo, j'éprouvai une sourde inquiétude.

S'il y avait plus de gens comme Seth que d'étoiles dans le ciel nocturne, ainsi que me l'avait dit Wil, Lukas avait sûrement subi leur venin toute sa vie. Le taxidermiste qui l'avait traité de sang-mêlé n'avait sans doute été que le premier. Je désirais raconter à Lukas tout ce que je savais sur son père, mais je m'interrogeais : et si l'histoire de l'amour interdit de ses parents et de la mort violente de Wil se révélait plus difficile à supporter que l'ignorance ?

Pour la première fois depuis que j'avais abandonné mon fils, je sentis que c'était à moi de le protéger.

« Et si tout ce que j'ai à lui dire se révélait trop douloureux ? demandai-je. Nous n'avons aucune idée de ce que ça fait d'être Lukas. De ce qu'il fuit ou de ce qu'il cherche. Ce n'est peut-être pas nous qui pouvons l'aider. »

Inga hocha la tête, pensive.

« Vous avez raison. Lukas est maître de sa vie. Nous pouvons seulement lui apprendre d'où il vient, et l'assurer qu'il a toujours été aimé, dit-elle. C'est tout ce qu'il doit entendre de vous, Victoria. À lui de choisir le reste. »

Je songeai à ma ferme, au verger et à la North Fork, aux forêts, aux prairies et à toutes les choses parfaites que j'avais attendu tant d'années de lui montrer. Je jetai un nouveau regard au jeune homme de la photo. Je hochai la tête, acceptant le destin, le mystère et toutes les forces sauvages et imprévisibles qui sculptaient nos vies, et je me fis le serment d'inviter enfin mon bébé chez lui.

« Comment allons-nous lui faire savoir que je suis prête ? » demandai-je d'une voix tremblante.

Inga sourit et posa la main sur la mienne.

« Je trouverai un moyen », dit-elle.

26.

Debout au bord du réservoir de Blue Mesa, sous un ciel de printemps brumeux, j'imaginai au fond du lac les vestiges de ma maison d'enfance – effondrée, détrempée, peut-être réduite à quelques clous et boutons de porte.

Zelda et Inga faisaient des ricochets dans l'eau, et moi les cent pas sur le rivage. À l'est, en amont, je voyais la Gunnison serpenter dans la vallée avant de rejoindre le réservoir près d'un nouveau pont en béton. Le paysage avait tellement changé, pourtant l'histoire s'accrochait encore à moi telles des bardanes. L'endroit m'avait paru adapté pour des retrouvailles – une manière d'affronter le passé avant de se tourner vers l'avenir –, mais en regardant l'eau bleue agitée là où se trouvait autrefois Iola, je n'en étais plus si sûre.

Bien qu'il n'y ait que du gravier et la voiture de Zelda sur le parking voisin, je ne pouvais m'empêcher de regarder sans cesse dans cette direction. Inga avait envoyé une lettre, et Lukas avait répondu. J'avais attendu tout un long hiver, dans l'angoisse, qu'il accepte une rencontre, puis la fin de sa période de service.

Mon fils arriverait à midi.

Les montagnes aux pics enneigés de la Big Blue Wilderness où mon bébé était né dominaient le réservoir. Je parcourus des yeux le chemin que j'avais autrefois suivi avec Wil sur ces collines et jusqu'à la hutte. Mon cœur se serrait encore au souvenir de tout ce que nous y avions découvert à propos de l'amour, de tout ce qu'il avait risqué et perdu à cause de ça. La zone avait été rebaptisée l'Uncompahgre, en hommage aux Utes déplacés, et je me demandai ce que Wil en penserait : y verrait-il une tentative de rédemption aussi ironique qu'insuffisante, ou dirait-il simplement « Si ça peut vous faire plaisir » ?

Je jetai un nouveau coup d'œil au parking et à mes deux compagnes fébriles. Fourrant la main dans la poche de ma veste, j'en sortis la branche de pêcher que j'avais coupée ce matin-là pour mon fils. J'inhalai le parfum sucré des délicates fleurs roses et tournai la branche entre mes doigts pour les admirer ; puis je regardai le réservoir et me représentai le verger, la ville et la rivière sauvage d'autrefois. Je consultai ma montre. Il était presque midi.

Je scrutai le ruban de route déserte de l'autre côté du pont. Évidemment, je craignais que mon fils soit déçu – à cause de sa conception scandaleuse, de la mort cruelle de son père demeurée impunie, parce que je l'avais abandonné pour commencer une nouvelle vie. Je me demandais même s'il viendrait, ou s'il saisirait cette occasion de me punir, et Inga du même coup, en ne se montrant pas. Et pourtant, je me sentais optimiste. J'avais choisi de le retrouver sur ces berges parce que, forte d'une nouvelle sagesse, je comprenais que mon passé avait toute sa place à côté du nouvel espace que j'avais créé en moi pour l'espoir.

Alors que les nuages s'écartaient et que l'eau étincelait sous le soleil, je m'interrogeai sur le sens de tout ça – ce voyage que j'appelais ma vie, si pareil à cette rivière immergée qui, bien que contrainte de devenir un lac, continuait d'être une rivière, d'avancer malgré les obstacles et le barrage, de couler avec tout ce qu'elle avait rassemblé au passage parce qu'elle ne savait pas faire autrement.

Un pick-up argenté et poussiéreux quitta la route 50, traversa le pont et ralentit sur le parking. Zelda et Inga se redressèrent. Le visage de Zelda s'illumina, triomphant, comme si le fait de m'aider à retrouver mon fils avait mis du baume sur son cœur meurtri, comme si ces retrouvailles étaient une petite victoire pour toutes les mères éplorées dans le monde entier.

Inga s'approcha de moi et chercha dans mon regard un signe de solidarité. Je remis les fleurs de pêcher dans ma poche. Puis je pris la main d'Inga, et celle de Zelda. Nous faisions front, toutes les trois, attendant ce qui allait arriver.

Un jeune homme en jean et tee-shirt blanc descendit du pick-up et, l'espace d'un instant troublant, réécrivit l'histoire. Je me demandai si je n'avais pas commis une tragique erreur – si, en réalité, Wil n'avait pas survécu, et si le corps retrouvé au fond de Black Canyon n'avait pas été celui d'un autre.

« C'est Lukas », murmura Inga, comme si elle sentait mon besoin d'une confirmation. Le soulagement et la crainte se mêlaient dans sa voix tremblante. Elle serra plus fort ma main, et je fis de même en réponse.

Il regarda l'étendue d'eau, puis se tourna vers nous avec un sourire nerveux. Je ne vis plus alors sa ressemblance avec Wil ou avec moi, mais je le vis, lui : sa posture solide de militaire, sa mâchoire étonnamment anguleuse, plus du tout un garçon mais un homme ayant fait l'expérience de la perte, de la solitude et de la guerre, et qui avait malgré tout rassemblé le courage de venir ici me rencontrer. Il enfonça les mains dans ses poches et, la tête inclinée, m'adressa un regard incertain. Ma mémoire me renvoya alors à cet instant où il avait pour la première fois ouvert ses yeux de nouveau-né et où j'avais senti que je connaissais déjà mon enfant, comme je le reconnaissais à présent.

Bien que je ne sente plus mes jambes, je fis un pas en avant, portée par la seule espérance. Zelda et Inga me lâchèrent les mains.

Mon fils marcha vers moi et je marchai vers lui : nous comptions tous deux sur la terre pour nous porter alors que nous avancions sur les galets le long du rivage.

Remerciements

Ma gratitude va d'abord à Sandra Bond, mon formidable agent. Sandra, merci d'avoir cru en ce roman quand il n'était encore qu'en devenir, et d'avoir travaillé sans relâche pour lui trouver l'éditeur parfait. Tes encouragements et ton amitié durant tout le processus m'ont été précieux.

Je suis aussi extrêmement reconnaissante à Cindy Spiegel pour avoir misé sur moi. Cindy, ton expérience éditoriale, ta patience, ton grand cœur, ta bonne humeur et ta confiance ont permis à ce livre de prendre vie. Je ne te remercierai jamais assez. C'est une joie et un honneur de travailler avec Cindy, Julie Grau et toute l'équipe de Spiegel & Grau. Merci à Nicole Dewey, Liza Wachter, Amy Metsch, Andy Tan-Delli Cicchi, Jackie Fischetti, Stephan Moore, Shaya D'Ornano et Nora Tomas, ainsi qu'à Jeff Farr, Meighan Cavanaugh, Barrett Briske, à Charlotte Strick et Claire Williams de Strick & Williams. Ma gratitude et mon admiration vont à Susanna Lea et ses collègues Mark Kessler, Susie Finlay et Lauren Wendelken, pour leur détermination à présenter ce roman au monde entier ; à Jane Lawson, Larry Finlay, Alison Barrow et Vicky

Palmer pour leur enthousiasme et leur compétence. Je n'aurais pu espérer bénéficier d'autant de professionnalisme et de bienveillance à chaque étape de ce travail. Qu'ils en soient tous remerciés.

Merci du fond du cœur à ma famille, mes amis, ma communauté et mes collègues, qui m'ont encouragée tout au long de l'écriture de ce livre. J'espère que vous vous reconnaissez et que vous savez à quel point vous m'êtes précieux. Une mention spéciale à mes premiers lecteurs et loyaux supporters – d'abord mon mari, ma fille, ma mère et mes amies bien-aimées Alison Catmur et Jackie Burt, ainsi que mes très chers Jason Burns, Sean Madsen, Jennifer Read, Jeremy Burns, Mark Bosso, Kiplynn Dickson, Kay Forsythe, Kathy Burns, Jenny Pankratz, Emma Burt, Lynn Sikkink et Deb Reid. Ma tante Joanne Hall et mon amie Marie Vargas auraient sans doute compté parmi mes premières lectrices si elles avaient encore été là ; je ne doute pas qu'elles me soutiennent de là où elles sont. Merci à Dawn Ehlers et Bill Depper pour des décennies d'une solide amitié, à Virginia Catmur pour son hospitalité, sa générosité et son œil acéré de relectrice. Merci pour leur soutien au Crested Butte Arts Center, au Gunnison Center for the Arts, au Vita Institute et à Townie Books, qui font tant pour la promotion des arts locaux.

Merci à mes professeurs, qui croient que les mots et les histoires comptent – William Wiser, Bin Ramke, Donald Revell, Eric Gould, Jan Whitt, Susan Stewart, Alan Singer, Toby Olsen, William Van Wert – et à mes étudiants de la Western Colorado University et du lycée Orsch, qui m'ont énormément inspirée. Ma compréhension de l'histoire du comté de Gunnison a été grandement enrichie grâce à mes collègues Duane Vandenbusch et George Sibley, au vénérable Glo Cunningham, aux trésors du Crested Butte Mountain Heritage Museum et du Gunnison Pioneer Museum. Tout ce qui ressort de la fiction ou toute erreur historique sont de mon fait. J'ai eu le grand honneur de profiter du savoir d'Isabelle Walker et de Louise Benali, de la Nation diné, à Big Mountain, de généreux membres de la Nation lakota, à Pine Ridge et à Cheyenne River, et de l'association Re-Member, ainsi que de celui du professeur Charles F. Wilkinson, de l'université du Colorado. Lee Bradley, des Orchard Valley Farms à Paonia, et Doug Mattice, de Mattice's Fruits & Vegetables à Hotchkiss, ont eu la gentillesse de m'instruire sur la culture des pêches. Les enseignements de Thich Nhat Hanh et d'Anam Thubten m'ont inspirée dans ma vie et pour le choix de mon titre. Je suis reconnaissante à mon grand-père, Ferman Burns, pour m'avoir raconté l'histoire et les histoires de notre famille, au clan des Burns, à celui des Read et à ma longue lignée d'ancêtres tenaces, humbles et amoureux du Colorado.

Ma plus profonde gratitude va à mes parents, Kathryn et Richard, dont l'amour et le soutien inconditionnels ont été déterminants ; à mon frère et ami, Chris, bon et authentique homme des montagnes ; à mon frère Scott, qui savait communiquer avec les animaux, et qui me manque tant ; à ma grand-mère, Maxine Read, la meilleure personne que je connaîtrai jamais ; à notre chien perdu sans collier et ami loyal, Beanie O'Sullivan, toujours de mon côté ; à mes beaux enfants, Avery and Owen, qui arpentent les forêts, sautent les pierres de guet avec moi, et qui apportent tant de lumière à ma vie et à ce monde ; et à mon brillant époux, Erik, mon plus grand fan, qui a pleuré toutes les fois (et elles ont été nombreuses) où il a lu ce roman et m'a encouragée à ne jamais laisser tomber.

Enfin, merci aux montagnes et aux rivières de la vallée de la Gunnison, pour nous avoir nourris, mes enfants et moi, et aux merveilleux habitants de la vallée, étonnants, résilients et indomptables qui, aujourd'hui comme hier, ont partagé et aimé cet endroit. Puissions-nous chérir cette terre et nous chérir les uns les autres, en hommage à tous nos prédécesseurs et à tous ceux qui viendront après nous.

Ce livre existe grâce au travail de toute une équipe.

Communication : Caroline Babulle, Solveig de Plunkett, Sabrina Bendali, Inès Paulin, Adélaïde Yvert.

Coordination administrative : Martine Rivierre.

Studio : Pascaline Bressan, Barbara Cassouto-Lhenry, Joël Renaudat.

Fabrication : Muriel Le Ménez, Céline Ducournau, Bernadette Cristini, Sophia Paroussoglou, Isabelle Goulhot.

Commercial, relation libraires et marketing : Catherine Lauprêtre, Ombeline Ermeneux, Élise Iwasinta, Arthur Rossi, Joséphine Saint-Paul, Aurélie Scart.

Cessions de droits : Elisabeth Stempak, Benita Edzard, Lucile Besse, Sonia Guerreiro, Costanza Corri.

Gestion : Sophie Veisseyre, Chloé Hocquet, Isabelle Déxès, Pierre Ekel.

Services auteurs : Viviane Ouadenni, Jean-François Rechtman, Catherine Reimbold, Anita Sevenant.

Ressources humaines : Mylène Bourreau, Carine Duchampt.

Juridique : Laëtitia Doré, Anaïs Rebouh, Valérie Robe, Lucie Bergeras, Julia Crosnier.

Avec le soutien des équipes d'Interforum et d'Editis qui participent à la création, la diffusion et la distribution de ce livre.

Canoros Vehit Canentes

Composition réalisée par
Rosa Beaumont

Pour plus d'information :

#lisez engagé !
www.lisez.com

Imprimé sur du papier issu de forêts gérées durablement.

Cet ouvrage a été achevé d'imprimer en février 2024
dans les ateliers de Normandie Roto Impression s.a.s.
61250 Lonrai (Orne)
N° éditeur : 66750/01 – N° imprimeur 2400595

Imprimé en France